Martin Hecht
Neue Deutsche Unsitten

PIPER

Zu diesem Buch

Die Franzosen sagen von uns Deutschen: »Die Deutschen sind eigentlich ganz nett, aber es sind eben Deutsche.« Was uns so besonders macht, hat Martin Hecht ermittelt: exakt 150 neue deutsche Unsitten – handverlesen und alphabetisch sortiert. Erfasst wird alles, was im berechtigten Verdacht steht, verbreitet deutsch und beanstandenswert zu sein. Egal, ob in Fragen des guten Geschmacks, der Ästhetik und Moral oder nur die guten Manieren betreffend. Und so treten sie alle auf in dieser Volkskunde der Gegenwart: besser begüterte Damen, die ihre hochbegabten Fünfjährigen im bulligen Geländewagen mit schwarz getönten Scheiben durch unsere Innenstädte kutschieren, ein Papst, der am liebsten Fanta trinkt und »Kommissar Rex« guckt, Lokalkünstler im verknitterten Leinenanzug und orangefarbenen Crocs, die sich im Kulturbiergarten unter Applaus danebenbenehmen – und gepiercte Provinzflüchtlinge, die am liebsten den ganzen Tag Sarah Connor auf SWR 3 hören, während sie auf der Jagd zum nächsten vollgeilen Mega-Event sind.

Martin Hecht, geboren 1964 in Würzburg, wuchs in Rottweil am Neckar auf. Er lebt in Mainz und ist Schriftsteller und Publizist. Er schreibt für die Frankfurter Rundschau und Psychologie heute und ist Autor zahlreicher Features für SWR 2 Kultur. »Neue deutsche Unsitten« ist nach »Deutsche Unsitten« sein zweites Buch über die Deutschen. Zuletzt erschien von ihm »Wahre Freunde. Von der hohen Kunst der Freundschaft«.

Martin Hecht

Neue Deutsche Unsitten

Mit Illustrationen von
Diana Lukas-Nülle

Piper München Zürich

Mehr über unsere Autoren und Bücher:
www.piper.de

Von Martin Hecht liegen bei Piper vor:
Deutsche Unsitten
Neue Deutsche Unsitten

Originalausgabe
November 2009

Umschlaggestaltung: semper smile, München
Umschlagabbildung: Diana Lukas-Nülle
Satz: Filmsatz Schröter, München
Druck und Bindung: CPI – Clausen & Bosse, Leck
Printed in Germany ISBN 978-3-492-25439-7

Dem deutschen Volke

Vorwort

Liebe Leserinnen, liebe Leser,
Nobody is perfect – auch wir Deutsche nicht. Deshalb brauchen wir uns eigentlich nicht zu schämen. Trotzdem kann es uns nicht schaden, wenn wir hin und wieder bedenkliche Entwicklungen in unserem Volkscharakter erkennen und gegensteuern, bevor es zu spät ist. Aus diesem Grund liegt ein Band mit neuen deutschen Unsitten zur Erbauung in Ihren Händen.

Neue deutsche Unsitten – darunter sollen beide Arten fallen: Verhaltensweisen, Moden, Eigenheiten, die erst seit Kurzem in unserem Kulturraum umgehen, aber auch solche, die zwar schon länger ihr Unwesen treiben, jedoch als Gegenstand einer Ethnologie der Gegenwart hier erstmals dokumentiert werden. Lassen Sie es sich vorab gesagt sein: Das Ziel dieser Niederschrift ist auch dieses Mal nur ein sittliches, nämlich durch Anprangern betrüblicher Entwicklungen aufzuhalten, einzudämmen, auszurotten, was immer mehr um sich greift und uns am Ende Stolz und Würde nimmt.

Ein durch und durch moralisches Werk

Ein paar Journalisten haben mich beim ersten Band der »Deutschen Unsitten« gefragt, ob denn mein Werk ein moralisches sei. »Aber nein!«, entgegnete ich anfänglich voreilig, habe abgewunken und dahin Ausflucht genommen, das Niedergeschriebene sei nur als ein rein humoristisches Werk abzutun. Intellektuelle meiner Generation haben gelernt, dass es nichts Schlimmeres gibt als den sogenannten »moralischen Zeigefinger«. Mittlerweile bringe ich jedoch den Mut zur vollen Wahrheit auf und bekenne aufrichtig: Natürlich war die erste und natürlich ist die nun vorliegende zweite neue Sammlung deutscher Unsitten nur und ausschließlich moralisch inspiriert, ja, was denn auch sonst. Klipp und klar geht es um nicht weniger als um die Verbesserung des Menschengeschlechts, vielleicht, transzendenter noch, darum: dass der liebe Gott sich wieder ein bisschen mehr freuen kann, wenn er vom Himmelszelt auf uns deutsche Menschenkinder hernieder blickt. Das tut er nämlich ganz sicher dann, wenn es – durch diese Schrift hoffentlich ausgelöst – bald keine SCHLECKER-Märkte mehr geben wird, Lafer und Lagerfeld von der Bildfläche verschwinden oder scheibenverdunkelte Edel-Geländewagen in deutschen Großstadtzentren eingeschmolzen werden, um daraus Kochtöpfe für die Armen dieser Welt zu machen.

Die Tücke des Objekts

Ein methodisches Problem stellt sich dabei in den Weg: Unsitten, egal, wo sie auftreten, sind leider keine mathematisch zu ermittelnden Größen. Es wird daher, wie auch beim ersten Band, auf diesen Seiten nicht umhin gekonnt werden, vereinzelt auch solche anzuführen, die im Urteil des einen oder anderen kritischen Lesers diesem Komplex gar nicht zuzuschlagen sind. Grenzfälle gibt es in jeglicher Hinsicht. Sie können vereinzelt, lieber Leser, auch anderer Meinung sein. Das sei zugestanden und ist nicht zu beanstanden, drückt vielleicht sogar etwas Gutes aus, nämlich, dass wir noch in der Lage sind, um das sittlich Hohe durchaus kontrovers zu ringen – und da wäre es ja eigenartig, wenn wir mit denselben Mehrheitsprozenten wie einst bei den Volkskammerwahlen der DDR zum gleichen Schluss darüber kämen, was nun veritable Unsitten sind und was nicht. Mein Appell nur: Sollten Sie tatsächlich zum Schluss kommen, die ein oder andere von mir ausgewiesene Unsitte sei gar keine – oder zumindest keine typisch deutsche, sie tauche auch anderswo auf –, dann werfen Sie mir keine

Schludrigkeit im Vorgehen vor, sondern sparen sich Ihren Ärger auf, kanalisieren Ihre Energie einfach mit mir gemeinsam auf das eine Ziel hin, das wir doch teilen: Beteiligen Sie sich mit mir nach Kräften am großen unvollendeten Projekt der Moderne, gegen Unsitten aller Art auch grenzüberschreitend vorzugehen. Vergelt's Gott!

Neue Übersichtlichkeit

Andere sagen, die Globalisierung verwasche alle nationalen Unterschiede. Damit sei doch die Behandlung speziell deutscher Unsitten obsolet. Mitnichten. Eine gewagte, aber keinesfalls haltlose These lautet: Heute gibt es sogar so viele typisch deutsche Unsitten wie lange nicht mehr. Das Ende der starken regionalen Stammesidentitäten in Deutschland lässt uns 82 Millionen Deutsche vielmehr identitätsmäßig zusammenrücken, und wenn noch nicht zu Weltbürgern, so doch aber – als Zwischenetappe auf dem Weg dorthin – endlich zu gleichgesinnten, gleichgeformten Deutschen werden, die sich einander in Habitus und Lebensart immer mehr annähern. Von Füssen bis Flensburg denselben Eintopf, die gleiche industriell gefertigte Wellness-Salami. Wir sind uniform geworden, endlich auch für die Ausländer klarer zu greifen und zu identifizieren: Wir sind keine rechten Friesen, Sachsen, Thüringer, Franken, Schwaben und Bayern mehr. Erst heute werden wir so langsam alle zu gleich gestrickten Deutschen. Deutsches Wesen, so heterogen es früher war, erst heute destilliert es sich langsam heraus und nimmt erkennbare, ausrechenbare Formen an.

Sitten sind der Kitt eines Volkes, sagte man früher. Aber genauso eben auch die Unsitten: in beiden manifestiert sich unser ureigenes Wesen. Ein lebendiges Nationalgefühl, auch das deutsche, entsteht noch immer hauptsächlich durch die Abgrenzung von anderen: »Wir sind nicht so wie ihr!« Das stimmt, denn nicht nur in deutscher Gründlichkeit, Pünktlichkeit, im Fleiß und unserer unschlagbaren Disziplin drückt sich deutsches Wesen aus, sondern tatsächlich erst in deutschen Abi-Aufklebern, im deutschen Grillgut oder unserer Marotte, überall und immerzu miteinander anzustoßen, manifestiert sich deutsches Wesen. Die Franzosen haben Trüffel und Champagner, wir haben seit Neuestem in Berlin das erste Currywurstmuseum der Welt. Wie der Herr, so's G'scherr.

Schlimmer geht's nimmer?

Ein weiteres Problemfeld ist der Schweregrad der Verlotterung. Hier bewegt sich auch in diesem Band alles zwischen leichten sprachlichen Turbulenzen, mittleren Geschmacksverfehlungen und ausgewachsenen Volksseuchen. Dennoch gehört zusammen, was hier niedergeschrieben ist: denn schnell, so lehrt die Erfahrung, manchmal gar so schnell, dass einem Hören und Sehen vergeht, wird aus einem kleinen Unsittchen eine regelrechte Epidemie. Deswegen stehen auch in diesem Werk mit gleichem Recht Phänomene wie »Knobi« oder »Klettverschluss« neben größeren Geistesverwirrungen wie der neurotisch-deutschen Heiligung des Einkaufs in Ramsch-Discountern. Wehret also den Anfängen! Wie aus einem Funken ein Flächenbrand entstehen kann, das zeigt das Beispiel der »Crocs«, jener Plastiklatschen, die einst zu Juxzwecken für den Karneval entstanden sind – und nun schon im Edelrestaurant über den frisch geölten Marmor watscheln.

Das gesunde Menschengespür

Nach dem Erscheinen des ersten Bandes wurde ich manchmal gefragt: Verbirgt sich hinter der Abkanzelung bestimmter deutscher Verhaltensweisen nur ein in mir besonders ausgeprägtes Grantlergemüt, mithin eine schlimme Intoleranz allem und jedem gegenüber, was aus unerfindlichen Gründen nicht nach meinem Privatgeschmack verläuft? Hier entgegne ich mit breiter Brust: Sämtliche vorgestellten Phänomene sprechen für sich. Wer hier Wort führt, das bin im Grunde nicht ich, das ist der gesunde deutsche Menschenverstand, besser noch: das gesunde Menschengespür. Die deutschen Unsitten, wie sie hier versammelt sind, sind keineswegs nur geschmäcklerisches Tamtam oder Zeugnis von Intoleranz. Auf diesen Seiten wird ein Syndrom erst thematisiert, wenn seine Phänomene eindeutig einen bestimmten Toleranzrahmen überschritten haben, wenn also, auf gut Deutsch, der Bogen überspannt ist.

Wer dennoch am Vorwurf der Intoleranz festhält, dem sei entgegnet: Tolerant ist, wer gegen Rücksichtslosigkeiten vorgeht, nicht wer sie sich erlaubt. Wer sich in Unsitten ergeht, beutet fast immer die Toleranz seiner Mitmenschen aus, dort, wo es um moralische Verfehlungen geht. Wo es sich um stilistische Vergehen handelt, ist die Sache schwieriger: Natürlich kann jeder machen, was er will, zum Beispiel sich mit Amokläufer-Wollmütze und schwarzem Judas-Priest-Sweatshirt ins Kammerkonzert setzen – und trotzdem hat auch das Einhalten stilistischer Standards mit Rücksicht zu tun: Man signalisiert dadurch, dass man willens ist, sich einer Veranstaltung zu unterwerfen, die nur in der Gemeinschaft gleichgesinnter Genießer gelingt. Stil im öffentlichen Raum ist Anpassung an Sitte, ihr Einhalten immer eine Einverständniserklärung an das schöne Leben, mithin Kompliment an jene, mit denen wir es teilen. Stil ist Solidaritätsbekunden unter Edelmütigen.

Verlorene Balance – vakante Mitte

Gibt es Regeln, Axiome, allgemeine Grundzüge im deutschen Wesen, die deutsche Unsitten in ihrem So-und-nicht-anders-geworden-Sein determinieren? Um möglichst ungehindert Fakten sprechen zu lassen, sei vorab nur die Kernthese der vorliegenden Schrift erwähnt: Unsitten entstehen – wie auch schon im ersten Band ausgeführt – aus psychologischen Gleichgewichtsstörungen im nationalen Gemüt. Und zwar stets an beiden Enden der Achse, an den Extremen, wobei durch diese Polarisierungen die Mitte oft nur schwach vertreten oder vollends vakant bleibt. Es gibt eingelegte Oliven bei uns oder Cordon bleu, sofortiges Mitklatschen oder Überreglementierung im deutschen Schilderwald, Lagerfeld oder Lafer, preußischen Kontrollzwang oder Loslassen auf dem Esoterik-Workshop. Dazwischen ist wenig.

Wenn ich meine innere Balance verloren habe, gehe ich in die Küche und backe einen Guglhupf. Bei vielen Deutschen ist das anders. Sie haben ein Problem mit der Mitte, sie haben sie verloren und suchen sie daher umso mehr. »Mittendrin statt nur dabei«, damit wirbt schon das Jugend-Rotkreuz. Kein Wunder also, wenn »Balance« zum Modewort unserer Zeit aufrückt. »Balance« heißen deutsche Essig-Cuvées, Haarshampoos und Anti-Fußpilz-Cremes, so heißt praktisch alles. Die *Glockenbäckerei* verkauft schon das Balance-Brot, es gibt den Balance-Kaugummi von Wrigley und neuerdings auch den REWE-Balance-Biotee. Balance auch dort, wo es eher fettig zugeht, etwa im Fischkonservensegment bei Havesta: »Balance. Zarte Heringsfilets in leichtem Tomaten-Dressing à la Italia. Das leichte Fischvergnügen für bewusste Genießer«. Wir warten auf das Erscheinen des Balance-Döners und des Balance-Hacksteaks – kommt wahrscheinlich zur nächsten Grillsaison. Die Balance-Zigarette gibt es indessen schon. Bei LIDL, für 2,30 Euro das Packerl. Sind wir so aus der Spur? Eiern schlagseitenmäßig aus dem Ruder? Brauchen wir eine »Chakren-Balancierung« zur Korrektur einer lebenssystemischen Dauerunwucht? Tatsächlich? Es spricht vieles dafür. Eine »Deutsche Balance Partei« (DBP) würde sicher aus dem Stand die 5%-Hürde in den Bundestag schaffen.

So viel eher abstrakt Gedankliches. Auf eine langatmige ästhetische oder moralische Theorie verzichte ich, der Leser wird es mir danken. Das Werk lebt von der Anschauung. Außerdem kann man deutsche Unsitten oft genug nicht rational erklären, man muss sie fühlen. Ein Top-Event unter angeschickerten Mittelständlern auf der schwäbischen Alb, bei dem *Anastacia* läuft, so was gibt es nur bei uns.

Wie aber ist es mit Klischees, die aufgestellt werden, mit Vorurteilen, die gar nicht zutreffen? Will der Mensch nicht in der Welt bloß bestätigt finden, was er sich an Vorurteilen zusammengebastelt hat? Das ist oft wahr. Umso mehr kommt alles auf die Urteilskraft an, auf die Differenzierungsgabe, wo Kritik an den Zuständen und wo Kritik an den Vorurteilen angebracht ist. Es sei nur an das fast immer dialektische Verhältnis von Klischee und Realität erinnert: Ein Klischee, im Sinne eines vorgefertigten Denkmusters zur Erfassung der sozialen Realität, setzt immer einen gewissen tatsächlich vorfindlichen empirischen Anteil voraus, ohne den es nicht zustande kommt. Im Klischee steckt immer auch ein Teil wahrer Erfahrung: entscheidend ist es, wie sehr sie sich über all die anderen Phänomene der sozialen Realität legen lässt – wie sehr das Klischee also allgemeinen Aussagewert besitzt. Das aber habe ich nach bestem Wissen und Gewissen abgewogen, bevor ich mich im Einzelfall zur Aufnahme in die Liste der hier abgehandelten Unsitten entschlossen habe. Verlassen Sie sich drauf.

Einige wenige Unsitten haben hier keinen Eingang gefunden. Es handelt sich um solche, die von Schwachen, Unwissenden oder Nicht-Schuldfähigen begangen werden, von jungen Menschen, die ihren Weg noch suchen – und sich dabei erstmal zu zehnt im Kreis auf den Boden direkt vor dem Eingang zum Hauptbahnhof setzen und einen Tetra-Pak kreisen lassen. Und auch all jene, die von denen verübt werden, die ihr Leben nicht mehr im Griff haben: so etwa das Herumlaufen in der Öffentlichkeit mit einer Flasche Bier in der Hand. Das genauso unsittliche To-go-Verhalten im Kaffeesegment dagegen findet sich mit vollem Recht auf diesen Seiten. Denn hier ist ja mehrheitlich durchaus davon auszugehen, dass es in voller Zurechnungsfähigkeit begangen wird.

Der Blick nach vorne: Wie kann man Abhilfe schaffen?

Mit dem Erscheinen des ersten Bandes der »Deutschen Unsitten« haben sich beim Verfasser innerfamiliäre Veränderungen eingestellt, die so nicht beabsichtigt waren. Mein heute siebenjähriger Sohn weigert sich seither »Weiße Socken in Sandalen« zu tragen. Ich lobe ihn dafür, würde es ihm aber nie verbieten, wenn er es denn anders wollte. Das ist gelebte Pädagogik, gelebte Toleranz. So, verehrte Leser, stelle ich mir auch Ihren Erziehungsalltag vor, insofern Sie sich so glücklich heißen dürfen, überhaupt Kinder zu haben.

Die Lage ist ernst: Immer mehr Unsitten ziehen im Zeitalter der Globalisierung ein, weil viele Menschen von der Wahlfreiheit unserer Epoche überfordert sind. Die Tradition war ein enges Kleid, aber ein schönes durch und durch. Gerade stilistisch stehen wir heute nach dem Untergang der Tradition nur allzu oft vor einem großen schwarzen Loch. Um hier wieder die Kurve zu kriegen, brauchen wir heute eine umfassende Stil-Bildung – im großen Maßstab. Schon ein kurzer Blick in die Fußgängerzone sagt uns: Heute braucht es ein Korrektiv für die vielen Fehlgeleiteten.

Wer soll das leisten? Die Antwort ist einfach: Bücher wie dieses und – Erziehung. Wenn etwa der gute Geschmack, der Stil, nicht mehr über Generationen tradiert wird, uns quasi automatisch ins Blut übergeht und somit nicht gefährdet ist, dann muss man ihn eben, wenn er abhanden gekommen ist, zum Lernstoff machen: Fragen der Lebensgestaltung, des guten

Stils müssen in den Unterricht! Genauso natürlich der gute Benimm. Das fängt in der Kinderstube an. Wohlerzogenheit, Geschmackssicherheit, Urteilskraft – Tugenden, die heute so wichtig, aber auch selten geworden sind, sie müssten zu Unterrichtsfächern werden. Was aber, wenn unsere Schulmeister selber weiße Socken in Sandalen tragen? Dann ist natürlich Matthäi am Letzten. Dann hilft nur noch eine Kulturrevolution.

Aber auch bei uns Erwachsenen braucht es vor aller Verbesserung die Läuterung. Die Voraussetzung aller Sittlichkeit ist Achtsamkeit. Achtsamkeit entsteht erst, wo wir den inneren Raum haben, mit offenen Augen der Welt zu begegnen. Wo wir offen werden für das Schöne, für das Feine und Gute, entsteht die Chance, das Leben in all seiner Schönheit zu genießen. Wo Achtsamkeit verhindert wird, entsteht Gleichgültigkeit allen und allem gegenüber. Unsitten zu umgehen, hat nichts damit zu tun, per Tugenddiktat eine neue Hochnäsigkeit zu feiern, sondern ganz im Gegenteil, sie bedeutet eine Rückkehr zum Respekt vor Werten, die unsere Kultur erst ausmachen. Darauf sollten wir uns einigen.

»Ein Unglück kommt selten allein.«

(deutsches Sprichwort)

»Die Deutschen sind eigentlich ganz nett, aber es sind eben Deutsche.«

(französisches Sprichwort)

»Schaffe, schaffe, Häusle baue,
und net nach de Mädle schaue.«

(schwäbische Lebensweisheit)

»Jesus allein ist mächtig, Stille zu schaffen.«

(Matthäus, 8, 23–27)

A

Abitur-Aufkleber

Wie im Strafrecht, so auch in Sachen der Sitte: Bis zum 18. Lebensalter gilt die Schonfrist bei der Ermittlung und Geißelung deutscher Unsitten. Soll heißen: Auf Halbmast hängende Hosenböden, offene Schnürsenkel und klirrende Technobeats aus dem Handy-Player sind bis zum Zeitpunkt der Volljährigkeit nicht als Unsitte abzutun, sondern als Ausdruck der Jugendkultur zu werten. Die Jugend hat ein Recht, sich in ihrem eigenen Stil auszudrücken, und auch wir Erwachsene waren einst Suchende im Spiel des Lebens. Daran sollten wir uns erinnern, die wir etwa in den Achtzigern mit steil emporgefönten Mittelscheiteln öffentliche Plätze bevölkerten.

Anders wird es ab dem Erreichen der Volljährigkeit. Wie in der juristischen so auch in der sittlichen Grundordnung kann man hier nur in den seltensten Fällen das Jugendstrafrecht walten lassen. Wer etwa Abitur gemacht hat, erst recht, wer schon ein Auto hat, ist in jedem Fall achtzehn Jahre alt – und deswegen für das Anbringen von Abi-Aufklebern vollauf in die Verantwortung zu nehmen. Da darf dann die Frage gestellt werden: Was bringt Wagenführer mit frisch erhaltenem Reifezeugnis dazu, Sprüche wie »Das war's ABIsode '04« oder »Abi deluxe 2001« oder »Abi007« in ihr Heckfenster zu pappen? Oder »ABI lieve I can fly. 2005«? Wir wissen es nicht. Neulich habe ich gesehen: »R(abi)nson Crusoe. Abi 2005«. Eieiei. Oder »rABIoaktiv 2002. Ein strahlender Abgang«. Oder »Abipunktur 2006«. Oder ganz mau: »Bacabi 2003« – wohl eine Abwandlung von Bacardi, den es auf der Abschlussfete aus Eimern gab – auch irgendwie panne. Scheinbar ist die Kombination von Alkohol und Hochschulreife ein Selbstläufer: »Ab(i)sinth 2005« beweist das einmal mehr. Rätsel hinterlässt »ABIKEA 2007. Lernst Du noch oder lebst Du schon?«. Die Unsitte lediglich als Ausdruck der Freude über das Ende der entbehrungsreichen Gymnasialzeit zu werten, überzeugt nicht. Es geht innerhalb der *Peergroup* allem Anschein nach eher darum zu signalisieren, dass man im jugendlichen Alter von 18 Jahren schon ein Auto sein Eigen nennen kann, denn die Aufkleber sind ja für die Heckscheibe designt – und nicht für die Umhängetasche.

Abschalten in Malaysia

Nach fast vierzehn Stunden Flugzeit verpasst ein deutscher Malaysia-Heimkehrer seinen ICE nach Köln nur um Haaresbreite. Er fährt ihm vor der Nase weg. Fluchend und schwer atmend lässt er sich samt Urlaubsgepäck auf einer Bank an Bahnsteig 2 des Fernbahnhofs Frankfurt/Flughafen nieder. Direkt neben mir. Ich bemitleide ihn ein wenig, weil sein Sprint die Rolltreppe runter nicht erfolgreich war, und lächle ihm zu, als wollte ich ihm sagen: »Take it easy!« Er keucht, ist immer noch völlig außer Atem, hundemüde. Woher er denn komme, will ich wissen. »Malaysia. Drei Wochen«, japst er. Dann kaum erholt – und mit Grabesmiene: »Wie steht der DAX?« Mit seinem Blick scheint er mich durchbohren zu wollen. Ich zucke mit den Schultern. Ich gebe ihm eine Zahl durch, die oben rechts auf meiner Zeitung steht. Strahlen im Gesicht. (Sie sehen, der Vorfall liegt schon etwas zurück.) Ich frage ihn, wie sein Urlaub war. Antwort: »Toll«. Er wiederholt die DAX-Zahl leise und lächelt entrückt, ballt endlich triumphal die Faust. Und fährt dann fort, dass das Essen in Malaysia umgerechnet nur etwa vier Euro am Tag gekostet habe, inklusive Vorspeise und Getränk. »Das ist unglaublich.« Ich pflichte ihm bei.

ALDI, LIDL, Netto, NORMA, PENNY – der Albtraum geht weiter

Arbeitsbedingungen wie im römischen Steinbruch, Schikanen, Bespitzelung, systematische Ausspionierung, Menschenverachtung. Das ist der Alltag eines Arbeitnehmers, der bei LIDL sein Brot verdient. Und der Skandal kam ans Tageslicht dank eines gewissenhaften Journalisten. Irgendwann meldete *Grass Roots*, ein Kölner Institut für Marktforschung, fast die Hälfte der Deutschen meide seither den Einkauf bei bestimmten Lebensmitteldiscountern nach Möglichkeit. Das sei in Umfragen ermittelt worden. Unlängst stand aber zu lesen, dass dieser Käuferboykott maximal im Kopf stattfände, nicht aber in Wirklichkeit: Nach Schätzungen der GfK (das ist eine andere Marktforschungsgesellschaft, die unter anderem Umsatzzahlen von Unternehmen ermittelt) stiegen die Umsätze von Discountern wie ALDI, LIDL etc. auch 2008, also dem Jahr der Enthüllungen der Menschenrechtsverletzungen, erneut kräftig an. Bei ALDI wuchs der Umsatz um 6,5, bei LIDL gar um astronomische 11,2 %. Zu so viel Konsequenz kann man uns Deutschen nur noch gratulieren.

Architektengewäsch

Architekten neigen weltweit zur Selbstüberhöhung. Das ist nicht neu. Aber gerade deutsche Architekten belassen es auffällig häufig nicht dabei, für tragende Wände und Dächer zu sorgen, sondern palavern am liebsten von morgens bis abends, dass es schon arg ist. Zum Beispiel von Kommunikation zwischen Außen und Innen. Ein Gebäude müsse integrale Spannungen aushalten und stünde in einem lebendigen Dialog mit dem Draußen, sagen sie. Man baut keine Häuser, sondern »Wohnsituationen«. Architekten arbeiten auch nicht in Teams, sondern in *werkbüros*, *werkgruppen*, schreiben alles klein, nennen alles Projekt oder besser: projekt. Vor allem sind Architekten gerne Alles-spannend-Finder. Sichtbare Stahlträger sind spannend, Plexiglastrennwände, Eingangssituationen. (→ Spannende G'schicht'n)

Als dem Ex-Bundeskanzler Schröder einst beim Einzug ins Berliner Kanzleramt von den Architekten dieser massiven Scheußlichkeit der Sinn der extravaganten Baumform im Gespräch nahegelegt werden sollte und die Herren in Schwarz schon losmachten, wandte er sich alsbald, das Gesicht spöttisch verziehend, ab und flüsterte den versammelten Medienvertretern, auf Meinungssolidarität hoffend, hinter vorgehaltener Hand zu: »Architektengewäsch!« Und hatte natürlich recht damit.

Im deutschen Neubaugebiet auf der großen Tafel liest sich das dann so: »Hier entstehen zehn Doppelhaushälften. Sie staffeln sich, eine homogene Kante bildend, entlang der Quartierstraße ins Tal. Die charakteristische Kubatur der Häuser rhythmisiert den Straßenraum und schafft eine optische Verzahnung von öffentlichem und privatem Raum. Die der Erschließungsseite zugeordnete Küche und die Dachterrasse unterstützen den Gedanken der Verzahnung in kommunikativer Hinsicht.« Architekten meinen, Menschen wollten nicht in Häusern wohnen, sondern sich in kommunikativer Hinsicht verzahnen. Am Ende des Exposés steht dann: »Durch die verschränkende Anordnung von Gebäude und Garage entsteht die klare Zonierung des Hauses und seiner Außenräume. Eine Vielfalt an Atmosphären, Raumeindrücken und Blickbeziehungen legt sich über Gebäude und Grundstück, verleiht optische Größe und provoziert Individualität und Schutz der Privatheit.« Das ist, was Architekten packend finden. Am packendsten finden sie sich oft selber. Und lassen sich ein Kinnbärtchen stehen.

Ich selber hatte es einmal mit einem Wiener Architekten zu tun, der zugleich in einem österreichischen Alpenhotel den Gastgeber machte. Der Mann verbreitete nicht gerade den Eindruck, überarbeitet zu sein, und hörte sich am liebsten selber reden. Nicht so packend fand er es offenbar, gelegentlich das Buffet wieder aufzufüllen, wenn der Salat alle war, was als Gastgeber eigentlich sein Job gewesen wäre. Stattdessen lümmelte er ganz in Schwarz plus Designerbebrillung an der Bar herum und zapfte sich eins. Um ihn herum stellte sich allabendlich ein Häufchen junger Studenten ein, um dem Meister zu lauschen. Ein eigenartiger Wettlauf uniformer Exzentrizität war zu beobachten. Arschkriecherei von Schwerst-Nonkonformen, Kotau statt Kunst, Opportunismus statt freier Meinungsäußerung. Alle hatten irgendetwas Auffälliges im Outfit. Der junge Mann sah aus wie ein Szenekoch (→ Fernsehkochen), trug einen Bartzopf am Kinn mit integrierter Ethno-Perle, dort ein kahl rasierter, mönchisch wirkender Existenzialist, hier ein spätes Mädchen ganz in Orange. Wer die Welt formen will, beweist natürlich immer zuerst im eigenen Auf- beziehungsweise Anzug, wie toll er sein Metier beherrscht: sein Outfit ist sozusagen die Visitenkarte, ergo lässt das weiterblicken, wie dieser Mensch auch Räume zu gestalten weiß. Eine Studentin hing besonders an den Lippen des Meisters. Sie fiel am meisten auf, trug sie doch eine Art Schwimmbrille und eine Kappe, die an jene erinnerte, die der venezianische Doge Leonardo Loredan auf Giovanni Bellinis Gemälde aufhat, eine Art phrygische Mütze, in diesem Fall aus Filz, nicht zum Jux, sondern als Kreativitätsaccessoire. Sie schrieb die ganze Zeit irgendwas mit und murmelte dauernd »right … right!« vor sich hin. Übrigens: Auch nach zwei Stunden war das Salatbuffet nicht aufgefüllt. Wie sagte einst mein Großvater, wenn er sich über seine Mitmenschen wunderte: »Mit solchen Leuten gewinnen wir den nächsten Krieg sicher nicht!« Und er hatte right.

Asiatische Erlösung

Der Deutsche der Gegenwart – im Auge des Sturms der Finanzkrise: ausgelaugt wie lange nicht mehr. Erschöpft, völlig ausgebrannt, platt wie ein Schnitzel. Daher besonders empfänglich für *wellness*, neuerdings auch für *selfness*. Besonders aber, wenn es irgendwie asiatisch klingt. Tatsächlich gibt es nirgendwo so sehr wie bei uns eine solch ausgewachsene Manie, zu allerhand asiatischen Heilkünsten, Massagetechniken und Meditationsweisen Zuflucht zu nehmen.

Der erschöpfte Deutsche dieser Zeit, der auch über das nötige Kleingeld verfügt, steht also vor einem hübsch renovierten Haus aus der Gründerzeit in München Bogenhausen oder Berlin Charlottenburg. Auf dem Schild, honiggelb auf weißem Grund, würde stehen: »Ak-fami. Mikronesische Energiemassagen, Therapeut Martin Hecht (»Fafemi«)«. Sie würden nicht lange zögern, oder? Damit so ein Laden läuft, braucht man einen Raum mit Patina, eine ehemalige Werkstatt am besten, in der im Eck noch eine alte Drehbank steht. Etwa ein altes Handwerkergeschäft mit Schaufenster, Gründerzeitbau. Im Fenster stehen Pflanzen, Öle, die in gläserne Karaffen abgefüllt sind, Blütenblätter können da rumliegen, eine schöne alte Trommel. Netter Krempel halt. Zwischendrin eine Angebotstafel mit folgendem Text: »Ak-fami (30 min.) 45,–, Ak-fami Bulgo (30 min.) 55,–, Akafushi (30 min.) 68,–, Fumi-Shemi (25 min.) 68,–, Sha-Fama-Fumi Premium (50 min.) 215,– Euro«.

Da würden Sie doch sofort reingehen, oder? Jemand würde Sie bitten, in einem Rattan-Hängesessel Platz zu nehmen. Alle zwei Minuten würde eine Endlos-CD mit einem Klangcocktail aus Zischen und Fließgeräuschen zu hören sein, die langsam an Intensität verlören, um wieder anzuschwellen. Es röche nicht nach Ingwer und Sandelholz, sondern nach Haselnüssen und Holzleim und einer geheimnisvollen Fruchtgumminote.

Der Therapeut – ich persönlich in diesem Fall – würde in einem blutroten Gewand mit weißem Halstuch und quadratischem *military cut* (Star Trek) die Sache persönlich in die Hand nehmen. Meine Partnerin Ohura würde Sie am Tresen mit kahl rasiertem Schädel, aber stark geschminkt, in Empfang nehmen. Um zu verhindern, dass Sie die Courage verlieren, würde es räumlich arrangierte, optische Sicherheitsanker geben: eine Schale mit einer konventionellen (→) deutschen Gebäckmischung, der Lesezirkel würde ausliegen. Sie würden aber nicht gleich einen Termin kriegen. Um es spannender zu machen. Im Hintergrund müsste dauernd das Telefon bimmeln, und das Auftragsbuch müsste rappelvoll sein: »Nein, diese Woche ist leider nichts mehr frei!«, würde Ohura flöten. Das nur, damit alle, die sich hier behandeln lassen, das Gefühl hätten, es sei was ganz Besonderes, hier überhaupt dranzukommen. Erst zwei Wochen später würden Sie zu einer Sitzung Ak-fami Bulgo erscheinen. Mit Akupunktur. (Akupunkteure schreiben »Akupunktur« bei uns gerne auch mal auf dem Praxisschild »Akkupunktur«, wohl um zu signalisieren, dass bei ihnen der Akku voll ist. Oder wieder aufgeladen werden kann.)

Was dann getan wird, ist egal. Wichtig ist, dazu irgendwas zu erklären: »So, ich stimuliere jetzt einen Energiepunkt an Ihrer Stirn, Rulgu. Energiestimulation ist der Kern der Philosophie von Ak-fami Bulgo.« »Ja, machen Sie mal!«, würden Sie sagen und wohlig die Augen schließen. (Das Schlimmste sind übrigens Masseurinnen, die starke Raucherinnen sind. Selbst wenn sie sich nach der Zigarette die Hände gewaschen haben, riecht man etwas Nikotin bei der Gesichtsmassage. Aber immer noch besser als eine, die in der Pause ein Brötchen mit Appenzeller gegessen hat.) Beim Zahlen würden Sie drei Euro Trinkgeld ins Sparschweinchen werfen. Und zur Belohnung würde Ihnen Ohura ein Probefläschchen Holzleim mitgeben. (→ Neue deutsche Dekadenz)

Autowerbung

Maggi – immer eine gute Suppe. Stimmt zwar nicht, dafür wusste man gleich, um was es geht. Damals, als die deutsche Werbung noch Reklame hieß. Wenn aber heute ein Werbespot für deutsche Autos anläuft, dann weiß am Ende keiner, was dabei herauskommt. »Wertigkeit neu erleben«, hören wir eine heisere Männerstimme krächzen, die einst auch Anthony Hopkins als *Hannibal Lecter* deutsch synchronisiert hat. Wir sehen Innenstädte, lachende Männer im Zenit ihrer Potenz. Dazu mystische Musik. Autolärm oder Motorengeräusche hört man dagegen nie. Klar, es wird ja an Emotionen appelliert. Gerne alles in Zeitlupe zu sphärischen Klängen, fast immer in menschenleerer, autoleerer Landschaft.

Was wird da beworben? »Wertigkeit neu erleben.« Mmmh. Eine Firma, die Opas alte Briefmarkensammlung updated? Vor allem, was bedeutet »Wertigkeit neu erleben«? Haben wir Wertigkeit etwa früher anders erlebt? Kann man Wertigkeit überhaupt erleben? Bei der Alkoholkontrolle auf der A 8 mit 2,8 Promille? Jörg Haider bei 148 km/h? Was ist da los? »Wertigkeit neu erleben.« »Der neue Golf.« Ach so. Damit könnte man aber auch Suppen bewerben. Oder nicht? Maggi – Wertigkeit neu erleben.

B

Bartwesen, organisiertes

Deutschland ist das Land des organisierten Bartwesens. Immerhin 15 regionale Bartclubs mit Status »e.V.« gibt es bei uns. Damit sind wir, einmal wieder, Weltspitze. Zu 80% gewinnen deutsche Bartträger die regelmäßig abgehaltenen Welt- und Europameisterschaften, berichtet mir mit stolz geschwelltem Backenbart ein Ex-Verbandschef (VDB). Die Kategorien, in denen angetreten wird: Schnauz-, Kinn- und Backenbart, sowie Vollbart. Beim Schnauzer startet man in den Klassen: naturale, englisch, Dali, kaiserlich, ungarisch, free style. Beim Kinn- und Backenbart: naturale, chinese, Musketier, kaiserlich, free style. Beim Vollbart: naturale, naturale mit gestyltem Oberlippenbart, Verdi, Garibaldi, free style.

Derzeit ist einiges im Umbruch. Es soll Überlegungen geben, Bärte wie Trainerschreihals Daums Oberlippenbürstchen oder Völlers Schnäuzerle extra zu benoten, Raver-Bärtchen, wie sie Fußballtrainer Michael Oenning bevorzugt, oder Fußballprofi Kevin Kuranyis Gewächs, das aussieht, als sei es mit dem Eddingstift aufgemalt. Eine Kategorie »Kriegsverbrecher«, »Saddam im Erdloch« oder »Karadcic als Heilpraktiker« wird aber nicht vergeben. Das Bartwesen will sauber bleiben, mit Halunken will man nichts am Hut haben. Seine ideologische Verortung gibt allerdings Rätsel auf. Auf jeden Fall tritt es antizyklisch zum globalen Epilationstrend auf, indem es in seinen Reihen allerlei Wurzelseppl, Hutzelmänner und Zottelschratze und großgewordene Gartenzwerge sammelt – genauso wie allerhand Wuschelköpfe und Kraushaardackel. Aber weit gefehlt, wer ein Bekenntnis zum Wildwuchs vermutet: Karl Marx oder Wolfgang Thierse – das will man nicht bei der Bartmeisterschaft in der Mehrzweckhalle. Es geht mehr um gestylte, gewaxte Männlichkeit. Information für

Gleichberechtigungsbeauftragte: Damenbärte werden übrigens derzeit nicht berücksichtigt. Noch nicht.

Berlin Alexanderplatz

Gut, da ging ein Weltkrieg drüber, vierzig Jahre SED. Und trotzdem erklärt das nicht, warum dieser einst so schöne Ort im deutschen Herzen ein Schandmal ohnegleichen ist. Wer mal wieder richtig mies drauf sein will, der gehe zum Alex. Da braucht es nicht mal zu regnen. Eine innerstädtische Betonorgie, die größte deutsche Bausünde, 80 000 Quadratmeter planerischer Offenbarungseid – eine Asphaltwüste, wie es brutaler nicht mehr geht. Konsequenterweise Treff all jener, die dem Leben eher ablehnend gegenüberstehen: Punker, Obdachlose, Deprimierte. Die anderen kommen nur hierher, wenn sie unbedingt müssen. Wo einst Weltstadtflair vibrierte, verströmt der Platz heute nur noch tiefe Trauer, so bitterlich, dass man heulen wollte. Berlin Alexanderplatz – das ist *der* Ort in Deutschland, der Ort auch in der deutschen Geschichte, der direkt körperliche Schmerzen auslöst. Mahnmal der Deutschen, Mahnmal an die Deutschen und ihre Unmenschlichkeit. Symbol für die in unserem Volk immer schlummernden Selbstzerstörungskräfte. Kein Volk dieser Welt hat je so wütend und mit so viel Energie so viel jenes Schönen zerstört, das es selbst hervorgebracht hat.

Bildungsreise per Bus

Wenn vor europäischen Kathedralen in Chartres, Reims, Sevilla oder Florenz der deutsche Kli-Kla-Klawitterbus zum Stillstand kommt und verknittert dreinschauende Wagenführer die pneumatischen Ventile pfeifen lassen, auf dass sich die Flügeltüren öffnen und sich das Wageninnere mitsamt jenem undefinierbaren Geruch aus Süßmolke, Achselschweiß und etwas Rinderwahnsinn aufs Kopfsteinpflaster ergießt, dann ist wieder

Bildungsreise. Studienräte mit Baskenmützchen und grauem Flanell halten den Knirps in die Höhe, damit die Herde die Orientierung nicht verliert, und steuern den weltberühmten Tympanon an. Fotos werden gezückt. Drinnen kommt der Laser-Pointer zum Einsatz. Jahreszahlen werden ausgesprochen, die sich keiner merken kann. Vor der Führung werden alle verkabelt. Wieder wird geknipst bis zum Abwinken. Hier ein Sockel, dort ein Hochaltar, ein Kapitell. Im Schnitt vier Gotteshäuser am Tag. Wenn man sich ranhält, schafft man auch fünf.

»Ich würde sagen, wir treffen uns wieder um 10.45 Uhr am Bus. Bis dahin, meine Pfarrerstöchter, besteht die Gelegenheit, das ein oder andere Geschäft zu verrichten. Aber bitte, meine Damen, danach Hände waschen nicht vergessen!« Dieser Originalton eines deutschen jungpriesterhaften Reiseleiters aus Meschede vor einer ausschließlich weiblichen Reisegruppe wurde von mir direkt und live mitgeschnitten – vor dem weltberühmten Eingang der Basilika St. Madeleine in Vézelay (Burgund). Das war offenbar der absolute Brüller – oder Kicherer. Tatsächlich kriegten sich die Damen unter ihren Plastikregenhauben nicht mehr ein ob so viel volksnahen Gemüts.

Die deutsche Bildungsreise ist eine Form der organisierten Wissensaneignung (→ IQ-Idiotie) mit einer gewissen (→) Event-Garantie. Es zählt historische Zuordnungskompetenz, die Beherrschung von chronologischen Zahlenfolgen, von Personen und Fakten. Das Prinzip, wie bei jeder historischen Wissenschaft, ist es, eine chaotische Vergangenheit unter Kontrolle zu bringen. Das ist viel wichtiger, als sich in die untergegangenen Welten einfühlen zu können, deren Zeugnisse man abklappert. Die Bildungsreise ist eine vollkommen emotionslose Angelegenheit. Mitgeteilt werden kalte Daten. Welche Gefühle des Staunens, Entsetzens, der höchsten Freude und Verzückung, des Grausens und der Angst einst etwa die Gemäuer von mittelalterlichen Sakralbauten in den Menschen auslösten, davon versteht der Bildungsreisende nichts, will er nichts verstehen. Was zählt, ist nicht die Versenkung, das Einfühlen, der Enthusiasmus, sondern die Katalogisierung, das Abarbeiten von Programmen, das Abhaken. Und natürlich Beinfreiheit in der vollklimatisierten Sardinendose.

Bioprodukte aus Übersee

Honigmelonen aus Costa Rica, Frühkartoffeln aus Ägypten, Paprika aus Israel, Bohnen aus Kenia, Feldsalat aus Italien, Äpfel aus Neuseeland, kernlose Trauben aus Südafrika – gibt's alles im deutschen Biomarkt. Wir bilden uns was drauf ein: biodynamische Erzeugung, ökologisch auf der sicheren Seite. Völlig wurscht ist uns offenbar, dass das Zeugs unter Verbrauch von Tausenden von Litern Kraftstoff um den halben Globus geflogen kommt. Spricht man die Inhaber von Biomärkten auf die negative Ökobilanz vieler Produkte an, hört man sie verschnupft entgegnen: »Unsere Kunden wollen das so.« Tolles Argument. Der deutsche Kunde will ja bekanntlich noch ganz andere Sachen. Man stelle sich vor, man richtete sich nach dem deutschen Kunden! Das Schöne ist ja, dass die ganze Biowelle am Anfang eben gegen den Mainstream deutscher Verbraucherseelen antrat. Und sich zäh nach vorn gearbeitet hat – durch hartnäckige Missionsarbeit im deutschen Ernährungsdschungel. Es gehört zum Schlimmsten, was man in einem – auch deutschen – Leben anrichten kann: ausgerechnet gegen den Wert zu verstoßen, in dessen Namen man antritt. (→ Verbraucherschutz)

Blasmusik mit Abba-Medley

Einst drehte ich während eines Kurzurlaubs mit meinem damals vierjährigen Sohn vor dem Abendessen im Hotel noch eine Runde durchs sommerliche Menzenschwand, einem (einst) lieblichen Ort im Hochschwarzwald. Auf einem Plakat an einer Bushaltestelle entdeckte ich, dass im Gasthof »Zum Sternen« die hiesige Blaskapelle aufspielte – und zwar jetzt gleich in zehn Minuten. Prima. Mein Sohn wollte auch da hin. Also betraten wir bald das Traditionsgasthaus und nahmen im prall besetzten Nebenzimmer Platz. Es gab viel zu gucken, und mein Sohn interessierte sich natürlich für die Tuba. Alle Musikanten waren in Schwarzwälder Tracht, und ich freute mich auf leichte Märsche, Polka, Ländler – genau das Richtige, kurz vor dem Abendmenü. Doch basse Enttäuschung. Gespielt wurde über zwanzig Minuten hinweg ein Abba-Medley, blasmusikalisch sauber arrangiert, aber insgesamt doch so anzuhören, dass es einem die Schnürsenkel verknotete. Meinen Sohn störte das nicht so sehr, aber ich begann langsam, das Papier von meinem Bierdeckel zu zupfen. »Fernando« aus der Posaune, Querflöten, die »Money, Money, Money« fiepten, und Hörner, die nach »Knowing Me, Knowing You« einsetzten – ein schwerer Graus.

Tradition und Moderne – gerade in Deutschland immer schon ein schwerer Spagat – aber Abba aus der Tuba in Menzenschwand? Kann das gut gehen? Gelingt so die Ankunft in der Moderne? Oder führe man nicht besser, folgte man dem Motto: »Zurück zu den Wurzeln«? An dieser Frage entscheidet sich wohl das Weltschicksal. Auch in Menzenschwand. (→ Mitklatschen, sofortiges)

Blitzermeldungen im Privatradio

Hörer warnen Hörer vor Geschwindigkeitskontrollen der Polizei. Radiosender stiften zur Denunziation an – und machen sich dadurch populär: In Minutenschnelle formiert sich eine Ad-hoc-Opfergemeinschaft von Autofahrern gegen die böse Polizei, die doch nur abkassieren will. So sind wir Deutsche eben. Wenn uns einer das Grundrecht verweigern will, durch die verkehrsberuhigte Zone mit 70 km/h rattern zu dürfen, organisieren wir den Protest. Dann werden wir zu Partisanen und aktivieren unsere Widerstandszellen per Telefonkette. Interessanterweise sind wir meistens nur dann so richtig rebellisch und voller Zivilcourage, wenn wir dadurch Geld sparen können. In diesem Fall das fällige Bußgeld. Sich gegen Verkehrspolizisten zu verbünden, hat darüber hinaus vier Vorteile. Indem wir uns als Opfer der »Bullen« oder »Grünen« inszenieren, werden wir a) zu kleinen Helden, b) für fünf Minuten wichtig, c) haben wir scheinbar das gute Recht, uns dafür öffentlich aufzuregen, und sind uns d) sicher, dass uns die Sympathien aller zufliegen, wenn wir spätabends am Tresen ausführlich vom Zwischenfall in der Ortsdurchfahrt berichten.

Der Blitzermelder ist zudem eine kleinbürgerliche Ausgabe des 68er Revoluzzers. Der deutsche Herbst auf Schwundstufe sozusagen. Deutsche Vorgartenrevolutionäre reagieren dadurch ihre periodischen Aufmüpfigkeitsattacken ab – und fühlen sich wieder besser. Wegen der wirklich wichtigen Dinge würden sie aber nie auf die Barrikaden gehen. Zumindest nicht ohne polizeiliche Veranstaltungsgenehmigung (→ Piraten-Chic).

Braune Hinweisschilder an der Autobahn

Es werden immer mehr. Warum nur? »Rosenheim – historische Altstadt« lesen wir rechts an der Leitplanke auf der A8 Richtung Salzburg. Oder »historische Altstadt Beeskow« im Osten Brandenburgs. Gibt es denn eine Altstadt, die nicht historisch ist? Na gut. Aber dann wieder solch ein Schild: »Markus Wasmeier, Freilichtmuseum Schliersee« – wieder auf der A8. Hinweise auf rein privatwirtschaftliche Unternehmen, finanziert aus Steuermitteln? Oder hat Markus Wasmeier dafür gezahlt? Wahrscheinlich nicht. »Dom zu Speyer« kann man ja noch verstehen. Aber »Bach in Leipzig«? Oder (→) »Schäuble in Gengenbach«. Schwer zu sagen. Was hat der Autofahrer davon? Er kommt auf jeden Fall besser informiert ans Ziel als früher. Und die Schilder erzählen uns, worauf wir stolz sein können, sollten wir das vergessen haben. Sie benennen nicht weniger als die Schmuckstücke im Kästchen unseres Kultur- und Naturerbes. Vorher wussten wir schon, dass wir wer sind. Jetzt auch noch, warum.

Brille, die deutsche

Deutsche haben nicht nur Weisheitszähne, sondern oft auch Weisheitsbrillen. Man versteht darunter jene fast rahmenlose, meistens irgendwie längs durchgesägt erscheinenden Brillen, die gerne auch an Halsketten befestigt sind – und ihren Besitzern nicht nur bessere Sehschärfe, sondern auch gesteigerte intellektuelle Zurechnungsfähigkeit eintragen sollen. Weisheitsbrillen wachsen auf der Nase von Menschen, die das fünfzigste Lebensjahr überschritten haben und mangels eigener intellektueller Ausstrahlung dringend darauf angewiesen sind, etwa der Atomlobbyist und Ex-Sozialdemokrat Wolfgang Clement, Edmund Stoiber, Steuersünder Zumwinkel oder auch (→) M. Walser. Auch Dieter Althaus von der CDU Thüringen trägt eine – aber hat sie vielleicht nicht immer auf. Etwa beim Skifahren. Zur vollen Wirkung gelangt die Weisheitsbrille erst, wenn uns der Träger fixiert, indem er uns über den Rand hinweg fest in den Blick nimmt.

In Freiburg im Breisgau gab (und gibt es wohl immer noch) ein hier nicht näher bezeichnetes Oben-ohne-Lokal, das ich während meiner Studentenzeit ab und an frequentierte, wenn die anderen Kneipen dicht gemacht hatten. Zwischen Plüsch und Funzeln im Stil der Siebzigerjahre konnte man seine Blicke über die sich hier tummelnden Bardamen schweifen lassen, wie sie ihrem Geschäft nachgingen. Aber man musste als Voyeur am Tresen dafür zumindest ein 0,3 l Pils für zehn oder zwölf Mark konsumieren. Wie das in solchen Läden halt üblich ist.

Dass alles korrekt verrechnet wurde und die Gäste am Ende auch bezahlten, darüber wachte die resolute Chefin: eine Dame mit rötlich onduliertem Haar, Ende 50, die augenscheinlich nicht mehr im operativen Geschäft tätig war, aber zum allgemeinen Erstaunen ebenfalls noch oben ohne im Schankbereich zu Werke ging. Corporate Identity eben – ausgedrückt in uniformer Arbeits(ent)kleidung. Ihr Ressort war die Bilanzbuchhaltung am Tresen. Oben ohne, aber mit angeketteter Lesebrille, damit sie im ganzen Sündenpfuhl den Überblick behielt und ja keiner die Zeche prellte. Einnahmen und Ausgaben, Plus und Minus, Soll und Haben. Auch im deutschen Rotlicht-Milieu.

Brot selber backen

Angesichts der desaströsen Lage des deutschen Bäckerhandwerks könnte man es ja eigentlich nur zu gut verstehen, wenn nicht gar lauthals begrüßen, wenn immer mehr Menschen ihren Backautomat in der Küche aufstellten und selber Brot backten. Wenn man dann aber mal genau hinschaut, dann eher doch nicht. Der braungraue Vollkornbrocken, der über Nacht durchhärtet und morgens in Würfelform (→ Kantine mit Cordon bleu) vom Automaten ausgeschieden wird, ist dann doch ein besonders deutscher Graus. Aber wahrscheinlich unendlich gesund. Aber vor allem selbst gemacht. Wir lieben es eben: Do it yourself. (→ Eigenheimverschandelung)

Bücherregalbestückung

Als traditionelles Sammelbecken der Dichter, Denker und Möchtegerns leidet Deutschland bis heute unter Bibliomanie, zwanghafter Büchersucht. (→ Walser, Martin – Deutsche Psychogramme IV) Die Bibliophilen, weil sie Bücher toll finden, die anderen, weil sie Bücher hassen, aber wissen, dass man in dieser Kultur ohne ein paar Alibibände in der Schrankwand verloren ist. Nur bei uns ist das Bücherregal statusenergetisch so aufgeladen. Protz und Prestige strömen von unseren präparierten Bücherwänden aus wie von den abstrakten Gemälden, die wir (bei *eBay* günstig ersteigert) zur Einschüchterung unserer Gäste gerne über der Wohnzimmercouch anbringen. Andere sollen ruhig, nein, sie müssen es wissen, welches Kaliber wir haben, gleich wenn sie bei uns zur Wohnungstür hereinkommen. Das darf ruhig ein bisschen wehtun: So ein 5-Gänge-Menü, zu dem wir eingeladen sind, will uns nicht recht den Gaumen runter (→ Einladungen zum Abendessen), wenn hinten oben die Max-Weber-Gesamtausgabe droht, steinschlagartig aus dem Schuber zu purzeln. Der illustrierte Farbband »Korinthische Kapitelle« ist wahrscheinlich nur eine Attrappe – wer guckt sich schon so was an. Er verfehlt seinen Zweck, Angst und Schrecken zu verbreiten, aber genauso wenig wie der Band »Dessauer Bauhaus«. Das Gute an Letzterem: Den gab's bei *Wohlthat* in der Ramschkiste für 4,99 Euro. Für fast drei Zentimeter Buchrücken – ein tolles Preis-Leistungs-Verhältnis.

Die typisch deutsche Bücherregal-Mischung besteht aber nicht nur aus grimmigen Bildungsscharteken, sondern aus mindestens so vielen Werken, die »augenzwinkernden« Humor versprühen. Mit dem Attribut »augenzwinkernd« bringen Verlage heutzutage fast alles an den Mann, wahrscheinlich bald auch die noch ausstehende Autobiografie von John Demjanjuk. Hier eine Auswahl von Werken mit besonders augenzwinkerndem Humor: Frauen mögen das »Das Moppel-Ich«. »Die Leber wächst mit ihren Aufgaben« finden alle hochoriginell oder das Werk »Wer bin ich – und wenn ja wie viele«. Augenzwinkernd auch »Liebe dich selbst – und es ist egal, wen du heiratest«. Solcherlei Schabernack fusioniert in toto mit (→) Abi-Aufklebern und illustrierten Bürowitzen an deutschen Arbeitsplätzen zu einer Melange, der man das Schildchen vom wirklich komischen deutschen Humor umhängen kann. Da darf »Der weiße

Neger Wumbaba« von Axel Hacke (→ Neue deutsche Dekadenz) natürlich nicht fehlen.

Die echt urdeutschen Werke aber sind Dale Carnegies »Sorge dich nicht – lebe!«, direkt neben dem ADAC-Straßenatlas 1987 platziert, dazu Harry Potter und immer gerne das Werk »Endlich Nichtraucher!«. Auch Helmut Schmidt, »Außer Dienst«, wird gern genommen – und Gott sei Dank ist es noch folienverschweißt, so können wir es weiterverschenken. Für Onkel Walter zum Siebzigsten. Und jeder hat irgendwo einen Onkel Walter, oder nicht?

Militärgeschichtliche Handbücher wie »Deutsche Uniformen und Abzeichen 1933–1945«, »Fremdenlegion. Ausbildung – Bewaffnung – Einsatz« oder »Rommel ruft Kairo« finden sich im deutschen Regal, ein breiter Buchrücken mit der Aufschrift: »Witze-Jumbo«, daneben der Band »Die besten Schottenwitze«, danach zwei Bücher über die Alpen, gefolgt von Goldschnitt Schiller, Goethe, Wieland aus dem Bertelsmann Club, circa 1953, ungeöffnet und so ausgetrocknet, dass ein Öffnen eines der Exemplare dessen sofortiges Ende durch Totalpulverisierung bedeuten würde, flankiert von einem »Örtlichen Telefonbuch«.

Es soll an dieser Stelle aber zur Abwechslung auch einmal Erbauliches stehen: Ein Vorschlag zur spürbaren Aufwertung solcher Buchlandschaften: Man füge dieser typisch deutschen Bücherauswahl die »Deutschen Unsitten« hinzu, und schon hätte das Sortiment augenblicklich erheblich mehr Klasse.

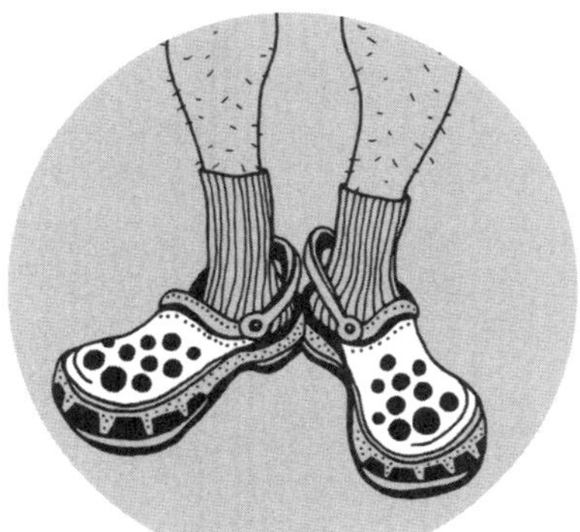

C

Cineastengeplapper

Deutsche Kinofilme floppen regelmäßig. Wir können Autos, aber halt keine Filme machen. Dafür kennen wir uns aber unheimlich gut aus bei Filmen. Deutsche Regisseure bringen zwar keinen ordentlichen Blockbuster hin, dafür hocken im deutschen Publikum so viele Cineasten wie nirgends sonst. Sie hocken und hocken, und zwar stets, bis der ganze Abspann abgelaufen ist. Wir sind Weltmeister im Kino-Fachsimpeln, wissen alle Daten, den dritten Beleuchter vom vorletzten Wenders-Film und wer bei Murnau die Knöpfe ans Kostüm genäht hat. Andere fahren dicke Autos, wir türmen Filmwissen auf, um Eindruck zu machen. Wenn sie anderen erzählen, worum es in dem Film ging, sagen Cineasten nicht: »Der Film handelte von …« oder »In dem Film wurde davon erzählt, wie …«, sondern aktivisch-transitiv: »Der Film erzählt die Geschichte …« Ja, welche denn? Ja, wahrscheinlich die einer *femme fatale* oder einer *amour fou* oder eines *enfant terrible* – das wahrscheinlich aus einer *amour fou* hervorging. Ziemlich sicher sucht das *enfant terrible* etwas – und findet am Ende sich selber. Na, wenigstens etwas. Milieu heißt unter Cineasten gern »soziales Biotop«. Berlin ist die Hauptstadt der deutschen Cineastenkultur, wenn man so will: ihr eigentliches soziales Biotop. Dort sitzen auch die meisten *enfants terribles* im Saal, wenn es wieder dunkel wird. Und nachher in der Kneipe bei der Nachbesprechung. Wie andere Muscheln, Bierdeckel oder Briefmarken sammeln sie eben Kinodaten. Und geben sie in endlosen Monologen wieder, so lange, bis man dem Cineast denselben absägen will, auf dem er sitzt. Oder bis man ihm einfach eine heiße Brühe bestellt und wie Gregory Peck in »Die Wildnis ruft« von 1946 sagt: »Gaaaaaanz ruhig. Iss das jetzt, es wird dir guttun.« (Wie hieß gleich noch der Regisseur des Films?)

Convenience Food im Restaurant

Man geht dem Gastronomiegewerbe nach, weil Menschen immer essen werden müssen. Mit diesem Startvorteil gehen auch deutsche Restaurantbetreiber ins Rennen. Tatsächlich steht man ja auch nur in absoluten Ausnahmefällen vom Restauranttisch auf und verlässt unter lautem Protest den Raum. Man sollte es tun, wenn man in seinem Salat vorgeschnitzte Karottentaler aus dem Gefrierbeutel, aber dafür mit Oberflächenriffelung vorfindet, wenn über den Salat statt einer frisch angerichteten Vinaigrette säuerlich-sahniger Industrie-Schmodder gekübelt wird, der auch geschmacklich an Universal-Flüssigdünger erinnert, wenn statt frisch gedünsteter frittierte Zwiebelringe den Rostbraten bedecken, die sich wie Holzwolle auftürmen. Bei Paprika und Champignons aus der Dose herrscht dann schon der Nötigungsfall, in dem Notwehr erlaubt ist.

Deutsche Gastronomen, gerade der großen, breiten Mittelklasse, sind in aller Regel noch immer zu faul, ihren täglichen Bedarf an Zutaten und Nahrungsmitteln regional zu decken und bereiten ihren Gästen eine ganz und gar deutsche Spezialität: man wählt lieber die Nummer vom Gastro-Heimservice, gibt die Bestellung durch – und den Verstand in der Tiefkühltruhe ab. Dauerbrenner wie Lachs in Blätterteig, das Gourmet-Pangasiusfilet in Senfsauce, Schweinegeschnetzeltes, Putencurry oder Hühnerfrikassee – es gibt *convenient* alles, was das Herz begehrt, der Reichtum der Tiefkühlkulinarik ist unerschöpflich. Aufwärmen statt selber kochen. Alles andere rechnet sich nicht mehr, sagen sie, ohne es vorher einmal auszuprobieren. Schließlich ist Gastronomie ein Geschäft und keine Wohltätigkeitsveranstaltung. Und wem es nicht passt, der kann ja woanders hingehen. (→ Mexikanische Systemgastronomie, → Gutbürgerliche Küche)

Converse All Stars

... an den Füßen deutscher Pseudo-Cooler. Converse Chucks tragen vorzugsweise jene, die zeigen wollen, dass sie trotz arrivierten Lebensstils völlig locker geblieben sind. Topmanager, Zivilrichter, Urologen. Converse-All-Star-Schuhe sind nicht so sehr cool, sondern eher Verdachtsvorbeuger von Uncoolheit. Damit eindeutiger Indikator für Vollspießer. Wenigstens bei Trägern, die älter als 35 sind. Aber auch eine sichere Quelle für kultivierten Fußgeruch. Man muss sie nachts draußen vor der Tür (Borchert) im Schuhregal abstellen, um zu verhindern, dass die Buttersäure-Tierchen über Nacht hinter die Tapete kriechen. Und das ist dann doch irgendwie unlocker. (→ Crocs)

Crocs

Bei Birkenstock dachten wir einst, schlimmer geht's nimmer. Aber weit gefehlt. Jetzt gibt's Crocs. Aus den USA. Dort schwächelt der Absatz mittlerweile, bei uns quietscht es dafür umso mehr. Für sie, für ihn, für die Kids. Für die Freizeit, für die Arbeit, aber eigentlich ein Kündigungsgrund. Stationsärzte schlurfen damit über den Klinikflur, Lebenskünstler fühlen sich darin pudelwohl, Nachrichtenredakteure ziehen sie auch nachts nicht mehr aus. Crocs – das sind die primären Kreativitätsaccessoires unserer Zeit. Neoinfantile, die sie tragen, haben gerne auch originelle Ansagetexte auf ihren Anrufbeantwortern. (Etwa den Liedanfang von »Who can it be now?« von *Men at Work.*) Wetten? Der Prototyp des Croc war der »Aquaclog« einer kanadischen Kunststofffirma, die sonst Toilettensitze herstellte. Das sieht man den Dingern heute noch an. Löchrig wie Schweizer Käse, die Farben wie von *Lego*, die Form erinnert an jene kleinen Bojen, die im Becken den Nichtschwimmer- vom Schwimmerbereich abtrennen. Sie wirken insgesamt irgendwie Nesselsucht erregend – die Phtalate scheinen aus den Poren zu tropfen. Und sind so ausgeflippt hässlich, dass eine Steigerung nicht mehr vorstellbar ist. Bei uns laufen die Latschen wie verrückt, weil die Dinger tierisch bequem sind. Außerdem haben Deutsche eine besonders innige Beziehung zum Tabubruch. *Bad taste* ist anderswo Ironie, bei uns Affirmation. Erneuter Beweis für die These: Wir lieben das richtig Peinliche, weil wir es mit cool verwechseln. (→ Kult, → Converse All Stars)

CSU

Der 22. Zusatzartikel der Verfassung der Vereinigten Staaten von Amerika begrenzt die Amtszeit des US-Präsidenten auf maximal zwei Amtsperioden. Der Sinn: ab und zu durchlüften, das kann nichts schaden. Bei uns ist das anders. Man kann einen Bundeskanzler oder Ministerpräsidenten theoretisch so oft wählen, bis der tot umfällt. Auch, was die organisierten Volksvertretungen angeht, gibt es kein Prinzip, das etwa verhindern würde, dass eine Partei *ad infinitum* an der Regierung bleibt. Letzteres ist aber gerade in Bayern der Fall – in tatsächlich schon mehr als unsittlichem Ausmaß. Die CSU, eine Mauer, so undurchdringbar wie das Luftschutzbunker-Lächeln von Horst Seehofer, die CSU, eine praktisch monolithische Volkspartei, sie regiert quasi seit der Kreidezeit den Freistaat in alle Ewigkeit, Amen.

Das Problem: Wo nicht gewechselt wird, verwechselt sich mit der Zeit die eine immer regierende Partei mit dem Staat selbst. Das führt dazu, dass man alle Rücksichten auf die *volonté générale* fallen lässt und ganz und gar selbstgerecht wird. Letztlich führt dies zur Umkehrung dessen gar, was gut und richtig, vollends, was wahr ist. Lion Feuchtwangers zentraler Satz in seinem Bayern-Roman »Erfolg« lautet passend: »Wahrheit ohne Macht ist keine Wahrheit.« Man kann den Satz auch umdrehen: Wer die Macht (oder den Erfolg) hat, bestimmt, was Wahrheit, was Gerechtigkeit ist. Auch juristisch:

»Macht von Erfolg begleitet erwirkt Recht.« Nirgendwo sonst in Deutschland – nicht im ehemaligen Rotklüngel NRW, nicht im gleichsam dauerrabenschwarzen Ländle – als eben in Bayern ist das Recht so sehr ein Produkt der Macht – bis heute. Auch, was die Auswahl des politischen Personals angeht, ist ein solches Regierungsmonopol äußerst schädlich. Der Genpool des politischen Personals verarmt, trocknet aus – und bringt am Ende nur ideologisch-moralische Inzucht hervor. Folgerichtig sammeln sich an der Spitze der CSU Erzlumpen wie Peter Ramsauer, Markus Söder oder Joachim Herrmann – der nicht nur rein optisch gut und gerne der ältere Bruder von Horst Schlämmer sein könnte. Nirgendwo stimmt der Satz Thomas Bernhards so sehr wie hier in Bayern: »Bolidiger san a Gsindl«. (Für Nicht-Österreicher: »Politiker sind ein Gesindel.«)

Und wenn sich mal einer wehrt, spielen sie die ganz und gar Empörten, bevor sie zum Telefonhörer greifen, um ihre Parteisoldaten in Stellung zu bringen. Erinnern Sie sich noch an die Geschichte mit dem Wachsfigurenkabinett? Vor nicht allzu langer Zeit sorgte ein im Grunde höchst korrekter, wenn nicht gar längst überfälliger Vorfall für helle Aufregung im bayerischen Freistaat. Im damals neu eröffneten deutschen Wachsfigurenkabinett von Madame Tussaud in Berlin wurde in einem Raum, der ausgewiesenen Bösewichten aus der Politik vorbehalten ist, der ehemalige Oberbatzi Franz-Josef Strauß mit dem Ost-Spion Günter Guillaume in einer Bildcollage auf einen Streich präsentiert. Nicht als Wachsfiguren-Duo – aber doch Seit' an Seit' auf zwei Fotos, die zwei der gröbsten Halunken der deutschen Nachkriegszeit vorstellen sollten. Das erregte die Standfesten der CSU über die Maßen, obwohl der alte Oberamigo Strauß doch in dieser Gesellschaft bestens aufgehoben ist. Tochter Monika Hohlmeier, wie ihr Bruder Max selbst nicht ganz ohne schurkisches Talent, entrüstete sich mächtig, ohne bis heute auch nur den Hauch irgendeiner Schuldeinsicht erkennen zu lassen, die der Bewertung der historischen Schandtaten von FJS tatsächlich angemessen wäre. So jedenfalls kann es nicht gelingen, aus dem Sündenpfuhl Bavaria einmal ein Land zu machen, blühend, frei von jeder Fäulnis. Ohne Reue keine Bekehrung.

Jedes Mal, wenn ich in München vor dem Justizpalast in der Prielmayerstraße stehe, denke ich, wie viel Unrecht hat dieser republikfeindliche Rechtsapparat schon gesprochen, seit das bayerische Justizministerium 1897 hier eingezogen ist. Wenn seine Steine lebendig wären, sie müssten vor Scham im Boden versinken. Eine »Geschichte des Unrechts im Lande Bayern vom Waffenstillstand 1918 bis zur Gegenwart« – ein Buch, das der jüdische Anwalt Dr. Siegbert Geyer in Feuchtwangers Roman immer schreiben wollte, es ist nie geschrieben worden, und wäre doch eine Lebensaufgabe. Was stand noch gleich auf dem Aufkleber auf der Ente meines Gemeinschaftskundelehrers Anfang der Achtziger? Genau: Wo Recht zu Unrecht wird, wird Widerstand zur Pflicht.

D

Dringend Drängeln

Nicht nur auf der Autobahn. Oder in der Bäckerei. Oder am Frühstücksbuffet in Fuerteventura. Am ärgerlichsten am Bahnsteig. Das gibt's in England nicht, nicht mal in Newcastle upon Tyne in der härtesten *rush hour* oder im letzten Eck des Londoner Eastends. Bei uns bilden sich beim Besteigen von Bussen, Straßen- und U-Bahnen augenblicklich links und rechts des Einstiegs große Menschentrauben, sodass die Aussteigenden oft nicht wissen, wo sie hintreten sollen. Wenn der Letzte draußen ist, kommt es zu unvorstellbarem Gewühle. Sozialdarwinismus in Reinform.

Warum drücken wir so? Weil wir immer Angst haben, zu spät zu kommen, zu kurz zu kommen. Auch im Supermarkt. Wir stellen uns zwar in die Reihe, aber in höchst unwilliger Art und so, dass der Vordermann unseren heißen Raubtieratem im Nacken spürt. Sobald die Schlange aus mehr als fünf Personen besteht, werden wir stinkig. Bald kräht schon der Erste durch die Halle: »Neue Kasse aufmachen!« Öffnet dann eine zusätzliche Kassiererin ihre Kasse, gibt es erneut Aufregung, weil jetzt alle auf einmal die Schlange wechseln und als Erste an der neuen Kasse stehen wollen. Dasselbe Phänomen sieht man regelmäßig auch auf der deutschen Autobahn – im Stau. Sobald es den Anschein hat, als käme man auf einer der beiden Fahrbahnen schneller voran, wechseln alle die Spur. Oder verlieren vollends die Nerven und rasen mit eingeschalteter Warnblinkanlage auf dem Standstreifen am Stau vorbei. (→ Rasende Raser)

Wenigstens die Deutsche Bahn AG will jetzt Abhilfe schaffen. Wer sich für ein Ticket anstellt, muss neuerdings eine Nummer ziehen, wie auf dem Arbeitsamt. Auch dann, wenn, was selten vorkommt, mal zufällig gar nichts los ist. Neulich, an einem Sonntagnachmittag, kam ich nach sechs Stunden DB-Odyssee nach Hause zurück und wollte mir in meinem Heimbahnhof gleich noch den Ticketpreis zurückerstatten lassen, weil mein Zug über zwei Stunden Verspätung hatte und ich mit einem Bummelzug fahren musste. Selten, aber wahr: Ich war im DB-Center der einzige Kunde. Ich lief schnurstracks zu einem freien Schalter, fing an, mein Anliegen vorzutragen, doch der Mann machte wortlos den Scheibenwischer mit dem Zeigefinger. Er weigerte sich, mit mir zu sprechen. Deutete stattdessen auf einen Automaten am Eingang. »Sie müssen erst eine Nummer ziehen!« »Aber es ist doch außer mir gar keiner hier!«, erwiderte ich. »Egal, Sie müssen eine Nummer ziehen und warten, bis Sie aufgerufen werden.« Ich ging zurück, zog eine Nummer, setzte mich auf eine Bank. Ich wartete kurz, es machte »Pling«! Die Nummer wurde aufgerufen, ich ging zurück an den Schalter, gab dem Mann wortlos die Nummer. Er sagte zu mir: »Was kann ich für Sie tun?« Darauf muss man erstmal kommen! »Diamonds are a girl's best friend«, singe ich in solchen Situationen immer vor mich hin. Warum, weiß ich auch nicht.

E

Edelgastronomie mit 's

Wenn bei uns einer meint, er sei ein guter Küchenmeister, dann heißt seine Kneipe bald nicht mehr »Zum Adler«, »Zur Krone« oder »Zum Mohren«, auch nicht mehr »Schlemmermeile mit Biertunnel« oder »Curry-Tempel in der Südkurve« (siehe Güllesheim, Kreis Altenkirchen, Westerwald), sondern der Mann stickt sich seinen Namen auf den Latz und nennt den Laden ab morgen »Schuhbeck's«, »Raub's«, »Bodendorf's« (Sylt), »Boettner's« (München). Gerne auch »Brogsitter's Sanct Peter« oder »Philip's Brasserie« oder »Sänger's Restaurant« oder was sonst noch. In München gibt es sogar »H'ugo's«. Mei, o mei. Doppelt hält besser. Das apostrophierte kleine S, meinen sie alle, indiziere Qualität am High-End der Spitzengastronomie. (Siehe McDonald's.) Der neunmalkluge Sprachexperte Bastian Sick schreibt zwar, bei solcherlei Betrieben sei laut Duden das apostrophierte S erlaubt und daher vollauf korrekt, trotzdem bleibt der Eindruck einer gewissen Bescheuertheit bestehen. Gut also, dass es Hecht's Unsittenbuch gibt, das alles archiviert.

Eiersalat

Ich habe Anno Domini 1996 als Volontär des Südwest(rund)-funks in der (→) Kantine des Baden-Badener Sendezentrums einmal einen in Funk und Fernsehen bekannten TV-Moderator dabei beobachtet, wie er sich zum Mittagessen acht gepellte, hart gekochte Eier vom Rohkost-Buffet angelte, sie vor Ort mit einem Messer vierteilte, mit Mayonnaise, Essig und Öl, Salz und Pfeffer beträufelte, zur Kasse eilte, den Teller abwiegen ließ, bezahlte, zu einem Ecktischchen tänzelte und sich im hintersten Winkel des Raumes über diese Speise hermachte. Seinem bis dato von mir hoch eingeschätzten journalistischen Riecher misstraute ich seit diesem Erlebnis von Grund auf. Der Mann ist heute pensioniert, sitzt aber gelegentlich noch in irgendwelchen Talkrunden, in denen über dies und das gesprochen wird. Immer wenn ich ihn diskutieren sehe, denke ich an den Eiersalat, an seine arme Frau und seine armen Kinder. Den entsprechenden Roman »Eiersalat« hat übrigens der von mir hoch verehrte Künstler Helge Schneider vorgelegt. Er sei allen empfohlen, die sich weiter in die Sache einarbeiten und Weiterführendes zum Thema wissen wollen.

Eigenheimverschandelung

Die jüngste Verirrung im deutschen Drang, das eigene Häuschen unablässig umzumodeln, ist die Meise, mittels dicker Styroporscheiben die Hauswände luftdicht abzuschotten. Das spart nämlich Heizkosten, hat man gehört. Und an der Sparstelle sind wir eh' waidwund. Aber auch für die Ästhetik tun wir was. So ist es ja nicht. Die Verbretterung der Fassade ist hier der letzte Schrei: Man verschalt zumindest Teile der Fassade, wie den Giebel oder eine ganze Seite des Eigenheims, mit längs angebrachten Fichtendielen. Was noch frei davon ist, wird im Landhausstil sienagelb, ocker oder dunkelbraunrot gestrichen, wie man das im Spanienurlaub gesehen hat. Urlaub eben auch zu Hause. Ansonsten stehen wir auf Oberflächenversiegelung. Im Laufe eines Lebens schaffen es deutsche Häuslebauer, das gesamte Grundstück bis vor zum Wendehammer wasserdicht zu kriegen. Dafür wird gepflastert, geplättelt, gefliest. Dafür rührt man den Kleber an, wenn nicht gleich den Beton oder vollends den Asphalt. Deutsche sind gut im Pflastern und Fliesen, da sitzt jeder Handgriff. Das beherrschen wir aus dem Effeff – und zwar bis zum tz. Tatsächlich liegen Deutsche im Grad der Oberflächenversiegelung im Verhältnis zu ihrer Besiedlungsfläche weltweit auf Platz 1. Nirgend ist man so gebannt von der Idee, zwischen sich und den Erdboden eine undurchdringbare Hartschale zu legen, nirgendwo sonst auf der Welt scheint die Seele so tiefe Ängste vor all jenem aushalten zu müssen, was da alles aus dem feuchten Erdreich emporkriechen könnte. Basilisken, Fabelwesen, Kreaturen wie bei Hieronymus Bosch wahrscheinlich. Weil die Versiegelung aber regelmäßig zum Erstickungstod der deutschen Unterwelt führt und sich die Feuchtigkeit im Keller sammelt oder schon zwanzig Zentimeter hoch an der Außenwand steht, verdienen mittlerweile viele Spezialisten ihr Geld damit, Be- und Entlüftungssysteme für zugeschweißte Oberflächen einzubauen. Wenn's denn doch gelingt, stellen wir eine Baumarkt-Pergola oder ein Holzhäuschen oben drauf, ziehen die Jogginghose an und lassen fünfe gerade sein. Dann wird erst mal das Quad ordentlich einschamponiert. Schließlich und endlich läuft alles über kurz oder lang auf (→) Grillen hinaus. Das ist unser Schicksal, unser letzter Wille. Dorthin geht des Deutschen Reise, die eines Samstagmorgens im Baumarkt begonnen hat. (→ Houses und Häuser)

Eingelegte Oliven

Deutsche Wochenendgenießer lieben es innig, eingelegte Oliven am Ethno-Stand auf dem Wochenmarkt zu kaufen. Da stehen dann offene Holzbottiche rum, die nach (→) Knobi und Kräutern riechen. Ein zauseliger Späthippie im Norweger, der zu Hause noch ein Didgeridoo unterm Che-Guevara-Plakat stehen hat, füllt uns mit der Schöpfkelle was ins Plastiksäckchen. Dazu noch echt leckere Avocadopaste und Oliven-Auberginen-Paste (→ Lekker Strom), gerne auch etwas Humus und eine Paste, von der er jetzt auch nicht recht weiß, was da alles drin ist, die aber irgendwie an eingetrocknete Schuhcreme erinnert. Oder an Meisenfutter. Deutsche meinen, derart Eingelegtes sei in mediterranen Ländern täglich auf der Speisekarte, und alle Menschen von Gibraltar bis zum Hindukusch ernährten sich regelmäßig davon. Deshalb tut es auch jener weltoffene Teil der Deutschen, also alle, die entweder mitten in oder nur knapp links von der bürgerlichen Mitte zu Hause sind.

Eingelegte Oliven sind antipodisch zum Cordon-bleu-Komplex zu verstehen – auch weltanschaulich. Auch sonst haben es Oliven besonders leicht bei uns: Der Renner ist das Oliven-Ciabatta, am besten »ofenfrisch« mit einem knackigen Salat. Da werden wir rallig. Wenn dann noch einer »Mit Mozarella, bitte!« ruft, rundet sich der Vorfall zum volkskundlichen (→) Gesamtevent, das wir uns nicht entgehen lassen sollten.

Einheitsbräu nach Reinheitsgebot

Es gibt immer weniger Brauereien in Deutschland. Über 2200 zählte der Deutsche Brauerbund in den Fünfzigerjahren. Schon 1990 waren es nur noch die Hälfte – und sie schwinden weiter dahin. Ein Jammer. Aber warum sollte ausgerechnet das Brauwesen von den globalwirtschaftlichen Monopolisierungstendenzen verschont bleiben? Trotzdem. Beim Bier geht es immer auch ums Eingemachte: um Identität. Da hätte man von uns Deutschen tatsächlich ein bisschen mehr Gegenwehr erwarten dürfen.

Heimatlosigkeit ist der Grundzug der Moderne, wusste schon Heidegger. Heimatlosigkeit, das Ende regionaler Identitäten, ist ein Ergebnis der hemmungslosen Globalisierung von Markt und Kultur. Konkret drückt sich das Elend im Untergang typischer regionaler Architekturstile (Weber-Fertighaus) oder dem Verschwinden einer ganz eigentümlichen kulinarischen Vielfalt aus (Cheeseburger). Doch den Deckel auf diese Entwicklung setzt erst die Monopolisierung identitätsstiftender Gemeinschaftsgetränke, vornehmlich die Monopolisierung im Bierbrauerwesen. Wenn die ortsansässige Brauerei dichtmacht und über Nacht das Radeberger-Schild oder die Bitburger-Funzel von den Fassaden einst stattlicher deutscher Wirtshäuser grüßt, dann ist das nicht gleichgültig, sondern der letzte Schritt hinein in die totale Haltlosigkeit. Wo im Landstädtchen früher die Pflug-Brauerei war, ist heute Warsteiner, wo es ein süffiges Engelbräu gab, hat sich schon längst Diebels Alt breitgemacht. Es ist eine Schande. Jede dieser kleinen Brauereien brachte einst ein Bier hervor, das, qualitativ fast immer auf ordentlichem Niveau, unverwechselbar schmeckte. Heute regiert der Einheitsgeschmack unserer Industriebiere – meist trinkbar, aber ohne jeden Charakter.

Neuerdings gibt es *0,5 Original*. Das ist keine Mengenangabe, sondern ein Label. Vorläufig letzter Höhepunkt der neuen Gleichgültigkeit dem Guten und Schönen, dem Hellen und Wahren gegenüber. *0,5 Original* in Büchsen – das Zeugs geht weg wie sonst was. Büchsenbier. Eine Schmach. Das (→) *Ja!* unter den Bieren. Mehr als eine korrekte Mengenangabe gibt's hier nicht in Erfahrung zu bringen. Wer das Kleingedruckte auf der Rückseite studiert, kann herauskriegen, dass der Erzeuger in Braunschweig sitzt. Deutsches Reinheitsgebot! Warum wird das nicht verhindert? Ist es nicht auch ein Gebot sittlicher Reinheit, über Herkunft der Zutaten, Art der Verarbeitung und darüber Auskunft zu geben, wie man so noch einen Funken Anstand gegenüber dem deutschen Biertrinker wahren will? Und über *Erdinger* sollte auch einmal ein Wort verloren werden. *Erdinger* ist ein besonders raffinierter Trickbetrug. Eine Vorspiegelung falscher Tatsachen, ein Täuschungsversuch all den Biertrinkern gegenüber, die gegen die Bitburgerisierung des deutschen Bieres ankämpfen und die regionale Braukultur stärken wollen. Sie merken aber gar nicht, dass *Erdinger* bereits das Warsteiner unter den Weißbieren ist. Ein schreckliches Gesöff trotz gesteigerten Werbeaufwandes mit Trachtenidyll, Maibaumtanz und Beckenbauer. Dem Untergang entgegen. Darauf zur Abwechslung einen Kamillentee.

Einladungen zum Abendessen

Deutsche Geselligkeit verkommt gerne zum Krampf, wenn am Samstagabend zum Dinner eingeladen wird. Maxim Gorski, ein waschechter Russe mit ausgeprägtem Beobachtungstalent, gibt in seinem schönen Buch »Gebrauchsanweisung für Deutschland« eindringlich den klugen Tipp, unbedingt pünktlich zu einer deutschen Essenseinladung zu kommen. »Zu frühes Eintreffen würde Ihre Gastgeber in größte Verlegenheit stürzen, weil der Braten noch in der Röhre, die Hausfrau noch nicht umgezogen ist und die Gläser noch nicht poliert sind. Erscheinen Sie zu spät, besteht die Gefahr, dass das kunstvoll durchkomponierte und an feste Verzehrszeiten gebundene Menü verschmort oder kalt wird.« Und Vorsicht bei der Wahl der Geschenke! »Verkneifen Sie es sich«, schreibt er weiter, »ein gebratenes Huhn zum Abendessen mitzubringen. Was bei uns ein hochwillkommener Beitrag zu einer reichhaltigen Tafel ist, wäre in Deutschland ein folgenschwerer Fauxpas.« Dann lieber eine Orchidee oder ein Pralinentütchen von (') Hussel. Für Gorski zählt die Hausführung vor dem eigentlichen Essen zu den härtesten Bewährungsproben für den Anstand der Gäste.

Bei den Russen ginge man nach der Begrüßung schnurstracks in die Küche, die man den Rest des Abends über auch nicht mehr verlassen würde. Der Rest der Wohnung interessiere niemanden. Deutsche hingegen unternähmen mit ihren Gästen erst einmal eine ausführliche Hausbegehung. Und erzählen zu jedem Raum eine Anekdote. Zu jedem Kunstdruck, zu jeder Stehfunzel, zu jedem Mitbringsel auf der Kommode. »Wie viele Quadratmeter habt ihr jetzt?« ist die Standardfrage. Viel zu wenig. Es fehle an Stauraum, die Antwort. (→ Schlafzimmer-Welten) Das Essen selber ist dann eigentlich nur ein Schaulaufen, regiert von einem seltenen Perfektionszwang, der nur dem einen Quell entspringt: Solche Abendessen sind trotz aller gespielten Formlosigkeit dennoch knallharte, weitgehend freudlose Statusveranstaltungen. Man würdigt den Wein, das Mahl, das Heim und die Terracotta-Fliesen. Ist aber irgendwie beiderseits des Tisches froh, wenn man nach Hause darf. Dann kann man endlich authentisch werden, Verkrampfungen lösen sich am Beckenboden und das Wochenende kann beginnen.

Einschulen mit Fünf

Früher wurden alle Kinder, die in einem bestimmten Zeitraum geboren wurden, gleichzeitig eingeschult. Das war einmal. Heute gibt es Kann-Kinder. Das sind Kinder, die bis zu einem Jahr jünger sind, aber schon die nötige intellektuelle Schulreife mitbringen. Davon scheint es in Deutschland immer mehr zu geben. Offenbar werden die Kinder in Deutschland immer früher immer klüger. Kaum den Windeln entwachsen, lassen sie ihr Genie erkennen, und die Eltern handeln konsequent: sofort einschulen. Sie sind überzeugt, dass das genau das ist, was ihre Kleinen brauchen. Oft wird zur Symbolisierung der chronischen geistigen Unterforderung das Bild des trockenen, von einer Wüste ganz und gar ausgedörrten Schwammes gebraucht, das den unstillbaren Wissensdurst bereits der Vierjährigen ausdrücken soll, ein Wissensdurst, der im Normalo-Kindergarten natürlich nie und nimmer gestillt werden kann. (Ganz abgesehen davon, dass die da in der Regel auch zu faul sind, ihn zu stillen, falls er sich denn regte.)

Früher übersprang nicht mal der Schüler Albert Einstein eine Klasse. Heute gibt es bei uns so viele hochbegabte Kinder wie Teilnehmer am New-York-Marathon. Noch nie gab es auch so viele selbstbewusste Mütter und Väter, die beim Kindergarten-Sommerfest damit auspackten, mit Ben oder Fiona ein hochbegabtes Kind ihr Eigen nennen zu dürfen – ohne dass dies bislang anderen aufgefallen wäre. Charakteristisch für solche Gesprächseröffnungen ist es, dass das noch nicht einmal mit einem unterdrücktem Triumphgefühl ausposaunt wird, sondern es wird dabei stets eine überaus besorgte, ja leidende Miene aufgesetzt. Superklug zu sein, heiße ja nicht, es leichter zu haben, ganz im Gegenteil, stöhnen sie. Und dann kommen die Geschichten mit der Aggressivität, die von den kleinen Genies ausginge, wenn sie nicht dreimal am Tag das Assoziativgesetz anwenden dürften, oder ihnen jemand den Wittgenstein versteckt habe. Die Armen. Eltern von hochbegabten Erstklässlern kontern dann gerne mit dem Hinweis, das Überspringen der Klasse stünde beim Sohnemann demnächst an, ach was, das Überspringen der Grundschule.

Unbeleckte Umsitzende fragen sich oft: Wie kann das sein? Ganz einfach. In der entfesselten Erfolgsgesellschaft drückt es die Alten noch mehr beim Kinder-Poker als früher – und es werden alte Rechnungen beglichen: Wenn es bei einem selber schon nicht mit der Hochbegabung geklappt hat, dann muss es halt der Nachwuchs richten. Irgendwo findet man immer ein sprechendes Indiz für hochbegabte Kinder, man muss nur das Kritze-Kratze-Bild von Leander-Nils etwas genauer anschauen – um die genialischen Spuren auszumachen.

Das Problem: Oft sind die kleinen Klugen körperlich noch etwas zurück. Es fehlt dazu noch an psychischer und sozialer Reife und Durchsetzungsfähigkeit. Da ihre Eltern aber unbedingt wollen, dass sie in die Schule gehen, müssen die Kinder den Wachstumsrückstand aufholen, indem sie unter professioneller Anleitung einen »Selbstbehauptungskurs« absolvieren. Sind die zwei, drei Handkanten-Abwehrschläge eingeübt, steht Blümchen endlich nichts mehr im Weg – und ab auf die Karriereleiter. Warum lässt man sie nicht einfach spielen? (→ IQ-Idiotie)

English speaking

Es ist viel über die gute alte deutsche Sprache geschrieben worden, die von Anglizismen und »Denglish« unterwandert wird. Manche Sprachhüter machen sich einen Sport daraus, solche Worte zu sammeln und anzuprangern. Sie heben mahnend den Finger, wenn mal wieder einer *meeting point* statt Treffpunkt sagt. Daher muss das hier nicht mehr dargelegt werden. Wird ja auch langsam langweilig. Was allerdings längst mal angesprochen werden sollte, ist die deutsche Macke, immer und überall das eigene Englisch an anderen unschuldigen Mitmenschen auszuprobieren. Wenn wir von einem Ausländer angesprochen werden, lieben wir es, endlich mal wieder Englisch antworten zu dürfen. Selbst dann noch, wenn der, der uns da nach dem Weg zu Karstadt fragt, zwar indisch aussieht, aber perfektes Deutsch spricht. Um zu signalisieren, dass wir wirklich toll Englisch können, sagen wir nach jedem Satz »actually« und gerne »a kind of«.

In der Fachhochschule werden die Vorlesungen längst auf Englisch gehalten, ja schon in der Unterstufe am Gymnasium wird bilingual Erdkunde oder ein anderes Nebenfach unterrichtet. Man wechselt selbstverständlich sofort ins Deutsche, wenn es komplizierter wird, und trotzdem halten Lehrer und Dozenten ihre Schüler und Studenten an, doch auch nach Unterrichtsende auf dem Schulhof oder Campus miteinander Englisch zu sprechen. Kürzlich war zu lesen, jenes Schrumpfamerikanisch (auch: »Mittelstandsenglisch« genannt), das dabei herauskommt, sei im Allgemeinen so schlecht, dass es den gegenteiligen Effekt von globaler Wettbewerbsfähigkeit und sonstiger Völkerverständigung erziele: Wegen der angepeilten Internationalität kämen nicht mehr ausländische Studenten zu uns, sondern weniger. Sie blieben gerade wegen des grauenhaften Englisch-Kauderwelschs fern, das bei uns gesprochen wird. So in sis ceis se shot goes backwards lose. (→ Houses und Häuser)

Erdbeeren, eklige

Erdbeeren sind die beliebtesten Früchte der Deutschen. Über 150 000 Tonnen werden mittlerweile bei uns pro Jahr geerntet. Aber immer öfter gibt es Früchte, die nur noch so aussehen wie Erdbeeren, aber nicht mehr so schmecken. Dafür eher nach Dentallabor. Oder nach Haarspray. Oder nach gar nix. Fast alle, die nach nichts schmecken, sehen zwar durchaus saftig-fleischig aus, sind aber hart wie unreife Pflaumen. Mittlerweile ist es der absolute Glückstreffer, wenn man unter hundert Schälchen eines findet, dessen Erdbeeren tatsächlich nach Erdbeeren schmecken. Der Grund: man züchtet Haltbarkeit und opfert dafür den Geschmack. Die Rechnung geht auf, wir greifen trotzdem immer wieder zu. Warum? Weil uns die Erinnerung an ein großes Geschmackserlebnis nicht loslässt – und wohl auch, weil die Hoffnung bekanntlich zuletzt stirbt.

Event

Ein Projekt muss her! Das »Projekt« war der Inbegriff des Allheilmittels besonders waghalsiger Aufklärer des 17. und 18. Jahrhunderts. Heute ist an seine Stelle das Event getreten. Eindeutig. In Sport und Gastronomie, in Politik und Kultur. (Selbst unter (→) Architekten geht es um. Beweis: das Wohn-Event). Statt hirnverbrannter Verabsolutierung der Vernunft das hirn- und sinn(en)lose Erlebnis: Ein Event muss her! Egal wo. Ob im Altenpflegeheim oder in der Entbindungsstation. (Dort gibt es schon Events für werdende Mütter.)

Beim Event kriegt man natürlich Hunger. Das nahm einst der ortsansässige Metzgereibetrieb in die Hand, der schon bald »Party-Service« hieß. Jetzt nennt man Schnittchen schmieren und Lyoner drauf: Event Catering. Und es gibt jetzt Prosecco Welcome mit Finger Food. Etwa in Ravensburg: Event Catering Löwen. Deutschland ist im Event-Fieber. Die Europäische *Event*-Akademie Baden-Baden bildet zum Schaumschläger,

Windmacher, Possenreißer aus. Am windigsten wird es, wenn auch noch die Kunst Events ankündigt. »Firmenevents mit Pfiff« bietet die Unternehmerin Bettina Gerdon aus Andernach an. Die Eventagentur »FahrEvent Marketing« aus Stuttgart organisiert europaweit »Events, Incentives, Produktpräsentationen«, dazu »Kick-offs«, Sportevents und sogar »Teambuildings«. Ha, no! Das ist noch nicht alles: Es gibt auch noch Top-Events und Highlights, »geschnürt zu exklusiven Packages mit attraktivem Preis«. Wer kann da schon Nein sagen!

Bei OBI gibt's Entlastung: Events zu Ostern, zum Muttertag oder zum 50-jährigen Bestehen. 330-mal ganz in Ihrer Nähe! Aber Vorsicht: Das Event schaufelt am Grab der Menschheit. Vielleicht ist die Beerdigung ja bald das nächste, dann aber vorläufig letzte Event im Kalender. Wir wollen's nicht hoffen.

F

Fanta

Während seiner Reise durch Australien anlässlich des 23. Weltjugendtages im Jahr 2008 gab es über den deutschen Papst Benedikt XVI. allerhand zu berichten. Unter anderem strafte er ein paar pädophile Geistliche ab, las eine Messe vor 50 000 Gläubigen und bekam eine Katze namens Bella geschenkt. Da konnte es gut passieren, dass die bedeutendste Neuigkeit dieser Reise vollkommen unterging. Sie lautete: Das Lieblingsgetränk des Heiligen Vaters ist Fanta. Ja, Fanta. Nicht Bluna, nicht Schwipp-Schwapp, nicht Mezzo Mix. Nein, der Papst trinkt am liebsten Fanta. So schrieb es nicht nur die BILD-Zeitung.

Bretthart. Der Pontifex Maximus – und dann Fanta. Führe uns nicht in Versuchung! Die Australier besorgten ihm das kohlensäurehaltige Erfrischungsgetränk sogar zum Mittagessen, war zu lesen. Welcher Jahrgang – das war nicht zu ermitteln, auch nicht, ob der Papst die *splash bottle* oder die Büchse bevorzugt. Noch mal zum Mitschreiben: Wir haben einen deutschen Papst, dessen Lieblingsgetränk Fanta ist (Lieblings-TV-Sendung übrigens: Kommissar Rex). Zum Entspannen nippt der Heilige Vater am liebsten an der Fanta.

Aber das ist noch nicht alles: Noch unbestätigten Berichten zufolge war die Rehabilitierung des englischen Holocaustleugners und Bischofs Williamson durch Benedikt höchstwahrscheinlich darauf zurückzuführen, dass ihm jemand am Vorabend der Verkündung dieser kniffligen Entscheidung K.o.-Tropfen in die Fanta gekippt hat. Ähnliches wird auch hinsichtlich seiner vergleichbar explosiven Aussage kolportiert, wonach das Verteilen von Kondomen in Afrika das Aids-Problem verschlimmern und nicht etwa lösen würde. Wie dem auch sei – zumindest ist Fanta der Beweis dafür, dass man in dieser

Zeit, um Christenchef zu werden, nicht nur das *sacrificium intellectus* bringen, sondern auch den guten Geschmack in der Sakristei abgeben muss. Aber was soll's, wird der Papst sagen und vor sich hinsummen: »Fanta, Fanta, weil's Spaß macht und schmeckt!« Herr, erbarme dich!

Fan-Unwesen

Wie Massen funktionieren, zumal deutsche, hat keiner besser beschrieben als Elias Canetti. Auf die Idee zu seinem Werk »Masse und Macht« (1960) kam er, weil er tatsächlich einmal in der Nähe eines Fußballstadions gewohnt hatte. Canetti war kein Dauerkartenbesitzer, er schrieb nur über die Masse. Ich selbst dagegen habe sie auch schon öfters erlebt. Im Fußballstadion. Einmal waren die Bayern zu Gast beim Sportclub Freiburg, ist schon eine ganze Weile her. Ich mit ein, zwei Bekannten auf der Stehplatztribüne. Zehn Minuten vor Spielbeginn brachte man sich in Stimmung: »Zieht den Bayern die Lederhosen aus, Lederhosen aus, Lederhosen aus!«, rief das ganze Stadion. Als der Song abebbte, rief einer meiner Bekannten auf einmal das Wort »Gummiunterhos'« in die kurz entstandene Ruhe hinein, ohne dass ich den genauen Sinn heute noch rekonstruieren könnte. Fragen Sie mich bitte wirklich nicht, warum. Ich kann es Ihnen nicht sagen. Ein paar Fußballfreunde rings um uns lachten auf. Auf einmal fingen sie und ein paar andere an, wie im Chor das Wort »Gummiunterhos'« zu singen. Plötzlich flackerte das fast erloschene Flämmchen vom Lederhosen-Lied im Stadion wieder auf und integrierte bei jeder Wiederholung mehr das Wort »Gummiunterhos'« statt »Lederhosen aus!«. Dann zum Flächenbrand gesteigert, vielleicht für 30 Sekunden, grölte das ganze Stadion »FC Bayern – Gummiunterhos', Gummiunterhos', Gummiunterhos'!« Tja, fragen Sie mich nicht, warum. (Lothar Matthäus unterbrach damals irritiert seine Aufwärmübungen und blickte ungläubig in die

Fanmeile. So was hatte er noch nie gehört. Heute glaube ich, dass es die Kraft dieses Gesanges war, die damals die historische 5:1-Niederlage der Bayern im Dreisam-Stadion einläutete.) Es muss die Magie gewesen sein, die das Wort »Gummiunterhos'« ausdrückt.

Gibt es eigentlich eine Gummiunterhose? Haben Sie eine? Ich jedenfalls nicht. Aber die Masse war empfänglich für die Guuuuuhmiunterhos', konnte irgendwie etwas damit anfangen. Mysteriös. Herauszubekommen, wofür Massen empfänglich sind und wofür nicht, ist eine große Kunst. Demagoge heißt man, wenn man darin den Meister macht. Der Führer wusste noch, wie das geht – obwohl mir keine seiner Reden erinnerlich ist, in der er einen Passus über Gummiunterhosen einbaute. Wäre vielleicht mal ein Tipp für Schäfer-Gümbel, damit 2012 endlich der Sturz der hessischen CDU/FDP-Regierung gelingt.

Neulich stand ich wieder auf einem Stehplatz. Andere Zeit, anderer Ort. Zweite Liga. Neben uns eine vielleicht 53-jährige pummelige Normal-Proll-Tuss mit ihrem Mann, beide im Fan-Schal. Das Spiel war langweilig. Der Gegner war Ingolstadt. (Mittlerweile abgestiegen.) Die Stadt, aus der Horst Seehofer (→ CSU) stammt. Klar, dass es da auch noch nieseln musste – bei 8 Grad Celsius. Aber die Ingolstädter waren besser. Nach fünf Minuten schon die erste Chance. Die Frau drehte sich nach einem beeindruckenden Pfostenschuss zu mir um und bellte mir ins Gesicht: »Eine un-sympathische Mannschaft ist das! Regelrecht un-sym-pa-thisch!«. Sie und ihr Mann fingen irgendwann an, ekstatisch zu pfeifen, am lautesten, als ein Spieler der Ingolstädter Gastmannschaft übel gefoult wurde und sich auf dem Boden vor Schmerzen krümmte. »Schauspieler!« Das Weib schäumte und kreischte sofort hemmungslos »Drecksau!«, »Raus!« und »Wichser!« zum Spielfeld hinab. Beim Einschunkeln zu: »Steht auf, wenn ihr Mainzer seid, steht auf, wenn ihr Mainzer seid ...« zeigten die beiden dann auch Herz.

Am schlimmsten sind Fußballspiele übrigens in der Adventszeit. (→ Weihnachtsmarkt) Wenn Fans rot-weiße Nikolausmützen tragen und Wunderkerzen abbrennen. Der Frau hätte ich noch in der ersten Halbzeit am liebsten die Gummiunterhos' über den Kopf gezogen. Aber erst, als sie sentimental wurde.

Fernsehkochen, Fernsehessen, Fernsehspülen

Der deutsche Herd – oder wonach man hierzulande noch vor Jahrhunderten die Größe unserer Städte bemaß: die *Herdstelle* –, er ist unter Deutschen schon lange nicht mehr das Zentrum deutscher Heimatlichkeit. Allenfalls noch der Mikrowellenherd – und wenn nicht der, dann die Fernsehfeuerstellen unserer TV-Chefbruzzler. In Frankreich und Italien stehen Spitzenköche meistens noch in der Küche ihres Spitzenrestaurants, bei uns trifft man sie im ARD-Buffet, beim VOX-Kochduell. Der Fernsehkoch ist eine Spezies *sui generis* – mit eigener deutscher Regelhaftigkeit: Woanders würde er seine Glaubwürdigkeit durch das TV-Gerühre einbüßen, bei uns erhöht er sie eher. Deutsche TV-Köche lassen sich in zwei Arten unterteilen: die Alt-TV-Köche, die den Lockungen des Fernsehens auch nach der dreihundertsten Sendung nicht widerstehen können und sich immer noch gerne ein paar Euro dazuverdienen. Und es gibt die zweite Generation, die jungen Wilden – mit Guru-Kinnbart, doppelseitigen Ohrgehängen, Designerbrille und Piratentuch wie Stefan Marquard – oder vollends im Geißbocklook unterwegs Ralf Zacherl. Damien Klein, der Gangster-Rapper in der Szene, mit Wollmütze und Unterlippen-Piercing, kocht »verrückte Sachen«, Tim Mälzer ist bekannt dafür, dass seine Sachen »leicht nachkochbar« sind und »einfach und schnell zuzubereiten«. Gourmet-Zauber als Fastfood-Variante. Flippigkeit statt Solidität: daran krankt die deutsche Küche überhaupt, Schäumchen und Krüstchen, Hummer und *lemongras*, da will man mit, aber eine anständige klare Rinderbrühe zu komponieren, da fehlt es viel zu oft. Deutsche Tugenden: im Fußball lieben wir sie, beim Kochen schämen wir uns dafür – und machen einen auf neuasiatisch. (→ Asiatische Erlösung)

Die Schande besteht darin, dass sich deutsche Küchenhelden auf der einen Seite gerne und ausgiebig darüber auslassen, wie schlimm es kulinarisch bei uns bestellt ist, sich auf der anderen Seite aber nicht zu schade sind, mit ihrem Namen irgendein Fastfood-Convenience-Label aus der Tiefkühltruhe zu schmücken, um auch dort noch kräftig mitzuverdienen. (→) Lafer lässt in puncto Selbstvermarktung genauso allen guten Anstand vermissen wie Schuhbeck und all die anderen. (Die Franzosen machen das auch, aber die können meistens auch noch kochen.) Und wer sitzt im Publikum? Wir Heimatlosen, die den gedeckten Tisch nur noch aus der eigenen Kindheit kennen – oder aus Grimms Märchen. Kulinarische Analphabeten, die inmitten ihrer teuren *bulthaup*-Design-Küche, wenn es hoch kommt, noch einen Strammen Max zustande bringen, aber nun aus dem Fernsehen erfahren wollen, was das ist: gutes Essen.

Unsere Fernsehköche sind höchstprofitabel in eine Lücke gesprungen, die das kollektive Vergessen unserer kulinarischen Identität hinterlassen hat. Anstatt sie uns wieder anzueignen, tun wir, was wir immer tun: Wir glotzen nur noch hin. Der Offenbarungseid ist aber nicht nur das TV-Kochen. Denn es wird ja nicht bloß gekocht und am Ende das Rezept nochmals zum Mitschreiben vorgelesen. Nein, am Ende wird mittlerweile auch noch vor laufender Kamera gemeinsam aufgegessen, was zuvor angerichtet wurde. Man muss sich das vorstellen: Deutsche Fernsehzuschauer lieben es, Fernsehköchen, Moderatoren und irgendwelchen Studio-Promis beim Kauen und Schmatzen zuzusehen. Der Tag ist nicht mehr fern, an dem wir uns auch noch den Abwasch an der Glotze reinziehen. Das ist das abendländische Endergebnis. (→ Grillgut, → Convenience Food im Restaurant)

Flippers und Amigos

Kaum zu glauben, aber wahr: Die Flippers sind die erfolgreichste deutsche Schrubbelband. Die meisten ihrer Fans sind Frauen, die sich noch immer freuen würden, wenn einer fände, sie seien »flotte Bienen« oder »kesse Miezen«. Wenn man die Flippers auf dem Plakat sieht, könnte man auch denken, so sehen Männer aus, die Swingerclubs betreiben oder Drückerkolonnen einweisen. Verlebte Gesichter, schwarze Hemden, pastellgelbe Retrojacketts mit Schulterpolstern. Dauerwelle. Der Drummer der Flippers arbeitet seit Jahren mit zwei achteckigen Electronic Pads, die es schon Mitte der Achtziger nicht mehr im Musikalienhandel gab. Warum? Die Erklärung ist einfach: Er muss ja beim Playback irgendwo draufhauen, ein Schlagzeug aufzubauen wäre bei der Fülle von Gigs zu aufwändig. Das schneeweiße Instrument des Gitarristen ist übrigens aus gehärtetem Fruchtgummi gearbeitet. Ich würde gerne mal die Flippers *unplugged* hören. Oder die Amigos. Oder beide zusammen bei einer Session. Wenn sie ehrlich, authentisch werden. Was da wohl käme? Erdiger, tiefblauer Blues? Deutsche Seele? Ganz harte Sachen? Oder gar nix? Man ahnt das Schlimmste. Tipp zur Gesundung: Instrumente abgeben, Abwrackprämie kassieren und ab ins betreute Wohnen.

Fürstentum Liechtenstein (FL)

Neben Monaco, Luxemburg und der Schweiz größtes Zentrum deutscher Unsitten außerhalb der Landesgrenzen. Und da sich dieses Werk auch noch um Unsitten im deutschsprachigen Raum insgesamt kümmern will, qualifiziert sich das Fürstentum gleich doppelt. Die deutsche Unsitte vor allem schamloser

Schwerkapitalisten, aber auch von Ärzten, Apothekern, Juristen, Professoren oder Immobilien- und Autohändlern, Steuern im großen Stil zu veruntreuen und sie in dieses Steuerparadies zu schleusen, ist eines. Das andere ist, dass dies so lange mit Billigung, ja offen zur Schau gestellter Einladung dieses Zwergstaates geschehen konnte, der aufgrund der besonderen Schuldschwere, die sich rund um das Fürstenhaus über die Jahrzehnte angesammelt hat, umgehend annektiert gehört – trotz aller jüngeren Ankündigungen, das Bankgeheimnis irgendwie zu lockern beziehungsweise irgendwie durchlässiger zu machen.

»Hans-Adam, der Zweite« – das ist keine Figur aus der Augsburger Puppenkiste (wie »Alfons, der Viertelvorzwölfte«), könnte aber dafür gehalten werden – nein, so heißt hier der Seniorchef des Fürstenhauses. Seine Durchlaucht bezeichnete die Bundesrepublik schon mal als »viertes Reich«, wenn die Bundesregierung in Berlin nicht alles mit sich machen ließ, verschweigt allerdings geflissentlich, dass es ohne die Nazis Liechtenstein so gar nicht geben würde. Statt einseitig schärferer Steuerfahndung wäre hier aus Sittlichkeitsgründen ein militärischer Schlag angemessen, eine humanitäre Blauhelmmission gewissermaßen: einmarschieren und enteignen. Vaduz handstreichartig einnehmen und die ganze adelige Mischpoke abführen. Strafe: mindestens fünf Jahre Goldbarren polieren in den Kellerräumen der Deutschen Bundesbank. Bei halber Ration. Und die Steuerflüchtlinge? Zumwinkel ab ins Verlies in seiner Burg am Gardasee – und alle anderen: nachversteuern und dann abschieben wahlweise nach Liberia, Haiti oder in den Irak. Auf jeden Fall aber: beim nächsten Fußball-Länderspiel bitte zweistellig!

G

(G)astronomische Getränkepreise

Unsitten werden dort vollends unerträglich, wo eigens im Namen der Sitte angetreten wird: also im Edelrestaurant, im Luxushotel, in der hohen Kultur. »0,2 l Spätburgunder trocken 12,– Euro«, lese ich neulich verwundert im Restaurant eines 5-Sterne-Hotels im Schwarzwald nach Verzehr des abendlichen Halbpension-Menüs auf der Rechnung. Oder es steht da: »Montepulciano 6,– Euro«. Das hört sich noch halbwegs in Ordnung an. Bis man merkt, dass da nur 0,1 l im Glas ist.

Man lockt die Gäste durch Angebote, die so gerade noch bezahlbar sind – und packt bei den Getränken den Hammer aus, das ist die Methode. Champagner zum Aperitif 13,50 Euro. Woanders wird für jede weitere Scheibe Brot, die man nachbestellt, fünfzig Cent berechnet. Seit alle für die Flasche Sprudel (gerne San Pellegrino, als ob der besser wäre als unser Wasser) zwischen sechs und zehn Euro nehmen, weichen deutsche Gäste aus und bestellen eine Karaffe Leitungswasser. Wie aber staunen sie, wenn die Rechnung kommt und etwa im Luxushotel Schloss Elmau sechs Euro dafür berechnet wird? Sechs Euro für einen Liter Leitungswasser! Demnächst ist zu erwarten, dass Gäste zum Galadiner einen Wanderrucksack aufsetzen, in dem sie einen Schlauch Wasser verstaut haben, aus dem sie heimlich durch einen versteckten Plastikschlauch trinken, wenn der Kellner gerade mal wegguckt.

Denkbar wären auch noch: Tischdeckenabnutzungsgebühr 50 Cent Aufpreis, Zur-Verfügung-Stellen von Atemluft 50 Cent pro angebrochene Viertelstunde, Raumbeleuchtungspauschale 1,50 Euro, Tisch- und Stuhlversicherungsumlage, Bügelgebühr für die Serviette sowie eine Sitzflächen- beziehungsweise Besteckabnutzungsgebühr pauschal von zwei Euro, Mehrwertsteuer nicht eingerechnet.

Gebäckmischung

Sie wird auf weißen Porzellantellern aufbereitet – und kommt erst neben einem Schälchen mit Portionsdöschen Bärenmarke-Kondensmilch zu ihrer vollen Geltung. Bewacht wird sie von einer Flasche Selters und einer Edelstahl-Thermoskanne mit handwarmem Filterkaffee: die deutsche Gebäckmischung. Sie ist das kulinarische Zentrum dessen, was Rechtsanwälte ihren Mandanten, Tagungsleiter ihren Dozenten, Moderatoren von Podiumsdiskussionen ihren geladenen Autoren anbieten: immer dabei die russische Zigarre, Spritzgebäck, der Schoko-Orange-Cake, Waffelgebäck, gerne einseitig in Schokolage getaucht, Schokoröllchen, Spekulatius, Gewürzkekse. So sieht die *best selection* aus. Die deutsche Gebäckmischung hat nur einen Vorteil: sie bleibt fast immer unangetastet. Somit eignet sie sich zur Wiederverwendung. Es gibt Gebäckmischungen auf Porzellantellern, die schon beim Münchener Abkommen auf den Verhandlungstischen im Führerbau schmorten und heute immer noch – unangetastet – gereicht werden, ohne dass sie etwas von ihrer Qualität eingebüßt hätten. Beim deutschen Tischgebäck ist es wie beim Wein, es wird mit den Jahren immer besser. (→ Hussel – fiese Confiserie)

Germanische Gastfreundschaft

»Haben Sie Lust, Ihr Bier selber zu zapfen? Bei uns ist es möglich! Probieren Sie es. Es kostet nichts. Ihr Binding-Team!« Eine Gaststätte im Herzen einer deutschen Großstadt im Hessischen hatte diese zündende Idee. Weiß auf schwarz auf die Schiefertafel über dem Eingang geschrieben. Selber zapfen und kostet nix. Ja, was denn? Nicht mal mehr das Bier wollen sie einem einschenken, diese Scherenschleifer! Arbeitsverweigerung – und dann brüstet man sich noch, dass man dem durstigen Mann, der den ganzen Tag malocht hat, dafür nicht auch noch einen Aufpreis abknöpft. Das sollte doch selbstverständlich sein. Deutsche Wirtsleute, so seid ihr eben. Hart aber herzlich. (→ Weizenbier schlecht einschenken, → Gutbürgerliche Küche)

Gewissensentscheidungen in der Politik

In unserer Demokratie hat das Gewissen einen besonderen Stellenwert. Man ist wachsamer, wenn es sich regt, als anderswo. Das hat gute historische Gründe. Der Schutz, den das Gewissen unter Deutschen genießt, ist aber gleichzeitig auch eine Waffe, die anderen so nicht zur Verfügung steht. Denn wir haben auch gelernt: Berufe dich auf dein Gewissen, und keiner kann dir was anhaben – so absurd deine Position auch sein mag.

Erinnern Sie sich noch an die vier hessischen Durchgeknallten, denen der SPIEGEL später in einem vollkommen umnebelten Essay von einer Autorin namens Miriam Meckel den Heiligenschein verpasste? Walter, Everts, Tesch und Metzger? Sie wissen, die korpulente Dame mit der Hochsteckfrisur und dem pinkfarbenen Lippenstift, die immer so aussieht, als hätte sie gerade in eine Zitrone gebissen? Genau die. Germany's Next Topmodel. Da können wir doch stolz sein, dass wir noch so aufrechte Politiker haben. Finden Sie nicht auch? Im Grundgesetz Artikel 38 heißt es, die Abgeordneten des Bundestages seien »an Aufträge und Weisungen nicht gebunden und nur ihrem Gewissen unterworfen«. Eine Reaktion auf Weimar: Beim Ermächtigungsgesetz am 23. März 1933 hatte sich der übliche strenge Fraktionszwang auf fatale Weise ausgewirkt. Eine Minderheit von Abgeordneten fühlte sich veranlasst, gegen die eigenen Überzeugungen der Parteilinie zu folgen, die den Nazis letztlich zur Macht verhalf. Das sollte uns nicht noch einmal passieren. Die Lehre, die man daraus später im Grundgesetz zog, war, viel stärker an die direkte Verantwortung des einzelnen Abgeordneten zu appellieren. Sie sehen: Das Gewissen war einmal reserviert für die großen Ausnahmefälle, bei denen es ums Ganze geht. Bis zu dem Tag, als Frau Metzger aus dem Skiurlaub kam.

Im hessischen Landtag geht es im Vergleich zu 1933 noch vergleichsweise geregelt zu. Trotzdem Gewissen. Und zwar nicht zu knapp. In Hessen haben ein halbes Dutzend bis dahin eher unscheinbare Politiker der Linkspartei die Gewissensqualen ausgelöst. »Ich konnte nachts nicht mehr schlafen und habe geheult«, sagte die standhafte Frau Everts. Die böse, böse Partei aber auch. Da hocken sie zu sechst im hessischen Landtag und sind so gemein zu den anderen. Diese Kommunisten! Unrecht, Unterdrückung, Menschenverachtung verkörpern sie, jawohl! Eine direkte Verbindung vom historischen DDR-Folterstaat bis zur parlamentarischen Tätigkeit von sechs Fraktionsmitgliedern der hessischen Linkspartei – ja, die gibt es, sie ist spürbar. Man muss nur daran glauben.

Deutsche Gewissensentscheidungen haben zwei große Vorteile. Sie lassen in sich jede beliebige Richtung fällen, und sie sind unanfechtbar. Man kann mit dem Gewissen praktisch alles rechtfertigen, was man will. Weil solche Entscheidungen von einer inneren Stimme diktiert werden, sind sie schlechterdings nicht kritisierbar. Das lädt zum kalkulierten Missbrauch ein. Deswegen werden wir nächstens sicher noch viel mehr Gewissensentscheidungen bekommen. Steuerflüchtlinge nach Liechtenstein (→ Fürstentum Liechtenstein) werden vor Gericht erklären, sie hätten nicht anders gekonnt, als ihr Geld außer Landes zu bringen. Nächstens verweigern Parlamentarier noch den Eintrag in die Anwesenheitsliste bei der Fraktionssitzung – unter Berufung auf ihr Gewissen. Gerüchten zufolge soll die SPD-Abgeordnete Tesch keine Dosenmilch in den Kaffee nehmen. Aus Gewissensgründen.

Vollends deutsch wird die Geschichte erst, wenn man sich ansieht, welches Tabu das Thema »Gewissensentscheidung« umgibt. Woanders hätte man lauthals aufgelacht, als jene peinliche Viererbande sich auf ihr Gewissen berief. Die eigene Partei hätte die vier umgehend an die frische Luft gesetzt, die Presse hätte die Charakterlosigkeit von vier Frustrierten auf Egotrip schonungslos entlarvt, die mit ihrem Amoklauf nicht weniger als die Chance auf eine politische Wende in einem Schurken-Bundesland verhindert haben. Bei uns geht man den Strolchen auf den Leim, lässt zu, wie sie sich von Brandstiftern zu Opfern stilisieren, und verherrlicht sie am Ende zu Widerstandskämpfern. (→ Rot-Hysterie, gespielte, → Qualitätsjournalismus, politischer)

Glühwein

Das kennt man in anderen europäischen Ländern, denen die römische Kultur vor 2000 Jahren den Wein gebracht hat, so nicht. (→ Schon die alten Römer) Glühwein – ein deutsches Cuvée. Man bestellt also irgendwo im Kosovo einen Tanklaster Amselfelder, gibt gut Glykol hinzu, Zimt, ein paar Nelken und Orangenscheiben rein, zwei Schaufeln Aromazusatz und drei Schubkarren Rübenzucker – und schon kann es losgehen. Im Sommer kann man die gleiche Pansche als Sangria verkaufen, im Winter eben als Glühwein – oder als Frostschutzmittel für die Scheibenwischanlage. Gerne aus dem Styroporbecher – überall, auf dem Dritte-Welt-Bazar, auf dem Christkindlmarkt, bei IKEA oder beim Heimspiel im Stadion. Glühwein geht immer. Auch wenn anderntags der Schädel brummt. (→ Weihnachtsmarkt)

Golfen

Nicht nur FDP-Mitglieder und Spielautomaten-Aufsteller, auch gemein-graue Germanen golfen grauenhaft gerne. Vorzugsweise deutsche Busunternehmer, Bundesligatrainer, Radiologen, Werbe-Ikonen, Fahrlehrer, Gefahrgutunternehmer, Boutiquebesitzerinnen, die dazugehörigen Schönheitschirurgen,

Saatgutvermehrer, Steuerberater, Waffenhändler, Redakteure des (→) Qualitätsjournalismus sowie Sexclub-Betreiber und Autosportreporter, aber eigentlich bereits jeder halbwegs erfolgsorientierte Normalbürger und BUNTE-Abonnent. Schon ein Blick in die Kontaktanzeigen bringt es an den Tag: Wer bei uns auf Partnersuche ist und sich erfolgreich wähnt, spielt fast immer auch Golf und wünscht sich des guten Erfolgs halber stets einen Partner, der ebenfalls golft. Golf ist kein Sport, sondern ein soziales Kampfmittel. Man will dazugehören, ein »Adabei« sein, wie die Münchner sagen. Was wiederum im Umkehrschluss bedeuten muss, dass wir Deutschen in der Mehrheit das Gefühl haben, wir wären nur popelige Zwergschimpansen.

Dagegen hilft Golf. Kein Wunder, dass da jeder mit will. Der deutsche Golfverband verzeichnet seit seiner Entstehung vor über hundert Jahren Jahr für Jahr neue Mitgliederrekorde. Seit den Neunzigern zählt man jedes Jahr im Schnitt 20 000 Neuzugänge. Allein in den letzten zwölf Jahren verdoppelte sich die Anzahl der Mitglieder auf über 575 000, die heute in 776 Clubs organisiert sind. Wie hoch diese Zuwächse einzuschätzen sind, verdeutlicht eine andere Tatsache: Von den deutschen Sportverbänden, die sich aktuell über die höchsten Mitgliederzugänge freuen, liegen die Golfer ganz vorn.

Aber warum tun wir das? Doch nicht etwa, weil Golf einfach Spaß macht? Nein, Golfplätze sind soziale Brennpunkte mit umgekehrten Vorzeichen, aufgeladen mit einer hohen Spannung an Statusenergie, der herrschaftsfreie Diskurs an diesen Orten so unmöglich wie ein Papstwitzchen unter Opus-Dei-Mitgliedern. Bezeichnend ist, dass bei so viel Prestigelast der Erfolg hier nicht nur fortwährend vorgeführt wird, sondern im Spiel gleichzeitig auch noch vermehrt sein will: Wohl weil am Rande des unendlich ruhigen Spielgeschehens so viel Zeit bleibt, eignet sich das Golfspiel nicht nur für alle Arten der

Angeberei, sondern auch dazu, gleich noch die entsprechenden erfolgsfördernden Geschäftskontakte zu knüpfen: Es verwundert nicht, dass vor allem Wirtschaftsvertreter gerne mit dem Schlägerwägelchen von Hügel zu Hügel ziehen und dabei auch geschäftlich Nägel mit Köpfen machen. Beispielsweise beim *Süddeutsche Zeitung German Business Masters*. Hier werfen nicht nur Redakteure das berufsförderliche Gebot der kritischen Distanz zu den Mächtigen über den Haufen, hier bauen Journalisten und Kapitalisten zu beiderseitigem Wohl nicht nur Berührungsängste ab, sondern hier nehmen auch »Entscheidungsträger« »branchenübergreifende Kontakte und Geschäftsverbindungen« auf der »Lochanlage« auf, wie es in regelmäßig erscheinenden Anzeigen heißt. Wie das geht, kann man in einem Ratgeber »30 Minuten für bessere Geschäftsbeziehungen durch Business-Golf« erfahren.

Die Golf-Unsitte macht sich in Deutschland immer breiter – auch räumlich. Es ist nicht genug, irgendwo in einer stillgelegten Industriebrache ein paar Löcher zu graben, ein Fähnchen hineinzustecken und den Spielern ein paar Meter Erdboden zu verdichten, damit die Kügelchen ohne zu holpern laufen können. Nein, heute werden der Allgemeinheit für diesen Zweck ganze Bilderbuch-Landstriche entrissen, hinterher vor derselben in Sicherheit gebracht, indem man sie planiert, ihnen jegliches natürliches Leben nimmt und sie schließlich umzäumt. Das gewöhnlich etwa fünfzig Hektar umfassende Golfplatz-Grundstück wird so zum flächenraubendsten Symbol deutscher Unsitte. Das Problem: Gerade Unsitten, die das Sozialprestige betreffen, wandeln sich in rasanter Dynamik. Wenn alle golfen, müssen sich die ärgsten Profilneurotiker bald etwas anderes einfallen lassen. Das ist dann die Stunde für neue Absetzmanöver. Trendscouts haben es schon ermittelt: Polo wird immer mehr. Elefanten-Polo gehört die Zukunft. (→ SUVs – Geländewagen-Wahn)

Gottesdienst light – die Sache Gottes im 21. Jahrhundert

»Komm, sag es jedem weiter, ruf es in jedes Haus hinein!« Wie wenig Sitte gerade die deutsche katholische Kirche hervorgebracht hat, seit sie auf Teufel komm raus jugendlich und modern sein will, um wenigstens die letzten Schäfchen in ihren dürren Gärten zu halten, dafür müssten die Verantwortlichen einmal zur Rechenschaft gezogen werden. Beton-Kirchen wie Luftschutzbunker, Klerikal-Rockbands, danke für meine Arbeitstelle. Am schlimmsten: wenn das 60plus-Publikum mit Schlagzeug, Gitarre und Flöte genötigt wird, mitzusingen, mitzuswingen.

Ganz so luftgetrocknet wie bei der Piusbrüderschaft muss es ja nicht gleich zugehen, aber: Hände in den Himmel bei *Laudato si, o mio signore* oder vollends (→) mitklatschen? Rettet das die »Sache Gottes«? Ich werde immer schon skeptisch, wenn Religionslehrer – nicht nur im Genitiv – »Mose« und »Jesu« statt Moses und Jesus sagen. Wenn beim Gottesdienst Transparente an der Wand hängen, auf denen steht: »Wer zu Gott betet, erhält immer Antwort«, rutsche ich bereits unruhig auf meiner Bank hin und her. Zeitgeistliche vor solchen Stoffbahnen sagen auch, sie verstünden »die Sache Gottes« »als Angebot für Menschen, die auf Sinnsuche sind« – und »laden« die Anwesenden ein, das Angebot wahrzunehmen. Der »Sache Gottes« muss heute offenbar etwas nachgeholfen werden, die Einladung haben die meisten verpasst – oder sind heute Abend schon anderweitig verplant. (→ Wochenendplanung)

Moderne Christen hocken nicht mehr in feuchten Kirchen rum und brabbeln den Rosenkranz rauf und runter. Moderne Christen treffen sich im »Impulsgottesdienst«, wie er etwa von »ProChrist e. V.« ausgerichtet wird, einem Verein, der die Sache Gottes anders rüberbringt. Unter einem Gottesdienst versteht man hier eine »Entdeckungsreise«, den Pfarrer nennt man »Reiseführer« – so nachzulesen im Internet. Im Angebot auf der Internetseite auch »ProChrist – das Live-Event für junge Leute« (→ Event) und »ProChrist für Kids«. Oder sich einfach mal treffen im »Jesus House«. (→ Houses und Häuser) Andere Weltreligionen wählen die Klausur, um zu sich zu kommen, bei uns meint man, mit etwas Pep nachhelfen zu müssen. Das findet man so nur im abendländischen Kulturraum – und dort am ehesten in deutschsprachigen Gebieten. (→ Lärm und Geräusch)

Unvollständig wäre die Darstellung, würde man nicht auch auf das andere Extrem hinweisen. Seit ein paar Jahren ist bei uns ein neuer christlicher Fundamentalismus zu beobachten. Glaubenshardliner, die Lichtjahre hinter das zweite vatikanische Konzil zurück wollen, sind angesagt, die Heavy-Metal-Szene in Glaubensfragen hat wieder Auftrieb: streng, asketisch, virtuos, harte Jungs ohne Sinn für ein Späßchen so mal zwischendurch. Die Rückkehr zum Purismus gibt's so ähnlich übrigens auch in der evangelischen Kirche. Es ist nicht einfach mit der deutschen Religion. Wie heißt es im Volkslied? Wem Gott will rechte Gunst erweisen, den schickt er in die Wurstfabrik. (→ Tagesschau)

Grillgut

Barbecue, klar, kommt aus Amerika. Relikt einer Pionierkultur jagender Neusiedler im Wilden Westen, die noch keine Einbauküche hatten, aber schon warm essen wollten. Was bleibt da anderes übrig, als Feuerchen zu machen und Knochen abzunagen? Hat ja auch was. Aber alle fünf Meter im Volkspark oder an den Ufern unserer Ströme und Badeseen? Ein Sommerspaziergang im Juli am schönen Rhein entlang und alle paar Schritte stechender Pestgeruch – wie weit ist es nur gekommen mit uns. Wenn der Sommer über Deutschland kommt, wird der »Rundgrill« aufgebaut – im Handumdrehen steht er da und stinkt erst mal vor sich hin. Früher grillte man zwei-, dreimal in der Saison, dann war es auch wieder gut. Heute jeden Abend. Sobald die Nachtfröste weniger werden, wird der Rost schon auf den Balkon gezerrt. Grillen – des Deutschen liebste Sommerabendbeschäftigung. Wenn die Nächte wärmer werden und endlich T-Shirt-Wetter auch noch an den Abenden ist, dann freu dich nicht zu früh: Statt der reinen Liebe erfüllen Deutschländer und Nierenspieß die Lüfte. Meistens kommen sie mit Kühltaschen, unsere deutschen Bratmaxen – angefüllt nicht mit saftigen T-Bone-Steaks vitaler Freiland-Rinder, sondern mit den immer gleichen glibberigen Schlachtabfällen aus den Billigdiscountern. Wir haben es schon an vielen Stellen beobachtet, nun auch hier: Wenn etwas richtig peinlich wird, dann wird es bei uns (→) Kult. Die Unsitte hat auch schon ihr Kultbuch: »Natural Born Grillers« heißt das Werk von Autor Frank Zünkler, der darin sogar das Grillen einer Schwarzwälder Kirschtorte cool findet. Herr, schütze die, die vom rechten Weg abgekommen sind!

Natürlich ist das eine handfeste Unsitte aus Übersee, und Deutschland hat sie mal wieder nur übernommen. Es gibt jedoch auch in diesem Wahn ganz und gar deutsches Ureigenes, was uns aufmerken lassen sollte. Das ist die ganz und gar urdeutsche Komposition dessen, was man hier »Grillgut« nennt und auf dem Rost platziert. Ein dümmeres Wort als »Grillgut« gibt es meines Wissens nicht. (Höchstens noch → »Event«). Das »Grillgut« muss man in der Regel zum Grill-Event selber mitbringen, so steht es auf der Einladung der Kinderinitiative e.V. oder des Fußballvereins. Spätestens jetzt wirft der durchschnittlich sozialisierte Deutsche alles über Bord. Selbst ansonsten biologisch-dynamisch orientierte Käuferschichten der bürgerlichen Mitte schalten zunächst mal auf Durchzug. Man geht nicht zum Metzgermeister seines Vertrauens und holt sich einen Satz frischer roter Würste, sondern peilt instinktsicher die Kühlregale von (→) ALDI, LIDL, Netto, NORMA, PENNY etc. an, wo man zielsicher nach folienverschweißtem Klonfleisch in orange-rötlicher Marinade fingert, die irgendwie an Dieselöl erinnert. Gibt es auch in Kräutergrün. Wahrscheinlich mit höherer Oktanzahl. Herkunft? Mir doch egal. Haltbarkeit? Am besten bis vorgestern, dann wird's günstiger. Kaufgründe: erstens, den Unterschied zu ordentlicher Metzgerware schmecke man sowieso nicht durch die Holzkohle, zweitens, man könne sich anderes nicht leisten, hört man sie seiern. Am Ende werden dann radioaktive Hähnchenschenkel aus der Ukraine mit dreifach unterbrochener Kühlkette serviert. Da läuft uns das Wasser im Mund zusammen. Oder einfach einen leckeren »Bruzzler«? Einen saftigen Käse-Griller gar? Wie wäre es mit einem Grillmaxe? Sicher superlecker. Dazu eine Röhre *Pringles*, ein Six Pack und eine Packung Rennies. Denn: Rennie räumt den Magen auf.

Gutbürgerliche Küche

Woanders in Europa geht man noch ins Restaurant, um die Woche zu krönen. Deutsche zieht es an andere Orte, wenn sie beschließen, mal wieder zusammen fürstlich zu speisen. Wenn sie es sich richtig gut gehen lassen wollen, fahren sie zu IKEA. Nicht nur am Rande eines Großeinkaufs, sondern eigens, um dort zu frühstücken oder um sensationell billig »Schniposa« (Schnitzel, Pommes und Salat) für nur 1,99 Euro stilvoll zu genießen – rund um die Uhr. Oder zu MannMobilia ins »Restaurant XXXL« zum XXXL-Schlemmerangebot Putenschnitzel »Wiener Art« für sagenhafte 2,90 Euro. Wer bei solcherlei Feinschmeckerei noch nicht auf seine Kosten gekommen ist, frequentiert gerne die Heißtheken von Aral, Shell oder BP. Der neueste Geheimtipp: der Schnäppchen-Tresen im Mercedes-Autohaus im Industriegebiet. Gerne auch das Bistro, das es jetzt im Supermarkt-Foyer gibt. Auch irregünstig. Und so praktisch. Bei REAL treffen sie sich nach dem Einkauf auf einen Teller Schinkennudeln in der »Bratpfanne«, nach dem OBI-Einkauf holt man sich einen Hotdog bei Onkel Toms. Oder was von Cobe's Snackeria in Celle. Wir mögen's eben unverkrampft. Und fahren ins Erlebnisbad: Deutsche lieben es, in der Schwimmhalle, direkt neben dem großen Becken, im Bistro »Lagune« Pommes rot-weiß und ein Hefeweizen zu konsumieren. (Die dabei entstehende olfaktorische Mischung aus Friteusenfett, Chlor und dem letzten Eukalyptusaufguss, der aus der finnischen Sauna rüberweht, ist übrigens urdeutsches Kulturgut, mithin kraftplatzverdächtig – eben Beschleuniger im Rausch der Sinne.) (→ Nordsee. Die Meeresfrische)

Und wenn wir mal muffig sind und keinen Bock haben auszugehen? Dann lassen wir das gute Essen einfach zu uns nach Hause kommen! Essen auf Rädern, Heimservice, Eismann oder bofrost. Oder einfach die Nummer vom Bistro-Imbiss »No Problem« in Tittmoning (Oberbayern) wählen und die Bestellung durchgeben. Zehn Minuten später kann's losgehen. Kein Problem für uns kleine Strolche. (→ Convenience Food im Restaurant, → Kantine mit Cordon bleu)

BITTE WANN
BEACHTEN SIE
ENDLICH EINMAL
DEN ABHOL-
TERMIN FÜR
"DIE GELBEN
SÄCKE"???

H

Halli Galli

Ohne Balance, wie wir sind, leben wir oft in Extremen. Für die konkreten Ausdrucksformen, die die deutsche Triebabfuhr dabei annimmt, schätzen uns andere Völker seit Jahrhunderten. Ge- und Verbote, ein Leben unter strengen Regeln: »Hier gilt die StVO«. Oder eben Überschnappen, Durchdrehen, sobald der Polizeigriff gelockert wird. Loslassen beim Schwitzhüttenseminar oder Luftanhalten im Schwitzkasten. Ausflipp-Attacke oder starkdeutscher Kontrollanfall. Allerdings, wenn man uns ausrasten lässt, gibt es kein Zurück. Der große Spaß: ein One-Way-Ticket – dafür sorgt der deutsche Frohsinnsterror, der verhindert, dass einer den Ausgang findet, wenn er nicht mehr will. Wir machen durch bis morgen Früh und singen bummsfallera. Egal, ob bei der Fastnacht, der (→) Ski-Gaudi oder Silvester, im Stadl oder beim Abdancen im Club. Immer ist es so wie in der Faschingsabteilung bei Karstadt: Dauerbeschallung durch Polonäse Blankenese, Sierra Madre ho-ho. Ob im Cluburlaub oder beim Aufstieg in die zweite Liga. Wir machen Halli Galli, Remmidemmi, Ramba Zamba. Da geht's ab, da tanzt der Bär, da steppt der Papst im Kettenhemd.

Viele Deutsche sagen von sich, sie geraten in Depressionen, wenn die tollen Tage mitsamt dem »närrischen Treiben« einmal wieder vorüber sind und der Aschermittwoch graut. Bei mir ist es andersrum, die Depression setzt spätestens am Tag der Altweiberfastnacht ein, der in Süddeutschland auch »schmotziger Donnerstag« heißt. Ich bin froh, wenn der Spuk vorüber ist. Um die tollen Tage zu ertragen, musste ich mir früher – wie viele verängstigte Jugendliche auch heute noch – immer erst Mut antrinken. Am Aschermittwoch nicht mehr. Da konnte man wieder durchatmen, weil die Panikattacken mit dem Verklingen der letzten Stimmungs-CDs deutlich abebbten.

Hasserfüllte Hausordnungen in Klarsichthüllen

Immer locker bleiben, aber bitt'schön an die Spielregeln halten! Deswegen liefern Deutsche gerne gleich eine Hausordnung mit, wenn es mal gemütlich werden soll. Es könnte den Gästen vor lauter Freundlichkeit ja zu bunt werden. Im Gästehaus *Bergblick* in einem Allgäuer Ferienörtchen gibt's Hotel Garni für 40 Euro die Nacht inklusive Frühstück. Im Doppelzimmer Häkeldeckchen, Nadelfilz, ein moosgrün gekacheltes Bad, bahama-beige das WC gehalten. Auf dem Kopfkissen liegt bedrucktes Papier. Ein paar liebe Worte zur Begrüßung, denken wir, wie nett! »Lieber Feriengast, jetzt gib schön Acht, hier ist die Hausordnung gemacht. Gut ausgeruht erscheine frisch, doch nicht vor »halb 8« am Kaffeetisch. Genieße froh und stärk Dich fleißig, denn Du hast Zeit bis »9 Uhr dreißig«! Das hätte Wilhelm Busch nicht besser hingekriegt, oder Robert Gernhardt. »Bis 15 Uhr sei leis' im Haus, ein jeder ruht sich gerne aus. Auch kannst du sonnen, wie's beliebt, ganz wie das Wetter sich ergibt. Weil sie in der Sonne bald verblassen, sollst Du die Polstermöbel im Zimmer lassen! Bade und dusche nicht nach 22 Uhr, die anderen Gäste störst Du damit nur!« Am Ende dann wieder per Sie: »Danke für Ihr Verständnis!« Fühlt man sich doch gleich wie zu Hause.

> Der Abholtermin
> »für die gelben Säcke«
> ist erst am nächsten Freitag,
> den 27. 02. ab 6 Uhr
> Und dann alle 14 Tage.
> Wann beachten Sie endlich einmal
> den Terminkalender????

Dies ist ein besonders seltenes Sammlerstück, das sich in meiner Kollektion befindet. DIN A4, geschätzter Wert ca. 800 Euro. Herkunft: Mittelfranken. Fundort: Innenstadt von Erlangen,

Zustand: wie neu – in Sichthöhe an einem Baum mit Bindfaden befestigt, Besonderheit: Um das Hinweisschild wind- und wetterfest zu machen, befindet es sich in einer Klarsichthülle – gleichzeitig ist es innen mit einem Karton hinterlegt und dadurch verstärkt, der offene Schlitz an der Seite wurde mit breitem Tesafilm mehrfach zugeklebt. Die Vorliebe, solche Hinweisschilder im Freien in Klarsichthüllen zu stecken, hat sicherlich auch mit der deutschen Vorliebe für Hinterglasmalerei zu tun, wie sie in unseren Volkshochschulen in Kursen angeboten wird. Wenn auch das nicht hilft, dann werden eben Bußgelder angedroht. Noch bleihaltiger wird die Luft bei der Lektüre einer nett illustrierten, laminierten Speisekarte, die ich in einem kleinstädtischen Café fand. Auf der Rückseite war ein Aufkleber angebracht: »Sollten Sie der Meinung sein, diese Speisekarte unbedingt einstecken zu müssen, so danken wir für Ihr Interesse – und bitten Sie gleichzeitig um eine Schutzgebühr von 5 Euro!« Boing. Übrigens: »Blumendiebstahl von städtischen Grünflächen ist kein Kavaliersdelikt, liebe Anwohner!« – eine Drohung, die ich unlängst über einem öffentlich zugänglichen Blumenbeet in Braunschweig entdeckt habe. »Tore nach Eintritt der Dunkelheit leise schließen!!! Die Gagfah.« Seit 5.45 Uhr wird jetzt zurückgeschossen.

Hotelfrühstück

Das durchschnittliche Frühstück in einem deutschen Durchschnittshotel ist nicht durchschnittlich, sondern eine Unverschämtheit. Eine freudlose Veranstaltung, alles ist abgepackt – bis auf den Wurstwarenaufschnitt, der schon vorgestern Spuren von Fotosynthese gezeigt hat und allmählich zu leben beginnt. Auch der stets kunstlederartige Edamer rollt längst beleidigt die Ecken hoch, weil ihn keiner essen will. Ansonsten alles praktisch wie im Flugzeug – Honig, Marmelade, Leberwurst, Butter portioniert und abgepackt, genauso wie die

Kaffeesahne. Der Restmüll, der sich auftürmt, wird im Tischabfalleimer (aus Ost-Plaste) entsorgt, eine Institution, die man außerhalb des deutschsprachigen Einflussgebietes vergeblich sucht. Wer einen Milchkaffee bestellt, so wie es sich gehört, aus Espressobohnen und heißer Milch mit Schaum, wird umgehend angegiftet, weil es nur den dünn-bitteren aus der Thermoskanne gibt. Wer sich nach frischem Obst erkundigt, will wohl die Schnauze voll. (→ Obst im Hotelzimmer) Kann er haben, sagt sich das Personal und zieht einem schon zehn Minuten vor dem Ende der offiziellen Frühstückszeit die Tischdecke weg. Das Buffet selber wird schon eine Stunde vor dem Ende nicht mehr nachgefüllt – wozu auch.

Aber wir rächen uns. Denn dafür haben wir ja schließlich bezahlt! Deutsche können ganz schön giftig werden, wenn sie beschissen werden. Das lassen wir uns nicht bieten und nehmen alles mit, was nicht niet- und nagelfest ist. Seifen, Shampoo- und Duschgel-Fläschchen werden nach der Rückkehr ins Zimmer umgehend eingesackt, davon kann man zu Hause drei Extra-Duschen bestreiten und spart gutes Geld. Kein anderes Volk lässt im Hotel so viel mitgehen wie die Deutschen, klagt der Hotelverband. Kein Wunder. Irgendwo müssen wir ja hin mit unseren Gefühlen.

Houses und Häuser

In Mainz am Rhein gibt es ein Restaurant, das »Gulasch-House« heißt. Dann noch ein Bekleidungsgeschäft, eine Boutique namens »Powerhouse«. Fußläufig erreichbar ist das »Nature House« und ein paar Meter weiter »The Phone House«, direkt daneben steht allerdings unverhofft »Ozan's Kebap Haus«. Warum schreiben die Türken »Haus« und die Deutschen »House«? Unter regulären Umständen müssten manche Deutsche nochmals zum Einbürgerungstest. Was für ein Grouse. (→ English speaking)

Humor bei Bootsrundfahrten

Der deutsche Mutterwitz entfaltet sich, wo immer er kann. Und obwohl Hanseaten und Bayern denkbar verschieden sind, teilen sie doch den Riecher fürs wirklich Komische. Die Folge: An den entgegengesetzten Enden der Nation, an der Elbe und auf dem Königssee bei Berchtesgaden, regiert dasselbe urdeutsche Humorempfinden. So wollen wir das: Bei der Rundfahrt durch den Hamburger Hafen blödelt der Käpt'n zielsicher Pointe um Pointe ins Ansteckmikro. Klassiker: »Wussten Sie, dass Hambuich an droi Meeän liecht? Drüben sehen Sie das Häusermeer. Wenn es dunkel wird, sehen Sie das Lichtermeer. Und wenn die Lichter ausgehen? Dann sehen Sie gar nichts mehr!« Der hat gesessen. Auf dem Königssee sagt der Bootsbegleiter in breitem Oberbayerisch: »Das Wosser des Königssees ist sehr kolt. Für unsere männlichen Passagiere: so etwa vier Zentimeter kolt ...« Köstlich. Sinn für Humor plus Lokalkolorit. Konfektionierte Witze – die auch nach dem 356. Mal nicht in der Wirkung nachlassen. Welches Land dieser Welt kann da mithalten? (→ Wortwitz zu Werbezwecken auf LKW-Ladeflächen)

Hussel – fiese Confiserie

Die deutsche Antwort auf belgisch-französische Pralinenkunst. Seit 1949. Das war das Jahr des absoluten kulinarischen Tiefpunkts – ein Hungerjahr, da hatte man's leicht, mit ein bisschen Schokolade zu punkten. Die Rechnung ging auf – heute gibt es 230 Hussel-Filialen. Das Problem: konfektioniertes Konfekt – das kann nicht funktionieren. Edelpralinés vom Fließband, billigster Süßkram – dargeboten wie Gold, Weihrauch und Myrrhe. Das ist die Philosophie. Man nennt sich »Confiserie«, faselt von der »Renaissance des guten Geschmacks« und macht auf fein. Und wir Deutschen fallen wieder mal drauf rein. (→ Schoko-Hype)

IQ-QUIZ
A
C
B
D

Immobilienmakler-Lügen zuzüglich 5,95% Provision plus MwSt.

Wir haben es auf diesen Seiten schon vernommen, wiederholen es aber gerne: »Politiker sind ein Gesindel.« Derselbe Satz trifft wohl uneingeschränkt auch auf deutsche Makler zu. Der Unterschied: Politiker braucht man leider, Makler nicht. Bei uns gibt es trotzdem die meisten organisierten Makler dieser Welt. Schmierige Gestalten, üble Brüder, krumme Hunde vor dem Herrn. Merkmal: unverschämt bis in die Tennissocken. Ihre Aufgabe: sie sorgen dafür, dass wir uns wohlfühlen. Makler sind Wellness-Experten.

Was ist ein »Wohlfühlhaus mit dem gewissen Etwas«? Herr Wulf weiß es nicht, obwohl er das Haus, das er inseriert hat, selbst so nennt. Besichtigung vor Ort. Herr Wulf bringt Jason mit, den er »Tscheisen« ruft – seinen 5-jährigen Sohn. Der spielt im Garten, während Familie Oehlschläger die Immobilie in Augenschein nimmt, die Herr Wulf am Telefon als »totales Traumschloss« bezeichnet hat. Herr Wulf riecht irgendwie nach Kokosmilch und hat sich gelbe und rötliche Strähnchen abwechselnd ins dünne Haar machen lassen. Immer wieder stopft er sein Hemd in die dunkelblaue Anzugshose. Er trägt ein senffarbenes Jackett, dazu marineblaue Slipper, die bei jedem Schritt leicht quietschen. Seine Lieblingsworte sind »nun, gut«. Und, immer wieder, dass jeder selber entscheiden müsse, wo und wie er sich am wohlsten fühlen würde. Das sei Geschmackssache. Nun, gut. Überhaupt geht es viel ums Wohlfühlen. Die »Perle von Harxheim« erweist sich allerdings schon bei oberflächlicher Inspektion als Fall für die Asbestentsorgung, das Filet- oder Sahnestück im Neubaugebiet als kernsanierungsbedürftiger Betonklotz. Schon ehrlicher, wenn da steht: »Handwerker aufgepasst!« – dann heißt das, in den nächsten vier Jahren gibt es keinen freien Abend mehr. »Verwunschen« oder »romantisch« (in der kalten Jahreszeit: »ein Wintermärchen«) nennt man es unter deutschen Maklern, wenn am »Objekt« in den letzten 50 Jahren nichts mehr getan wurde und der Efeu einem schon im Treppenhaus entgegenwächst. »Preishammer in Oppenheim« bedeutet, gleich den Abrissunternehmer mit zur Besichtigung zu nehmen, denn der Geräteschuppen im Garten ist sicher mehr wert als das Haus selbst. »Gemütliches Häuschen« bedeutet, hier knallt man gleich beim Reinkommen mit dem Kopf an die Deckenbalken, »in lebhafter Umgebung« lässt auf eine erhöhte Feinstaubbelastung schließen, »vitales Umfeld«: hier kotzen einem spät heimkehrende Studenten samstagnachts in den Briefkasten, oder man versteht sein eigenes Wort nicht mehr, wenn man das Fenster kippt. Auch »Schmuckkästchen« hat man im Angebot. Das sind Hundehütten, deren Dach man abdecken muss, um die Couch ins Wohnzimmer zu kriegen. Gerne werden auch Immobilien angeboten, die an die Vorstellungskraft ihrer Käufer appellieren: »Hier ist Phantasie gefragt!«

Werbejargon aus den Fünfzigern, Superlative, die sie noch zu überbieten suchen, es wird freiweg gelogen von Immobilienmaklern. Wofür diese grenzkriminelle Bagage auch bis zu sechs Prozent Courtage einstreicht. Pfui Teufel.

Wie ganz und gar luftig die ganze Bande ist, verrät aber erst der inflationär eingesetzte Begriff »seriös« – ein »seriöses Angebot«. Niemand, der tatsächlich seriös ist, nennt sich seriös. Kein ordentlicher Autohändler würde behaupten, er sei ein seriöser Mann. Wenn er es doch tut, können Sie Gift darauf nehmen, dass das Fahrzeug, das Sie gerade gekauft haben, ein weißrussischer Unfallwagen ist, in dessen Kofferraum sich noch verwertungsfähige DNA-Spuren des letzten Mafia-Opfers finden lassen. Seriös sind maximal Saunaclubbetreiber, Kettenbriefschreiber und andere Trickbetrüger. Lassen

Sie sich das von einem durch und durch seriösen Autor gesagt sein.

IQ-Idiotie

Der »Generation Doof« anzugehören, das ist für Deutsche ein Selbstmordmotiv. Deutschen ist es wichtig, für intelligent gehalten zu werden, besser noch: »sich in etwas auszukennen«. Sie selber halten sich aber erst für schlau genug, wenn sie nachweislich über einen hohen IQ verfügen. »Wie Sie Ihren IQ steigern«, wird bei uns zum Volkssport – und FOCUS macht daraus eine Titelgeschichte. (Man ahnt wohl mit Recht, dass gerade die eigene Leserschaft davon etwas mehr gebrauchen könnte.) Autor Harald Havas verfasst dazu das Standardwerk »Neues großes Handbuch IQ-Training. Der schnelle Weg zu mehr Intelligenz«. Und zwei andere schreiben den Bestseller mit dem misslungenen Titel »Doof it yourself«, indem sie umgehend all jenen Abhilfe versprechen, die in die tödlich-deutsche Gefahr geraten, von anderen für geistig unterbelichtet gehalten zu werden. Ach, welche Not!

Im Land der Dichter und Denker sitzt man dem Fetisch auf, wahre Wissenskraft sei messbar, kontrollierbar. Wie Kartoffeln in Kilo und Gramm. Oder wie sportliche Bestleistungen. Deswegen gibt es bei uns das Wissens-Quiz als Prämierungs-Show des höchsten IQs. Der Fernsehunterhalter Günther Jauch ist der Zerberus, der den Eingang zur Wissenshölle bewacht. An ihm kommt keiner vorbei. (→ Bildungsreise per Bus) Das abgefragte Wissen weiß man nicht, sondern man weiß es auswendig – oder tut wenigstens so. Jetzt werden Sie sagen, »Wer wird Millionär?« – das gibt's doch auf der ganzen Welt. Da haben Sie Recht. Aber nirgendwo hat diese Sendung die spezifisch deutsche Funktion, den eigenen Selbstwert zu stabilisieren. Woanders geht es ums Geld, um sozialen Aufstieg, um den Traum, über Nacht nach oben zu kommen. Bei uns geht's um die Image-Weihen, die uns solcherlei bewiesene Allwissenheit beschert. Das Paradox: Messbares Faktenwissen widerspricht dem dynamischen Wesen wahrer Intelligenz. In ihr geht es um Differenzierungsvermögen und das Erkennen und Herstellen von Zusammenhängen. Und so ist der Alles- und Besserwisser Jauch dann doch der Prototyp des deutschen gebildeten Vollidioten. Aber das reicht vollauf. Denn unter Blinden ist bekanntlich der Einäugige König. Seine Gemeinde tut jedenfalls alles, um geistig aufzurücken. Wer es schließlich geschafft hat, lässt sich ein neues Kfz-Kennzeichen prägen. HH-IQ-108.

Die Rechnung geht tatsächlich auf: Laut einer Untersuchung der nordirischen Universität Ulster sind die Deutschen das intelligenteste Volk Europas. Mit einem Intelligenzquotienten von 107 liegen die Deutschen knapp vor den Niederländern und Polen, wie die *Times* berichtete. Mit 100 liegen die Briten abgeschlagen hinter der Spitzengruppe, aber immer noch vor den Franzosen mit 94. Laut der Studie nehmen die letzten Plätze die Rumänen, Serben und Türken ein. Wozu das Ganze? Über Intelligenz zu verfügen, ist bei uns immer noch das wirksamste Mittel, das uns vor der Verachtung der anderen schützt. »Was? Das weißt du nicht?«, ist die schlimmste Frage, die man einem Deutschen stellen kann. Noch schlimmer, wenn sie von einem hämischen Lachen begleitet wird. Sie führt zu Heulattacken, Psychotraumata, Lebenskrisen. Wer das einmal durchlebt hat, will dort nie wieder hin – und steigert schleunigst seinen Quotienten.

J

Ja! Ich will sparen!

Eigentlich müsste das Produkt-Label »Nein!« heißen. Das Auffinden von Ja!-Produkten in Vorratsschränken von ansonsten stubenreinen Managernaturen ist ein triftiger Trennungsgrund für aufgeklärte, lebenslustige Frauen – und wenn er es nicht ist, so sollte er es sein. Denn wer aus Spargründen bei der Morgendusche ein Ja!-Shampoo einsetzt und zum Brunch den Ja!-Fleischsalat aus dem Kühlschrank zerrt, dem sind noch ganz andere Kunststückchen zuzutrauen (Gut und billig, A&P, AS). Ja! Kann es bei uns geben, weil es die Durchschnittsdeutschen sowieso nicht interessiert, was in die Produkte, die sie essen, so alles reinverwurstet wird. Hauptsache 99 Cent, den Rest überlässt man dem lieben Gott und der Lebensmittelüberwachung.

Jagd auf grüner Heid' trara

Laut einer Zeitungsmeldung vom August 2008 ist die Tollwut in Deutschland ausgerottet. Schon seit Februar 2006 sei die Seuche nicht mehr bei Füchsen aufgetreten, konnte man lesen. Das ist doch mal eine gute Nachricht. Unklar ist aber, warum trotzdem immer mehr deutsche Jäger im deutschen (→) Wald ballern gehen – ohne jeden Grund. Hier scheint die Seuche nicht eingedämmt zu werden, sondern sich im Gegenteil immer weiter auszubreiten. Mittlerweile zählt der Deutsche Jagdverband fast 350 000 staatlich geprüfte Waffenträger, die bei uns auf die Pirsch gehen. Das sind über 25 000 mehr als noch im Jahr 1991. Forstwissenschaftler geben immer wieder zu bedenken, dass die Jagd eine vollkommen hirn-, sinn- und zwecklose Sache sei. Den vorgeblichen ökologischen Nutzen für Flora und Fauna durch die Jäger gebe es nicht, im Gegenteil, der ganz überwiegende Teil der Probleme im Wald werde erst durch das

Geknalle ausgelöst, sagen Experten. Angeblich würden Wildschäden behoben, in Wahrheit richten Jäger Waldschäden in erheblichem Umfang an.

»Ach, lass sie reden!«, sagen die Waidmänner und laden die Büchse durch. Sie freuen sich, dass bei uns ein Jagdgesetz überlebt hat, das ihren Bestand garantiert. Es gibt in Deutschland tatsächlich eine »Jagdpflicht« für alle Gebiete, die größer als 7,5 Hektar sind. Jäger stehen also unter staatlich gesichertem Bestandsschutz – und können so ihrem schadhaften Treiben ungehindert nachgehen. Piff-paff-puff. Man fragt sich schon nach kurzer Einarbeitung ins Thema: Wieso schießen die Leute im Lodenlook nicht einfach auf Zielscheiben (... wie dies in vielen Schützenvereinen so angeboten wird)? Etwa auf den laufenden Eber? Warum toben sie sich nicht bei Killerspielen online aus oder, noch besser, auf dem Rummelplatz und schießen dem Enkelchen einen Riesenteddy? Warum muss Blut spritzen?

Die Antwort ist schnell gefunden: es geht offenbar nicht nur ums Ballern, sondern ums Töten, genauer um das lustvolle Töten. Jagen ist lustbesetzt, Jäger sind gewissermaßen Triebtäter. Wer seine Triebabfuhr so organisiert, ist eben nur mit Gewalt davon abzubringen, denn, wie schreibt Sigmund Freud: »Im Falle des Triebes kann die Flucht nichts nützen, denn das Ich kann sich nicht selbst entfliehen.« Aber kann man das nicht medikamentös in den Griff bekommen? Müssen dafür Tiere sterben?

Mal eine Frage an die Historiker unter uns: Wurden die Jäger eigentlich je entnazifiziert? Reichsjägermeister Hermann Göring etc.? Meines Wissens nicht. Wäre doch eigentlich mal höchste Zeit. (→ Bartwesen, organisiertes, → Schäferhund-Liebe)

Jammern auf hohem Niveau

Deutsche heulen anderen gern was vor. Man hätte nichts, der Staat ziehe einem den letzten Cent aus der Tasche, man könne sich nichts leisten. Lässt auch noch mit über 40 den krummgearbeiteten alten Vater beim gemeinsamen Essen im Restaurant zahlen, wie dies schon mit 4 Jahren der Fall war. Besonders verbreitet: Eigenheimjammerer. Ach je, nur Laminat statt Eichenparkett im Einfamilienhaus. (→ Eigenheimverschandelung) Man vergisst dabei, dass andere gar kein EFH haben, das sie mit Laminat auslegen könnten. Gerade Hausbesitzer jammern von morgens bis abends. »Ihr habt's gut! Urlaub im 5-Sterne-Hotel! Das können wir uns nicht leisten!« Reagieren aber verärgert, wenn man ihnen sagt, sie sollen die Hütte doch einfach wieder verkaufen, um ein sorgenfreies Leben führen zu können. Ähnlich wie beim Benzin- und Ölpreis reagieren Deutsche über, wenn sich der Milchpreis verändert. Man glaubt es kaum: Kommentatoren regen sich auf den Titelseiten der Tageszeitungen darüber auf, wenn er um zehn Cent steigt. Versteht man das?

Neben gängigen Verarmungsängsten, die verplaudert werden, ist das verbreitete Überarbeitungsgestöhne die volkstypische Wehleidigkeit, die deutschen Mündern entfährt. »Ich muss morgen wieder um 5.30 Uhr aufstehen!«, hört man werktagsscheue Naturen alle 24 Stunden winseln. Nicht erwähnt wird, dass man dann auch schon wieder um 14 Uhr frei hat. Genauso typisch: Wie viel andere arbeiten, interessiert die Jammerer gar nicht. Deutsche jammern nicht nur auf hohem Niveau, sondern sind 365 Tage im Jahr gestresst, überarbeitet, fix und foxi. Reif für die Wellness – ein absolutes Wohlstandsphänomen. Ein Kenianer, der nichts zu essen hat, bräuchte vielleicht drei Wochen Schlemmerurlaub, Seele baumeln lassen bei Ak-fami Bulgo (→ Asiatische Erlösung), einer Heißsteintherapie oder einer ausgiebigen Shiatsu-Cranio-Sakralbehandlung – aber unsereins? Wohlgenährt, kerngesund und übermütig, wie wir sind, jammern wir. Über was eigentlich noch? Wenn uns nichts mehr einfällt, bleibt ja – Gott sei Dank! – noch das Wetter. So sind wir eben: vom Winterschlaf in die Frühjahrsmüdigkeit über sommerliche Hitzeerschöpfungszustände in die Herbstdepression: der deutsche Jahreslauf – zum Jammern für jeden was dabei.

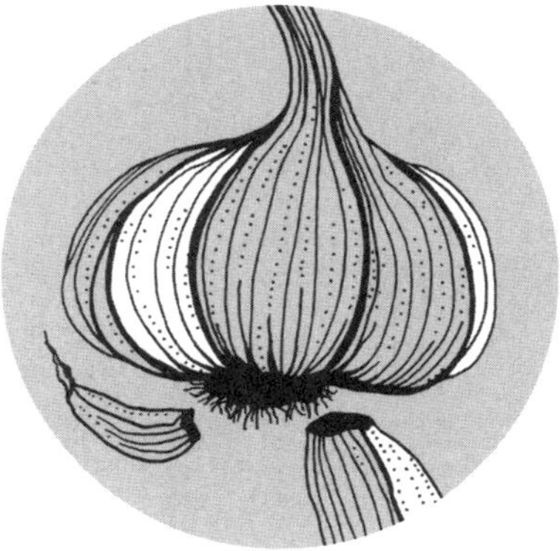

K

Kantine mit Cordon bleu und Lammrückenwürfel

Deutsche lieben den arbeitstäglichen Gang in die Kantine oder Cafeteria (die sie gerne auch auf dem zweiten e betonen: Cafetéria). Angehörige anderer Volksstämme kennen ähnliche Institutionen auch, aber nur bei uns hat das seine ganz eigene Anmut. Kantinenzeit ist ab 11.30 Uhr. Schon eine halbe Stunde vorher werden wir hibbelig. Dann endlich: ab auf die Schnitzelpiste zur »Abfresse«. So früh am Tag isst niemand zu Mittag in Europa. Wir stehen schon fünf Minuten vor Öffnung vor der automatischen Glasschiebetür (→ Dringend Drängeln) und scharren mit den Hufen. Sobald sie sich öffnet, hauen wir uns so schnell wie möglich das Tablett voll. Aber deutsche Kantinen haben sich geändert. Es gibt jetzt nicht mehr die Gulaschkanone, Kohlrübeneintopf und Ex-Flakhelferinnen mit Schöpfkelle, sondern motiviertes Personal an ganz verschiedenen Essensausgabestellen: »Slow Food – My-Line. Gesund und Vitalkost«, heißt eine, dann gibt es die »Aktionsbar« und »Tutto Pasta, Pizza und Co.« sowie weiterhin das konventionelle Tagesessen. (Hähnchenkeule Zigeuner Art mit Pommes, 3,90. Da weiß man, was man hat.)

Schmecken tut zwar alles immer noch so wie zur Wirtschaftswunderzeit, aber dafür textet man jetzt schon so wie im Feinschmecker-Restaurant. »Lammrückenwürfel in der Wildkräuterkruste mit Thymianjus, Zucchiniwürfel und Vollkornreis, 5,50 Euro«. Oder »Entenbrust mit Feigen-Portwein-Sauce, Fenchel-Orangen-Ragout und gebackene Kartoffelwürfel, 6,41 Euro«. Hört sich toll an. Leider liegt die Entenbrust seit drei Stunden unter der Heizlampe und schmort vor sich hin. Mit »zartrosa« ist da nichts mehr. Die Feigen-Portwein-Sauce hat sich mittlerweile eine schützende Haut zugelegt, aus der ab und an eine Blase ploppt, und das Ragout sieht aus wie dreimal durchpüriert. Das Schöne an der deutschen Kantine: in zehn Minuten haben wir alles runtergeschlabbert und können diesen Ort des Grauens verlassen.

Eine echt deutsche Spezialität hat alle Modernisierungtrends überlebt: die Vorliebe für Cordon bleu. Das mag außer uns keiner. Obwohl es französisch ist. Uns schmeckt das. Cordon bleu ist etwa in der Betriebskantine von Daimler-Benz in Sindelfingen unter den Top 5 der beliebtesten Gerichte, kann man nachlesen. Noch vor den allseits beliebten Fischstäbchen und »Schinkennudeln überbacken«. Dazu gibt's Sättigungsbeilagen. Höchstwahrscheinlich in Würfelform. Das richtige, echte, urdeutsche Cordon bleu ist dann in vollem Saft, wenn sich auf der tranig-gräulichen Schweinefleisch-Oberfläche kleine graue Würmchen bilden, die sandfarbene Scheiblette herausschwitzt, weil sie im Innern der Fleischtasche mit einem (→) Ja!-Press-Schinken exotherm reagiert. Gerne wird für die Füllung auch isotonisch auffälliger Schmelzkäse verwendet, dazu wollen wir eine kräftige atomgetriebene Sauce, am besten eine Consommée aus Knorrs gekörnter Brühe, ideal, wenn sie etwas nach Ammoniak schmeckt. Ein Weizen, eine BILD-Zeitung und nach jedem Bissen einen herzhaften Zug aus einer Jakordia oder *Boston* mild (Aldi-Billigzigarette) runden dieses Fest der Sinne ab. Das ist deutsches pralles Leben, ach was, das ist Prallness pur. Cordon bleu – wir sind eben immer auf der Suche nach dem nächsten Kick. (→ Convenience Food im Restaurant)

Kein Thema

Eine deutsche Szene beim Bäcker. Kunde: »Drei Brötchen, bitte!« Verkäuferin: »1,80.« Kunde: »Is' doch kein Thema.« Er legt die Münzen in die Schale. Wenn Deutsche »kein Thema« sagen (in der Pfalz sagen sie: »Däss is doch kää Thääma!«), dann ist es eigentlich ein Thema. Sonst bräuchten sie ja gar nicht »kein Thema!« zu sagen. Wenn etwas selbstverständlich ist, sagt man auch nicht, dass es selbstverständlich ist, eben weil es selbstverständlich ist. Es sei denn, es ist eben nicht so. »Kein Thema!« ist der Beweis dafür, dass im deutschen Leben immer weniger klipp und klar ist. Nicht mal, dass man noch für die Frühstücksbrötchen zahlen muss.

Zweite Szene bei REWE. Kunde: »Ich hätte gern 200 Gramm Allgäuer Emmentaler.« Verkäufer: »Am Stück oder geschnitten?« »Geschnitten, bitte!« Verkäufer: »Das ist doch kein Thema!« Wer »kein Thema« sagt, möchte unbewusst, dass sein Gegenüber anerkennt, dass das, worum es geht, durchaus ein Thema sein könnte, dass er da irgendwie in Vorlage für etwas geht, was eigentlich nicht selbstverständlich wäre – er uns aber doch gnädigerweise den Gefallen tut, wofür wir ihm dafür dann aber gefälligst auch dankbar sein sollten.

Dritte Szene: Der Delinquent betritt die Hinrichtungsstätte. Und steht vor der Guillotine. »Wenn Sie bitte Ihre Kapuze abnehmen würden!« »Ist doch kein Thema.«

Kerner, Johannes B. – Deutsche Psychogramme I

Detaillierte Ausführungen an dieser Stelle sind überflüssig. Ich bin mir sicher: Sie wissen schon, was ich meine. Nur dieses: Wenn wir den leicht angefetteten Kerner in einem TV-Werbespot für *Gutfried*-Geflügelwurst sommers vor einer Ausflugsgruppe gut gelaunt vorneweg radeln sehen, dann hat das eine gewisse innere Stimmigkeit. Tatsächlich dürfte sich kein anderer Deutscher so gut wie er dafür eignen, ausgerechnet Geflügelwurst zu bewerben. Der Mann sieht selbst aus wie Geflügelwurst, scheint aus Geflügelwurst zu bestehen, ja, er lebt Geflügelwurst. Tag für Tag. Vor allem spricht er jede Menge geflügelte Worte, die sofort zu Wurst werden, sobald sie seinem Mund entfallen.

Klettverschluss

Deutsche Kinder sind nicht mehr in der Lage, ihre Schuhe zu schnüren. Sechsjährige, die eine Schleife binden können, sind mittlerweile so selten geworden wie Männer, die einen Krawattenknoten hinkriegen. Sicher, dafür hat man am Nintendo-Gameboy dazugelernt. Nur, das macht es nicht wett. Denn das Problem kommt spätestens in der Jugendzeit zurück: Klett hat einfach keine Klasse. Spätestens wenn es zu ersten Berührungen mit dem anderen Geschlecht kommt, werden diese Kinder – und ihre Eltern – mir recht geben. Es ist mal wieder hochpraktisch, aber irgendwie unromantisch, oder zeitgemäßer: abtörnend, wenn es beim ersten Entkleiden zweimal Ritschratsch macht, bevor er sie mit Küssen übersät und anschließend in die Designer-Sheets einwickelt. Und sie sich das Ganze auch noch gefallen lassen soll.

Knobi

Achtung! Überall dort, wo vor gastronomischen Betrieben auf der Menütafel »Knobi« annonciert wird, besteht (Lawinen-)Gefahr für Leib und Leben. Ob bei »Knobi-Sauce«, »Knobi-Dip«, dem legendären »Knobi-Baguette« oder bei »Schwenksteak mit hausgemachter Knobi-Butter«. Meistens ist dann gar kein Knobi drin, sondern granuliertes Knoblauchpulver. Da wird's dann richtig fies.

Knobi ist deshalb so schlimm, weil die Verniedlichung einer der kräftigsten Gewürzpflanzen der Welt – die man auch Stinkwurzel oder Stinkzwiebel nennt – so ähnlich ist, als würde man eine atomare Mittelstreckenrakete süß finden und »Pershingle mit Sprengköpfle« dazu sagen. In Knobi-Kneipen gibt es sicher auch Caipi. Und man trinkt übrigens auch gerne statt einer Tasse einen Pott Kaffee, oder O- beziehungsweise A-Saft. Und immer donnerstags ist Schnitzeltag.

»Knobi« geht also auf keinen Fall. Man sagt ja auch nie:

»Liebling, du riechst heute nach Knobi!« Da ist dann Schluss mit niedlich. Auch auf die wahrhaft verwegene Idee, zur Präsidentin des Zentralrats der Juden in Deutschland, Charlotte Knobloch, »Knobi« zu sagen, würde keiner kommen. Wer mag, kann sich einmal dem ähnlich bedenklichen Phänomen »Bärlauch« im deutschen Essen widmen. Und mir schreiben, was dabei rauskommt. Mir ist schleierhaft, wie dieses unsägliche Unkraut es schaffen konnte, zum In-Gewürz des 21. Jahrhunderts selbst unter Meisterköchen zu werden, ob im »Bärlauch-Dip«, im »Bärlauch-Pesto« oder im »Bärlauch-Bratling«. (→ Tschüssi, → Eingelegte Oliven)

Knopps Geschichtsstunde

Geschichte im Fernsehen – damit hat der deutsche Journalist Guido Knopp die Deutschen drangekriegt. Wer sind wir, und wo kommen wir her? Das hat uns so noch keiner gesagt. Emotionalisierung, ja, Dramatisierung unserer Geschichte ist sein Stilmittel – immer mit Schaudermusik untermalt –, das wollen wir hören, das wollen wir sehen, immer wieder, tausendmal. Geht Knopp auf Sendung, schalten alle vom ARD-*Tatort* zur NS-Gruselstunde im ZDF um. Erkenntnis der Programm-Macher: Der Führer geht immer. Sex sells, und Adolf sells genauso. Zuletzt hat Knopp den ganz großen Wurf gewagt: die zehnteilige Serie »Die Deutschen«. Aber immer wenn Knopp kommt, hat man das Gefühl: Das sind wir gar nicht. So viel Tränen, so viel Widerstand, so viel Pfeffer waren doch gar nicht. Aber wir sind dankbar, dass Knopp etwas nachgewürzt hat.

Guido Knopp wohnte übrigens lange Zeit direkt neben Jürgen Klopp in Mainz-Gonsenheim. Rein zufällig. Klopp ist bekanntlich weggezogen, ist Fußballtrainer in Dortmund, Knopp noch beim Fernsehen. Der eine macht Entertainment, der andere »Histotainment«. Klopps Spitznamen ist Kloppo,

Knopps Spitznamen ist Knoppo. Dass allerdings beide eine Vorliebe für den Schokoriegel Knoppers haben sollen, halte ich, wenn nicht für bekloppt, so doch für reichlich abwegig. (→ Mittelalterliche Märkte)

Kommunizieren und Positionieren

Ein deutscher Finanzmanager sagte einst bei der Videokonferenz zum Kollegen: »In der Sache hast du ja recht, Lutz, wir müssen unsere Produktpalette neu strukturieren, aber es kommt doch darauf an, wie du das kommunizierst.« Lutz ist empört. »Darum geht es doch gar nicht!«, blafft er, »das muss ich jetzt aber hier mal positionieren, wenn du mir so kommst.« »Okay, okay, okay, dann haben wir da eben aneinander vorbeikommuniziert, positionier' ich mal.« »Kannst du machen, Lutz, ist dein gutes Recht.« Das war der Sound, der uns in die Finanzkrise brachte. Elendes Pack. Wieso müssen Banker bei uns keine Sondersteuer zahlen? »Das lässt sich finanziell sicher nicht darstellen!«, werden sie darauf entgegnen, Lumpen, die sie sind, Lumpen, die sie waren. (→ Vermögensberaubung durch Vermögensberatung)

Königstiger, kleine

Nirgendwo ist der deutsche Volksmund so kreativ wie dort, wo es darum geht, mal austreten zu müssen. »Ich muss mal für kleine Königstiger«, sagen Chefsekretärinnen, giggeln vor sich hin und schnappen sich ihre Hermes-Handtasche. Neulich habe ich in der Süddeutschen Zeitung gelesen, dass Papst Benedikt XVI. beim Weltjugendtag 2005 in Köln ein Dixi-Klo benutzt haben soll. Es habe sich aber nicht um das übliche, sogenannte »Freifallmodell« gehandelt, sondern um »die Premiumkabine mit Umkleideraum und Marmorwänden«. Das sei verbürgt. Nicht verbürgt ist leider, ob er davor seinem persönlichen Referenten zugeflüstert hat: »Ich muss mal für kleine Messdiener!«

Sonst im Umlauf: »Ich muss mal für kleine Mädchen!«, »Ich muss mal für kleine Eisprinzessinnen!«, »Ich muss mal für kleine Jungs«. Neulich hörte ich einen Bankangestellten sagen, »Ich muss mal für kleine Torwarttrainer.« (… und habe in diesem Finanzinstitut umgehend meinen Freistellungsauftrag gelöscht). »Ich geh mal den Familienstrumpf auswinden!«, rufen sich Bildmischer im Rundfunk auf dem Flur zu. »Ich geh noch auf 17!« Ja, ja, Freunde der indischen Brotsuppe! Ihr seid so ein Häufchen.

Kult

Wenn etwas richtig mies ist, wird es bei anderen gebrandmarkt, verdammt, und alle tun etwas dafür, dass es aus der Öffentlichkeit verschwindet. Bei uns darf es bleiben und wird zum Kult. Das verhindert seinen wohlverdienten Untergang, ja, zementiert die Unsitte auf alle Ewigkeit. Beispiel: ALDI, Crocs, Ekel-Grillgut oder deutscher Schlager. Warum tun wir das? Ist das Masochismus? Spätes Weltkriegstrauma? Oder ist bei uns eh schon Hopfen und Malz verloren. Wahrscheinlich Letzteres.

Kulturbiergarten

Kulturtage, Kulturnacht, Kulturfestival, Kultur allüberall, sogar in Herrenzimmern bei Rottweil. Eben Kulturrottweil. Ganz viel davon auch in Essen: Kohle und Kumpels, das war einmal – jetzt ist Kultur. Und wie viel! »Ruhr. 2010. Kulturhauptstadt Europas.« Essen hat ein Kulturbüro und eine kulturelle, nämlich die Mayersche Buchhandlung, in der es nicht nur ein Schaufenster, sondern sogar ein »Kulturfenster« gibt. Die Mainzer haben es auch nicht schlecht – kulturmäßig. Es gibt hier sogar einen »Kulturbiergarten«. Bier allein, das klänge derb, primitiv. Aber zusammen mit Kultur läuft's runter wie Öl im Garten. Man kippt drei Halbe – und tut was kulturell Wertvolles. Oder lässt sich belehren. (→ Politisches Kabarett) Was will man mehr? Der »Kulturbiergarten« liegt übrigens direkt am Zollhafen, der zurzeit zum Kulturhafen umgestaltet werden soll. (Der preisverdächtige Slogan: »Der Zollhafen. Mainz in R*h*einkultur.«) Unweit davon steht die alte Kommissbäckerei – und man arbeitet daran, sie umzuwandeln in – na, in was wohl? – richtig: in eine »Kulturbäckerei«. Sind sie in Mainz noch ganz gebacken? »Sie sehen«, schreibt der Stadtteilbürgermeister nicht ohne Stolz in einem offenen Brief an die Bürger, »die Mainzer Neustadt entwickelt sich neben der City zu einem echten Kultur-Cluster«. Seine Partei veranstaltet alle Sommer sieben Tage am Stück »Kultur! – Woche der Mainzer SPD«. Auf dem Prospekt die Grundausstattung, die man dafür braucht: eine Hüpfburg für die Kinder, ein Saxophon und einen Clown. Am besten einen, der Pantomime macht und die imaginäre Wand abtastet. Wie ist das zu bewerten? Kultur ist immer gut. Wer in Kultur macht, macht in der Zeit schon keinen anderen Unfug, wie Mülltonnen umwerfen, randalieren, Wände beschmieren. Vor allem ist Kultur fast immer ein Reflex auf ein handfestes Minderwertigkeitsproblem (→ IQ-Idiotie) (… oder auf öffentliche Budgets, deren Mittel ausgegeben werden müssen, um im Jahr darauf nicht gestrichen zu werden). Kulturtage, Kulturwochen, Kulturfestivals gibt es daher immer nur im Hinterland, nicht in Berlin oder München, sondern in Böblingen, Pleinfeld und Schälklingen. Gut schlafen können sie dort erst wieder, wenn im Lokalteil der Zeitung eine Besprechung steht, in der attestiert wird, das örtliche Festival hätte »hochkarätige Kultur« geboten. Dann atmet man auf. Na also, wir sind doch wer. (→ Künstlernähe, zwanghafte, → Moderne Kunst im öffentlichen Raum)

Künstlernähe, zwanghafte

Wenn kreative Deutsche zum Sommerfest unter Pflaumenbäume laden, dann folgt ihre Einladungspolitik gerne ausgefeilten Strategieüberlegungen: Zunächst müssen mehrere Landsmannschaften vertreten sein, um das Gelingen zu garantieren. Ein Schwarzer oder Asiate verleiht der Veranstaltung sofort Internationalität, dazu wird gerne auch noch ein *English native speaker* einbestellt. (→ English speaking) Dann sollte etwas Prominenz da sein, wenigstens lokale, oder sonst wie interessante Leute eben. Überlebenswichtig: Menschen der Kultur. (→ Kulturbiergarten) Vor allem die deutsche kleinbürgerliche Bildungsschicht regiert ein zwanghaftes Verhalten. In ihren Reihen – wie sonst nirgends auf der Welt – sucht man die Nähe zu ortsansässigen modernen Künstlern, zur Not tut's auch ein Architekt (FH). (Tipp: Wenn keiner von beiden zu haben ist, dann geht auch der Leiter der Volkshochschule oder des Kulturamts.) Wenn verfügbar, laden sie sich aber einen Lokal-Chagall zum Gartenfestle ein oder irgendeinen anderen verhuschten Skulpteur oder Bildhauer, der unter seiner Otto-Schily-Frisur kulturig schmunzelnd das (→) Gesamtevent aufwerten soll. Gefragt sind auch immer noch Gitarristen. Typen wie einst Peter Horton, die gegen 21.45 Uhr unaufgefordert die akustische Gitarre auspacken und leise, hintergründige Weisen absondern, nachdem sie ihr Instrument eine Dreiviertelstunde immer wieder kopfschüttelnd neu gestimmt haben. Ihre bislang einzige CD heißt »Zwischentöne«, verkauft sich aber nicht wirklich gut. Solche Hinterhof-VIPs tragen gerne schwarze Leinenanzüge im Knitter-Look, dazu subversive Flip Flops. (→ Crocs) Der Künstler ist übrigens der Einzige, dem man sofort verzeihen würde, wenn er sich nach dem vierten Spätburgunder danebenbenimmt. Nein, man erwartet eine gewisse Provokationslüsternheit sogar. Erst dann gilt die Gartennummer im Sommer für gelungen. Man ist zufrieden, wirft die

Pappbecher in die Tonne und macht einen Haken an die Sache. (→ Moderne Kunst im öffentlichen Raum)

Kuscheln in Verwöhn-Paketen

Wellness-Hotel Hubertus in Balderschwang/Allgäu: »Natürlich genießen – und leidenschaftlich Kuscheln«. Kuschelige Zimmer gibt es hier pro Person ab 109 Euro, liest man im Prospekt. Kuschelig ist der zeitgemäße Ausdruck für alles, was man früher einmal »gemütlich« nannte. Gemütlich geht aber nicht mehr, weil man dabei gleich an Eckbank, speckige Wachstischdecken mit Blumenmuster oder vollends an den Skianorak von Rosi Mittermaier denkt. Seither wird gekuschelt. Heute findet man in deutschsprachigen Werbebooklets Bilder von jungen Paaren, die im Hotelzimmer eine Kissenschlacht machen – vor oder nach dem Kuscheln ist unklar –, obwohl das in Wirklichkeit mit Sicherheit nie vorkommt. Zum Kuscheln gehören prasselndes Kaminfeuer und ein Heißgetränk. Die CD »Kuschelrock« natürlich auch. Dazu gibt es dann jede Menge Streicheleinheiten. Vor allem für die Seele. Und was zu naschen. Wenn eine Frau kuschelt, wird sie zur Schmusekatze – und bald auch zur Naschkatze. (→ Hussel – fiese Confiserie) Sie trägt gerne am Morgen nach erfolgreich verlaufener Kuschelnacht mit ihrem Partner dessen hellblaues Business-Hemd, während er duscht. Sie hockt auf dem Bett, zieht die Beine an und nippt an ihrem Tee, den sie beidhändig in den Händen hält. (Steigerung: Sie hat auch noch seine Lufthansa-Mütze auf.) Dabei lächelt sie beglückt vor sich hin, blickt irgendwo in die Ferne, sich in der Sicherheit wähnend, dass sie endlich den Kuschelpartner fürs Leben gefunden hat.

Der Kuschelterror hat Deutschland fest im Griff. Sie können ihn aber knacken. Lassen Sie mal den Manager von einem Kuschelhotel antanzen und fragen ihm ins Solarium-Gesicht: »Könnte ich statt *Herbstlaub-Rascheln* nicht auch das Unwohlfühl-Arrangement *Kellerasseln-Rasseln – feucht, kalt, grässlich* buchen?« Tatsächlich ist der Tag nicht mehr fern, an dem wir uns vom Kuscheln und Wohlfühlen in eigenen Ressorts erholen müssen. Urlaub ungepolstert. Das würde uns zumindest psychisch weiterbringen. (→ Neue deutsche Dekadenz)

L

Lärm und Geräusch

In Deutschland mehr als anderswo in der christlichen Welt geht ein Gespenst um: das Quasselmonster. (Inkarnation: Mario Barth.) Folge: die Räume des Schweigens sind entehrt. Zum Sittlichkeitsdesaster wird die Entwicklung aber erst, seit auch die Anlässe und Orte, die einmal als Garanten des Schweigens galten, vom Ratschen gestürmt sind. Keinesfalls nur gegenseitig untergehakte Teenager lassen sich nach Betreten des Kölner Doms nicht davon abhalten, den jüngsten Chart Mix abzusingen. Pensionsberechtigte Studiosus-Reisende bestürmen ihre *tourist guides* genauso lauthals mit Anfragen kunsthistorischer Art, Mobiltelefone klirren selbst am Reliquienschrein der Heiligen. Die religiöse Empfindsamkeit hat sich abgenutzt – wie überhaupt die Schwelle zwischen Heiligem und Profanem in der deutschen Seele.

Das Ende der stummen Frömmigkeit und gleichzeitig der Anfang der hier zu beklagenden Unsitte setzte schon vor Jahrhunderten ein. Es ist bezeugt in den ersten Erregungen glaubensfester Renegaten, den Pietisten etwa im schwäbischen Calw, die sich einst wegen der Verwahrlosung der Sitten in der Landeskirche in die Separation verzogen. Es habe sie entsetzt, steht in einem Bericht von 1713, dass im Gottesdienst zuletzt Andacht und Ordnung gefehlt habe, »indeme der eine schlaffe, der andere schwätze, der dritte lache, der vierte sonst frech um sich gaffe, der fünfte gar Zotten (…) reiße oder schwöre: der sechste in Eitelkeit, Pracht und Frechheit der Kleidung sonderheitlich das Weibervolck dermaßen aufgeputzt daherkomme, gleich als ob man auff den Marckt oder in die Comoedie gehen wollte …« Heute ist alles Comoedie oder besser Comedy.

Der Respekt fehlt schon so sehr, dass die Berliner Zeitung unlängst meldete: »In keinem anderen Land werden Kirchen angepinkelt, nur in Berlin.« Doch es ist mehr als das: Auch die schweigende Andacht versickert allmählich und lebt lediglich fort auf den letzten Inseln der traditionellen Volksfrömmigkeit, die von der Moderne noch verschont sind.

Der Krawall ist in der Bibel gleichgesetzt mit dem Chaos. Die Ruhe ist das akustische Paradies, nicht das Getöse, auch nicht die grauenerfüllte Totenstille, sondern jene von allen Qualen befriedete Harmonie. Im Sturm auf dem See Genezareth ruft Jesus seinen Anhängern zu: »Was seid ihr so furchtsam, ihr Kleingläubigen!« »Dann«, steht bei Matthäus 8, 26, »stand er auf und schalt die Winde und die See, und es ward große Stille.« Davon könnten wir heute wieder mehr gebrauchen. Heute scheint nur noch dort Ruhe zu herrschen, wo deren Durchdringen soziale Sanktionen nach sich zöge, ob beim Appell auf dem Kasernenhof oder während des Brahms-Konzerts im Auditorium. Sonst herrscht Gebrabbel. Wie das?

Der Moderne, nicht nur in ihrer deutschen Variante, ist ein anti-autoritärer Grundzug eigen. Je weniger Autorität, desto stärker steigt der Pegel. Das ist die eine Erklärung. Mit der neuzeitlichen Glaubenskrise zerbricht Stück für Stück die Autorität der Religion, mit ihr das Schweigegebot vor einem furchtbaren Gott, das noch Jahrhunderte für jenes betretene Schweigen unter eingeschüchterten Gläubigen sorgte. Doch Gott ist tot, und die Aura des Schreckens zertrümmert – was ja nicht das Schlechteste ist. Aber mit dem angsterfüllten Schweigen endet auch jene andere durchaus heilsame Wortlosigkeit. Schweigen als Staunen, als Ausdruck eines überwältigenden religiösen Gefühls. »Es muss etwas Feierliches, Ernsthaftes und Zartes über jeder Haltung liegen, die wir religiös nennen. Wenn sie fröhlich ist, darf sie nicht grinsen oder kichern; ist sie traurig, darf sie nicht schreien oder fluchen«, schreibt William James in seinen »Varieties of Religious Experience« von 1901/02. Diese Ernsthaftigkeit erst führt zu einem Verstummen:

»Es gibt einen Bewusstseinszustand, den ausschließlich religiöse Menschen kennen, in dem an die Stelle unseres Selbstbestätigungs- und Selbstbehauptungswillens die Bereitschaft tritt, zu verstummen und zu einem Nichts zu werden in den Fluten und Orkanen Gottes.« (Pflichtlektüre für → Kerner!) Genau dieser Bewusstseinszustand findet heute nicht mehr statt. Stattdessen werden wir überzogen vom Geschwätz. Womit es heute auch im sakralen Raum zur Aufgabe der Polizei wird, endlich wieder für Ruhe zu sorgen.

Lafer und Lagerfeld – Deutsche Psychogramme II

Lafer und Lagerfeld – das sind die personifizierten Antipoden im deutschen Wesen. Und doch, jeder für sich, zwei urtypisch Deutsche. (Auch wenn Lafer gebürtiger Österreicher ist.) In Lagerfeld kommt eine, in Lafer eine andere deutsche Unsitte zur Vollendung, zwei Unsitten, die sich gegenüberstehen und doch bedingen. Lagerfeld ist die typisch deutsche, modisch gewordene Selbstverleugnung, genährt aus der volkseigenen Scham, man selbst zu sein. So sehr können sich nur Deutsche schämen, dass sie sich hinter ihren Hüllen, Kragen, Brillen, Worten, Geschichten, Wahrheiten so verstecken müssen.

Lafer dagegen kennt keine Berührungsängste. Er ist die fleischgewordene deutsche Provinzialität, die sich zur Selbstliebe übersteigert hat. In allem: im Bärtchen, im Nuscheln, im Werkeln und Mümmeln, im Feixen und in allem Hemdsärmligen, im fehlenden Stil, im Strahlen über beide Backen. Genau dasselbe, was Lagerfeld hochnotpeinlich ist, wird bei Lafer zu den Zutaten einer geglückten urdeutschen Biografie. Also, auf, Deutscher, komm und siedle dich in der Mitte der Lafer-Lagerfeld-Skala an – und dein Leben gelingt.

Landesgartenschau (LGS)

Eine vollkommen überflüssige Veranstaltung, um auf Brachflächen Steuergelder zu verschwenden. Das Unheil: keiner weiß, wozu es LGS gibt. Landesgartenschauen sind für niemanden konzipiert. Nicht für Kinder, dazu sind sie zu langweilig, aber auch nicht für Erwachsene, dazu gibt es nichts, was von wirklichem Interesse wäre. Nichts für Kulturreisende, aber auch nichts für (→) Event-Süchtige. Nichts für Menschen, die sich nur erholen wollen, aber genauso wenig für jene, die etwas lernen wollen. Trotzdem extrem zählebig. Wie Unkraut. Das vergeht bekanntlich auch nicht. Wer fährt zur Gartenschau? Leute, denen nichts anderes einfällt. Die einmal Abwechslung brauchen von RTL 2. Rentner, Anwohner, Schulklassen. Man kauft eine Eintrittskarte, klappert das Grünzeugs ab, isst eine Curry-Wurst, trinkt ein Mezzo Mix, geht aufs Klo und galoppiert dann zum Ausgang zurück, um die S-Bahn nicht zu verpassen. Wenn man Menschen danach fragt, was sie erlebt haben, etwa auf Reisen, bei Festen und Feiern oder bei einer interessanten Tätigkeit, wissen sie oft wenig zu berichten. Wenn man jemanden fragt, wie war es auf der Landesgartenschau, herrscht vollends Achselzucken. Schöne Blumen halt. Wäre ganz nett gewesen. Aber dazu hätte man auch zu Hause bleiben können. Noch langweiliger: Bundesgartenschau. Trotzdem lassen die Veranstalter am Ende vermelden, die Landesgartenschau habe sich vollauf gelohnt. Sei ein voller Erfolg gewesen. Tourismusverbände ziehen ein durchweg positives Resümee. Wenigstens etwas. Gegenprobe: Wer vielleicht außer Wladimir Klitschko würde die LGS vermissen, wenn es sie einmal nicht mehr gäbe? (→ Waldsterben, staatlich organisiertes)

Lekker Strom

Es wird immer leckerer. Doppeldecker, doppellecker. Fruchtgummis. Oder ein Joghurt von »Leckermäulchen«. Im Düsseldorfer Hauptbahnhof gibt es die Kettenbäckerei: »mmmh Lecker!«. Und auch der Strom ist schon so: »Lekker Strom. Nuon.« Gibt es bald lecker Holz bei OBI? Oder lecker Nato-Einsätze in Afghanistan? Wer mehr zu diesem Unsittlichkeitskomplex wissen will, gehe auf *www.ichlebelecker.de*, die Internetseite der »Weight Watchers«. In Franken und Hessen sagen sie übrigens »läggä« zu lecker. Oder sogar subbä-läggä.

Lektorats-Terror

Wenn dieser Artikel hier erscheinen kann, dann ist dies der Beweis dafür, dass es bei uns tatsächlich noch echte, unzensierte Meinungsfreiheit gibt. Und noch ein paar feine Lektorinnen, wie sie eben für den Piper-Verlag arbeiten. Das aber ist nicht selbstverständlich. Normalerweise sind deutsche Lektoren harte Knochen, die vor allem eines wissen: an ihnen kommt keiner vorbei, nicht einmal Libuda.

Ein Buch zu schreiben, ist ein langer Prozess, doch der Autor, obwohl die Hauptperson, zumeist das schwächste Glied in der Kette. Der Autor ist dem Verlag ausgeliefert, und das wissen Verlage nur zu genau, lassen Autoren ihre Macht spüren und verunsichern sie, wo es nur geht. Zugegeben: Autoren sind auch nicht einfach, oft zartbesaitet, **h**och**s**ensible **P**ersonen (HSPs haben sogar ein eigenes Internetforum, siehe: *www.zartbesaitet.net*). Viele meinen, es sei alles Gold, was sie schreiben, und empfinden schon vorsichtige Eingriffe des Lektorats als veritable Menschenrechtsbeschneidung. Dennoch, deutsche Lektoren – und die männlichen sind tatsächlich die schlimmsten – wollen nicht einfach nur einen Text gegenlesen, Satzstellungen oder Rechtschreibfehler korrigieren. Nein, es gilt, umzustellen, neu zu ordnen, grundsätzlich infrage zu stellen – ja, das Werk *zu beurteilen statt es nur zur Kenntnis zu nehmen*. Kurzum: Es geht darum, die eigene Marke zu setzen. Also: durchstreichen, unterkringeln, Fragezeichen an die Seite malen oder gleich ein dickes *Hä*?

Das erst ist die landestypische Unsitte, die nur bei uns aus der historisch bedingten Übermacht des gedruckten Wortes stammt – und zu den Verlockungen für all jene geführt hat, die berufshalber damit umgehen: also Deutschlehrer, Redakteure, Lektoren. (→ Bücherregal-Bestückung) Das Grundübel liegt darin begründet, dass viele Lektoren eigentlich viel lieber selber Autoren wären (… so wie Fernseh-Redakteure am liebsten selber Filme drehen würden und Rezensenten verkappte Schriftsteller sind). Im Grunde ihres Herzens sind die meisten Lektoren während ihrer Tätigkeit tief gekränkt, dass sie mit ihren begnadeten Fähigkeiten nicht selber Kreatives produzieren dürfen, sondern Fremdes lesen müssen. Wo ist der Glanz, der auf sie fiele? Ihren Ärger reagieren sie ab, ihre Funktion rechtfertigen sie durch den dramatischen Eingriff. Denn wenn sie nicht eingriffen, wären sie ja überflüssig. Also zückt man den Rotschrift – und beginnt in deutscher Oberlehrermanier, wie sie der Bestseller-Autor Bastian Sick zu unerreichter Vollendung gebracht hat – kräftig herumzufuhrwerken. Das erst schafft Genugtuung. Diese ewigen Flaschen von Autoren! Sollen erst mal richtig Deutsch lernen!

In aller Regel verfährt man dabei so: Wenn nicht gerade ein Promi-Autor anklopft, wird ein Text bei Abgabe erstmals kräftig auseinandergenommen. So ginge das nicht, man spricht von Enttäuschung oder Ansprüchen, hinter denen der Autor zurückgeblieben sei. Das Werk sei undruckbar. Bevor der Autor losheult, erklärt sich der Lektor dann doch noch bereit, das Unmögliche zu wagen. Er macht sich an den Text, noch zu retten, was kaum mehr zu retten ist – scheut dabei nicht den Herkules-Vergleich. Eine prima Taktik: Wird das Buch später ein Flop, wird der Lektor behaupten, das hätte er ja gleich gesagt. Wird es ein Bestseller – dann doch nur, weil er erst diesen Wust geordnet, geschliffen, veredelt hat, nein, weil er den Stoff gerettet hat! (Dieselbe Logik kann man bei gut bestallten Redakteuren im öffentlich-rechtlichen Rundfunk studieren. Auch hier dasselbe Ärgernis: Filmemacher kennen diese Sesselfurzer nur zu gut, die mit der Aktentasche am Set auftauchen, reinquatschen, den Betrieb aufhalten, zu denen man aber trotzdem nett sein muss, weil sie die Geldtöpfe verwalten, Typen, die ansonsten aber hauptsächlich Spesen verbraten und nutzlos rumsitzen – dabei aber selbstverständlich rundumbetreut sein wollen.)

Um solche Naturen zu besänftigen, verfährt der deutsche Autor am besten wie folgt: Man baue in seinen Text absichtsvoll syntaktische wie semantische Sollbruchstellen ein, an denen sich der deutsche Lektor genüsslich austoben kann, ohne dadurch freilich das Gesamtwerk zu gefährden. Kommen die Korrekturen dann zurück, greift man zum Telefonhörer und teilt dem Lektor mit, dass der Text durch sein Zutun noch viel gewonnen habe – und man hat seine Ruhe. Auch noch eine Möglichkeit: Man bedankt sich im Vorwort bei seinem Lektor. Aber ja den Doktor und den zweiten Vornamen in der Anrede nicht vergessen! (Und wenn doch, macht das auch nichts: der Lektor korrigiert sicher auch das noch nach seinem Geschmack.)

Ist das Manuskript endlich fertiggestellt, legen Lektoren dann gerne nochmals richtig los. Wegen des Umfangs müsse man den Gesamttext nun doch um ein Drittel kürzen, teilen sie wenige Tage vor Drucklegung am Telefon mit. Am Ende, wenn überhaupt, setzt sich dann der Autor nur unter Androhung eines Gerichtsverfahrens durch – unter Bezugnahme auf den Vertrag. Dafür rächt sich dann der Lektor noch einmal. Am Tag, an dem der Autor das erste Exemplar seines Werkes in den Händen hält, kann er sicher sein, dass es darin nur so von Druckfehlern wimmelt. Genau diese zu vermeiden, wäre eigentlich die erste Aufgabe des Lektors gewesen. Aber dafür ist man sich zu schade. So, jetzt habe ich genug an dem Ast gesägt, auf dem ich sitze. Sollten Sie gerade ein hölzern-splitterndes Krachen vernehmen, dann war ich das. Selber schuld.

LKW-Fahrer-Lebensstil

LKW-Fahrer sind auch Menschen. Klar. Man will zwar nicht sofort auf dem Beifahrersitz Platz nehmen, wenn »Trigger« die FKK-Zeitschriften und die »Deutsche Waffenzeitung« wegräumt, aber Menschen sind das auch. Beweis: Manche haben blinkende Weihnachtsbäumchen auf der Mittelkonsole installiert, hören »Truck Stop« und CB-Funk, und ein Schildchen sagt uns, dass der Mann, der uns gerade den ausgestreckten Mittelfinger gezeigt hat, »Horsti«, »Monsterle«, »Knacker« oder »Manni« heißt. Manchmal zeigen sie uns gleich den ganzen Unterarm. Sodass für Sekundenbruchteile die Pinups an der Rückwand des Fahrerraums verdeckt werden. Trotzdem sind das auch Menschen. Machen Fehler, wie andere auch. Da kann es schon mal sein, dass einer mit 2,8 Promille seinen Gefahrguttransporter an den Brückenpfeiler setzt und für zwei Tage Vollsperrung sorgt. Hauptsache das Bäumchen blinkt.

Wenn man sie besuchen will, gehe man auf die Internetseite *www.brummi-online.de*. Die Welt der Fernfahrer. Oder fahre einfach zum Brummitreff Geiselwind an der A3 zwischen Würzburg und Nürnberg. Dort kommen sie zusammen. Vorgeblich, um die vorgeschriebenen Pausen zwischen den erlaubten Höchstfahrzeiten einzuhalten, aber eigentlich eher wegen einer ganz anderen Beschäftigung: einmal nur man selbst zu sein. (→ Wortwitz zu Werbezwecken auf LKW-Ladeflächen)

Lokaljournalismus

Journalisten sind eine Plage. Besonders schlimm sind deutsche Lokaljournalisten. In den allermeisten Fällen richten sie zu 99,9% einen erheblichen Bockmist an. Sie haben es aber auch nicht einfach. Das sollte man fairerweise dazusagen. Wahrscheinlich gibt es nichts Schwierigeres, als einen Bericht über ein Sommerfest beim Kleingärtnerverein zu schreiben. Was soll man da schon aufs Blatt bringen? Einer hat die kniffelige Aufgabe so gelöst:

»Der Wettergott meinte es gut mit den Kleingärtnern. Strahlender Sonnenschein und angenehme Temperaturen hatten soviel Gäste angelockt, dass die Plätze knapp wurden. Der erste Vorsitzende des Kleingärtnervereins, Günther Kempel, begrüßte die Anwesenden und freute sich über ihr zahlreiches Erscheinen. Sein besonderer Gruß galt Ortsvorsteher Wolfram Erdmann. Die Freude des Vorsitzenden hat auch einen kleinen finanziellen Hintergrund, haben doch seit Jahren der Ortsvorsteher und Heinz Smedla einen Scheck mit einem namhaften Betrag für die Belange der Kleingärtner im Gepäck. Die von den Kleingärtnerinnen gespendeten, selbst gebackenen Kuchen und Torten vom Kuchenbüfett fanden reißenden Absatz. Dasselbe galt für leckere Steaks und Würstchen vom Grill am Abend. Angeheizt wurde die Stimmung durch die schwungvollen Lieder von Horst ›Buddy‹ Becker, der die Gäste gekonnt zum Mitsingen und Schunkeln animierte. Auch in diesem Jahr stieß die bestens bestückte Tombola auf besonderes Interesse. Am Sonntag traf man sich zum krönenden Abschluss zur traditionellen Erbenssuppe.«

Ich finde, besser, treffender kann man das nicht sagen, als es der Verfasser dieser Zeilen in der Stadtteilzeitung getan hat. Ich finde, der Autor genau dieses Artikels – und nicht immer nur Broder, Biller oder Leyendecker – hätte einen namhaften Journalisten-Preis verdient. Nebst einer Beförderung ins Hauptstadtstudio der FAZ. (→ Qualitätsjournalismus, politischer)

M

Mann aus Germany, Frau aus Thailand

Beim Billard in deutschen Spielhallen kann man oft beobachten, wie sich Männer hinter ihre (neuen) Freundinnen stellen, den Unbeholfenen Hand und Queue führen und ihnen dadurch beibringen, wie man richtig einlocht. Wer dabei zuschauen muss, weiß es gleich: Eigentlich geht es dabei ausschließlich und generalprobenmäßig um den vorweggenommenen körperlichen Begegnungsakt, den man auch Liebesspiel nennt. Und es geht um eine Demonstration rollenspezifischer Dominanz. Wir lernen daraus: Wie andere seiner Geschlechtsgenossen liebt auch der deutsche Mann neben seiner Frau vor allem das unschlagbare Gefühl, Chef im Ring zu sein.

Halb so alt wie er selbst – das garantiert schon einen Teil der Idealvorstellung, man wählt also auch noch mit knapp fünfzig ein Küken, das noch keine sechs Fußball-Weltmeisterschaften erlebt hat. Verständlich, man lässt sich eben ungern auf der Nase herumtanzen. Im Land von Alice Schwarzer gelingt dem deutschen Mann das Durchsetzen seiner Glücksvorstellungen aber nicht immer, und so schaut er sich anderweitig um. Im Billigurlaub, in Phuket oder Pattaya etwa. Am Ende hat er eine adrette Thai in den eigenen vier Wänden – so liebt es der deutsche Mann. Seit Anfang der Neunziger werden in Deutschland tatsächlich Jahr für Jahr zwischen 1500 und 2500 Eheschließungen vorgenommen, bei denen er aus Germany, sie aus Thailand kommt. Thaifrauen – auch andere Männer in Europa mögen sie. So ist es ja nicht. Aber nirgends gibt es mehr Männer, die sich eine Thai an den Mikrowellenherd holen, als bei uns. Wer sonst im deutschen Leben keine abkriegt, fährt nach Kenia, auf die Philippinen, nach Mexiko oder Thailand und kommt wieder mit der Frau fürs Leben, so wie er sich das vorstellt. Und zeigt ihr dann erst mal, wie man bei uns richtig Billard spielt.

Männer mit Knopf im Ohr

Wir sind das Land, das die Steiff-Tiere hervorgebracht hat. Jedes Kind freut sich daran, und Verleger Florian Langenscheidt fand sie so süß, dass er ihnen gleich eine Seite in seinem Buch »Das Beste in Deutschland« geschenkt hat. Bei uns haben aber nicht nur die Plüschtiere einen Knopf im Ohr, sondern überdurchschnittlich viele Männer. In der Regel einseitig. (Neuerdings immer öfter auch beidseitig. Siehe Tim Wiese.) Manche bemerken rechtzeitig den Irrtum und legen den Stecker oder Ring nach Überschreiten der Grenze zum 25. Lebensjahr wieder ab, manche brauchen noch fünf Jahre länger, und viele kapieren es nie, treten damit in Volksmusiksendungen auf wie Florian Silbereisen – oder gehen zur Deutschen Bahn. Hat nicht Peer Steinbrück von der SPD auch einen Ohrstecker? Ich glaube links. Nein? Ich könnte wetten. Das würde irgendwie zu ihm passen. Müsste mal gecheckt werden. (→ Piercing Huber)

Männerdüfte

Pitralon, Old Spice, Hattric, Tabac original, Axe, Boss, Essence von Porsche Design, Meister Proper, Ajax, Lenor, Wunderbaum »New Car«, Old socks, Vim, Ata, Domestos. Aber achten Sie auf die Gebrauchsvorschriften!

Mexikanische Systemgastronomie

Immer, wenn ich früher nach Karlsruhe kam, lenkte ich meine Schritte ins »Krokodil« in der Ludwigsstraße. Was für ein schönes, altehrwürdiges Lokal, was für ein Quell und Lebensborn. Das vorletzte Mal war alles verrammelt, Renovierungsarbeiten. Draußen hing ein Schild: »Hier eröffnet demnächst:

Enchilada. Das mexikanische Restaurant.« »Oh weia!«, dachte ich. Mittlerweile sind die Arbeiten abgeschlossen, der Laden hat aufgemacht. Alles so, wie es zu befürchten war. Tja, so ist der Lauf der Dinge. Das hat aber System: In München macht sich schon seit Jahren mitten im Hofbräugarten an der Inneren Wiener Straße das *Sausalitos* breit. Sauerei das, (jetzt schon 26 Mal in Deutschland), und bedroht gewachsene deutsche Sitte. Immerhin: Im Hofbräugarten reagiert man bereits und serviert ebenfalls einen Teller mit (drei) Tapas: Obatzden, Fleischpflanzerl und Röstbratwürsterl. So ist's richtig: Man muss die Burschen mit den eigenen Waffen schlagen!

Besitos. Tapas y mas. Das ist zwar spanisch, aber im Grunde dasselbe und genauso betrüblich. In zehn deutschen Städten wird man zu dieser »kulinarischen Entdeckungsreise« eingeladen. Danke vielmals. Oder *Hacienda*. Oder *Mexico Lindo*. Oder *Sombrero*, *Cantina y Bar* – und immer den gleichen Schlonz aus der Systemgastronomie: Maiscracker, Bohnen und unverdaubares Hackfleisch. Da heißt es gut durchlüften am nächsten Morgen. Hepa, hepa, Arriba. Arriba. Aiaiaiai. (→ Convenience Food im Restaurant, → Knobi)

Migrationshintergrund

Zuerst waren es Frauen, dann Ossis, dann Ossi-Frauen, jetzt Menschen mit »Migrationshintergrund« (auf Deutsch: Zugereiste, oder bayerisch: »Zuagroaste«). Alle fünf Jahre wechselt der Bonus in der Stellenbesetzung. Der Migrationshintergrund gilt als Vorteil bei der Stellenbesetzung im öffentlichen Dienst. Etwa beim Fernsehen. Wer pakistanisches Blut nachweist, moderiert ab sofort die Spätnachrichten. Seit der Migrationshintergrund belohnt wird, fahnden auch oberschwäbische Anchor-Aspiranten panisch nach etwas ausländischem Blut in der Ahnengalerie. Hatte Uropa Josef nicht mal eine Affäre mit einem sizilianischen Zimmermädchen, könnte es nicht sein, dass ich zu einem Sechzehntel Kurde bin? Oder Hindu? Stößt man auf ein passendes Merkmal – sofort einbauen in die Biografie, vielleicht wird's ja was mit der Stelle. Mit Migrationshintergrund kann man einiges werden bei uns. Zum Beispiel Chef der Grünen wie Cem Özdemir. Aber auch nicht alles. Chef der (→) CSU eher nicht. Aber die hatten zuletzt noch eine Frau als Generalsekretärin. Sogar aus Ostbayern. Schau mal einer an. Wie ist das eigentlich dort, wo die Eingeborenen in der Minderheit sind? In der Bauwirtschaft oder unter Küchenhilfen, bei der Müllabfuhr oder bei der Spargelernte? Haben es da Bewerber leichter, wenn sie deutsches Blut nachweisen? Wäre mal zu diskutieren. Aber dort wollen wir uns ja sowieso nicht die Hände schmutzig machen.

Minigolf

Minigolf ist nah am deutschen Gemüt. Besser gesagt, nah an dem Loch in der deutschen Seele. Sag keiner, das sei was von gestern. Die Mitgliederzahlen des organisierten Minigolfens in Deutschland widerlegen ihn sofort. Deutsche lieben es, am Wochenende in die Minigolfanlage zu gehen und die Anzahl der Schläge aufs Blöckchen zu notieren. Wer am meisten einlocht, bekommt ein Freigetränk. Was die meisten unterschätzen: Kurz nach der Golfbahn kommt noch ein Loch. Das große, schwarze Loch der deutschen kleinbürgerlichen Depression – und wehe dem, der da hineinfällt. Dort holt ihn keiner mehr heraus. (→ Golfen)

Mitklatschen, sofortiges

Ob bei Peter Orloff und den Schwarzmeer-Kosaken, beim Sommer-Openair mit den Klostertalern oder bei Mozarts Zauberflöte, bei der Weihnachtsfeier im Kindergarten, im Fernsehgarten, beim Impulsgottesdienst: Wenn irgendwo die Musik spielt, dauert es nur ein paar Sekunden, und alles klatscht mit.

Beim Schlager, der Polka oder beim Marsch, auf die Eins und Drei beim Viervierteltakt. Bei der Rockmusik liegt der Akzent zwar auf der zweiten und vierten Viertelnote – doch das stört den Deutschen nicht. Er klatscht bei eins und drei. Und zwar überall, wo sich die Gelegenheit bietet: Nach zwei Takten wird das Lied erfasst, der Rhythmus erkannt, losgelegt. Spätestens jetzt wollen Deutsche nicht nur die Musikanten, sondern sich selber hören, spüren. Manchmal stört es die Band auf der Bühne, aber wen kümmert das? Wir haben ja Eintritt bezahlt. Und gute Laune zu haben, ist ja nicht verboten. Wir sind deswegen so mitklatschdisponiert, weil wir stammesgeschichtlich mit Gleichschaltung und Mitmachzwang leidvolle Erfahrungen gemacht haben, die wir nicht mehr so ohne Weiteres abschütteln können. Wir kriegen das aus kulturhistorischen Gründen nicht aus dem Volkshabitus raus – und patschen in die Hände. Nirgendwo haben es Stadionsprecher oder Animateure leichter als bei uns, alle in Windeseile auf Linie zu bringen. Wir entblöden uns nicht, uns zu entkleiden, auf den Kopf zu stellen und mit den Ohren zu wackeln, wenn es einer anordnet. Oder zur »Rockballade« das Feuerzeug in den Nachthimmel zu recken, wenn es andere tun oder der Einpeitscher uns dazu auffordert. »Steht auf, wenn ihr Döner seid!« Das ist der Grund, wieso ich nicht mehr so gerne ins Stadion gehe. (→ Fan-Unwesen)

Mitklatschen gibt es aber auch organisiert bei uns: Rhythmusgruppen, Guggenmusik-Ensembles zur Fastnacht, die »Bembelbätscher« oder »Quatschköpp« heißen und ihren Bandnamen auf den großen Trichter des Susaphons gemalt haben – oder auf die große Trommel. Meistens bieten sie zwanzig Percussionisten auf, aber nur ein melodieführendes Instrument, ein Flötchen oder Glockenspiel. Solche Bands verstellen einem in der Vorfastnachtszeit gerne den Zugang zu den großen Kaufhäusern des Landes. Sie tragen selbstgenähte Phantasiekostüme und sind oft im Stil karibischer Steeldrum-Bands unterwegs.

Trommeln kann jeder: Das ist der Gründungsgedanke solcher Rotten. Und die Bandleader und Hobby-Dirigenten ermutigen sie auch noch dazu, den Schlegel zu schwingen. Am Ende gibt man den Schwächsten die gefährlichsten Waffen in die Hand – und wundert sich, was dabei herauskommt mit Tamburin, Schellenreif, Kuhglocke oder Maracas-Rasseln. Weil sie so durchdringend sind, dass sie jeder hört, und weil sie die Aufmerksamkeit sofort auf sich lenken, sollte man da eigentlich nur die Könner ranlassen, empfehlen professionelle Musiker. Außerdem wird völlig unterschätzt, dass das Durchhalten gleichmäßiger Intervalle hoher Musikalität und eines erheblichen Übungsaufwands bedarf. Ach Quatsch, sagen die Trommler, so ein Percussions-Instrument – das kann doch auch ein Hirntoter spielen. Und so hört es sich dann auch an. (→ Halli Galli, → Fan-Unwesen)

Mittelalterliche Märkte

Wenn es früher den Deutschen einmal aufs Gemüt schlug, gingen sie auf den Trimm-dich-Pfad, nahmen sich ein Tausend-Teile-Puzzle von Neuschwanstein vor oder benützten an besonders grauen Tagen ganz einfach die eigene Phantasie. Heute setzen wir um, was wir früher nur vor uns hin träumten. Die kleinen Fluchten reichen nicht mehr aus, man macht ernst mit der Welt von Robin Hood und wechselt die eigene Identität aus, wenigstens für ein Wochenende. Wir beamen uns ins Mittelalter, wollen ganz Rittersmann und Burgfräulein sein. *Live Action Role Playing* (LARP) heißt die Bewegung, zu der sich immer mehr Deutsche hingezogen fühlen. Liverollen-Spielveranstaltungen. Abgespeckte LARP-Veranstaltungen sind die allseits beliebten mittelalterlichen Märkte, die es bei uns in zahllosen Varianten seit den Achtzigerjahren gibt. Es geht dabei nicht so sehr um den Trödel, den es da zu kaufen gibt, und auch nicht um die authentische Rekonstruktion von realen Welten der Vergangenheit, sondern um das Erleben von Traumwelten. Und trotzdem ist es der Hauptkonflikt inmitten der ganzen Fantasy-Szene, welche Akteure denn nun authentisch sind – und welche nicht. Auf den Märkten immer dabei sind Musikanten und Gaukler, dazu irgendwelche Narren, die Mummenschanz machen. Eigenartigerweise gibt es auch immer einen Stand mit Räucherstäbchen. Wahrlich phantastisch wird es, wie unlängst im Westfälischen geschehen, wenn durch städtische Planungs- und andere interne Kommunikationsfehler auf einmal eine Busladung mittelalterlicher Gecken auf römische Marktdarsteller stoßen und zusammen Schabernack treiben. Das erst ist dann der wahre *clash of civilisations* auf deutschem Boden. (→ Event, → Knopps Geschichtsstunde)

Moderne Kunst im öffentlichen Raum

Brauchen wir Stahl-Zickzack vor neobarocken Landgerichtsgebäuden? Löchrige Bronze-Klumpen vor Kreiskrankenhäusern, fette Granitbollen mit Plexiglas ummantelt vor Finanzämtern? Stein-Ketten, Glockenbrunnen im Innern von Kreisverkehren? Oder ist ebendort dann doch eher etwa ein überdimensionierter *Erdal*-Frosch das Gebot der Stunde? Eine kulturpolitische Grundsatzfrage tut sich auf, ein Kulturproblem, das auch nach der vierten Umrundung nicht kleiner wird.

Um nicht missverstanden zu werden: Ich beteilige mich nicht an einer ganz und gar verschmähenswerten geistigen Bewegung, alles Kulturelle, Künstlerische zu hassen – wie diese Stimmungsmache Ernst Rudolf Curtius in seinem ganzen Unheil schon 1932 (»Deutscher Geist in Gefahr«) hat kommen sehen. Nein, ganz im Gegenteil, ich rufe öffentlich aus: »Künstler sind *en gros* ehrenwerte Menschen!« Also: »Hoch lebe die deutsche Kunst!« Ich habe allerdings auch keine Berührungsängste dort, wo man die Kunst vor sich selbst oder der Politik schützen sollte. Wo es etwa darum geht, der Verbreitung ihrer Werke im öffentlichen Raum Einhalt zu gebieten. In Deutschland gibt es mehr noch als anderswo nicht nur moderne Kunst (am Bau), sondern auch die genauso moderne Kunst, schlicht recht eindrucksvoll aufzufallen. Vorzugsweise durch nicht oder nur schwer recyclebares Material, Stahl, Granit, Bronze, Blech, Schrott. (→ Spannende G'schicht'n) Kunst ist nicht nur, wenn alle glotzen. Provokation ist Kritik, woran auch immer, wird aber langweilig, wenn sie sich selbst bezweckt. »Es ist nicht allein die Tabulosigkeit das Problem«, hat jemand einmal gesagt, »sondern ihre normensetzende Eigenschaft in der Gesellschaft.« Das Gros moderner Kunst im öffentlichen Raum hat nur eine einzige positive Funktion: die vorherrschende hohe öffentliche Toleranz ihren Objekten gegenüber unter Beweis zu stellen. Das ist sicher nicht wenig. Nur, was und warum es gerade hier, an diesem Ort, an dieser Stelle aufgestellt wird, ist dabei meistens zweitrangig. Sollte es aber nicht sein. Störung schafft Spannung, das ist schon richtig. Aber wie sagte der alte Ralph Waldo Emerson: »Es ist das Schicksal der Genies, unverstanden zu bleiben. Aber nicht jeder Unverstandene ist ein Genie.« (→ Künstlernähe, zwanghafte, → Kulturbiergarten)

Mountainbiking

Die Vögel zwitschern, man atmet frische Bergluft. »Achtung!«, schreien sie manchmal schrill, wenn ich gerade mit meinem Sohn im Wald einen Fliegenpilz näher untersuche oder die Beschaffenheit von Moos, auf dem sich noch der Morgentau perlt. »Achtung!«, im letzten Augenblick hechtet man zur Seite ins Unterholz, um nicht erfasst zu werden. Aber das sind noch die Freundlichen. Wie rasende Raptoren fallen sie dann vom Berg herab, rattern und brettern über alles, was sich ihnen in den Weg stellt, fliegen über Wurzeln und Gekreuch, springen ab, verteilen Drecksspritzer und sind eine rechte Saubande. Warum kann man das nicht indoor abreagieren? Oder zu Hause im Keller auf dem Ergometer mit einer Computerbrille auf dem Kopf, die einen in virtuelle Welten entführt? Gibt es doch heute alles im Internet zu kaufen. Warum muss man in Erholungsgebiete fahren und wie von allen guten Geistern verlassen durch Naturschutzgebiete pesen?

Wenn sie sich dann beruhigt haben und auf ein Radler auf der Terrasse der Waldwirtschaft hocken, dabei nicht mal den Helm abnehmen, ist Sitzplatzwechsel das Gebot. Und wieder ist es so. Einer ginge ja noch. Entsetzlich wird's erst im Rudel. Das Problem: Mehr noch als andere hat der Deutsche den Drang, rudelweise aufzutreten: egal ob bei der Weinprobe, beim Kulturausflug oder auf dem Jakobsweg. (→ Pseudo-Pilgern) Das Problem: Zum Rudelproblem kommt beim Montainbiking auch noch die Penetranz, das Hauptstilmittel des (→) Events. Selten aufgetunt kommen sie daher, sehen am Ende aus wie Reptilien mit Sportsonnenbrille. Lösungsvorschlag: Wie wäre es, das Mountainbiking künftig nur noch auf den Geländen ehemaliger Hausmülldeponien stattfinden zu lassen? Das stört niemanden, und auch die arme Biker-Seele hätte eine Ruh'. (→ Lärm und Geräusch, → Segway, → Waldsterben, staatlich organisiertes)

N

Neue deutsche Dekadenz

Deutschland ist ein fettes Land, deswegen braucht nicht lange zu suchen, wer Sattheit finden will. Das Zentralorgan der neuen deutschen Dekadenz ist das Magazin der Süddeutschen Zeitung, kurz: das SZ-Magazin. Dort wurde auch ein passendes journalistisches Genre entwickelt, das von hier aus auch andere Blätter der Republik kolonialisiert hat: die Schnatter-Kolumne oder das gepflegte Alltagsgeseier bestbestallter Redakteure, denen die eigene Saturiertheit aus den rahmengenähten Halbschuhen trieft.

Meine Mutter sagte zu uns im Kindesalter, wenn wir Unfug trieben: »Euch geht's wohl zu gut!« Dasselbe denke ich immer, wenn ich das SZ-Magazin durchblättere. Gehobene Seichtigkeit, berechnend wohlgefällig, ein bisschen Spaßmachen und Alltagsklamauk, dann die lustigen Sprachverdreher »Gemischtes Doppel«, etwas Wichmann, Hacke, Kniebe und schon die Gucci-Werbung. Journalisten, denen es so gut geht, dass sie eine aus purem Mangel an echten ethisch-inneren Anliegen geborene Vorliebe entwickelt haben, immerzu im Kleinen und Kleinsten zu stochern, zu kramen und herumzuwühlen. Diese wie aus purer Langeweile heruntergeschwätzten Satzfolgen künden von einem ungewöhnlichen Narzissmus: Man hält auch noch den kleinsten Vorfall, der sich in der 6-Zimmer-Altbauwohnung (geschätzter Wert: 850000 Euro) abspielt, für mitteilenswert.

Wohnen tut man in Nymphenburg, Schwabing oder im ehemaligen Arbeitervorstädtchen Haidhausen, zumindest so lange, bis das Häuschen im Speckgürtel der Stadt finanziert ist. Hier tummeln sie sich, deren Kinder Nick, Luis und Maxim heißen müssen. Man hat einen Redaktionshund Atollo, wie süß, der auch noch zwei Seiten im Heft bekommt. Lebensweltlich wie journalistisch reproduziert man die infantile Phase. Babytalk im Qualitätsjournalismus: »Mag mein kleiner Schnutziputzi mit seinem Engelfrauchen jetzt HappiHappi machen?«, lautete vor nicht allzu langer Zeit ein Titelthema. Unterzeile: »Weshalb wir mit unserem Partner oft wie mit einem Kleinkind sprechen«. Das Offenbarende daran: Kein Mensch spricht so mit seinem Partner. Es sei denn, er bewegt sich im Bannkreis des SZ-Magazins.

Einer der Frontmänner der SZ-Neoinfantilen ist Jan Weiler, ein »Netter« oder »Niedlicher«, wie sicher alle Frauen über 65 finden. Heute ist er Kolumnist für den *stern*, Spezialität: Nachmachen, wie Italiener deutsch sprechen. »›Makma der Dinge da an‹, forderte er mich auf und zeigte auf das Navigationssystem.« Ein Satz von Weiler, ein Satz wie alle von ihm. Saukomisch eben. (→ SWR 3 – Radio Gaga) Auch er beherrscht den weichgespülten Tücken-des-Alltags-Sprech. Sogar auf Italienisch. »Maria, ihm schmeckt's nicht!« wurde sogar schon verfilmt. Der Terminator der Neukindlichen aber war und ist Axel Hacke. »Das Beste aus meinen Leben« hieß seine Funkstation einst. Der Laden läuft, und so hat er expandiert. Kein Wunder, seit 2008 verkündet er jetzt: »Das Beste aus aller Welt«.

Das SZ-Magazin ist ein schlimmer Auswuchs unserer Wohlstandgesellschaft. Es repräsentiert die Diskursformen der neuliberalen bürgerlichen Schicht, die so nur in der bayerischen Hauptstadt München an der Isar zu Hause ist. Wenn man an einem normalen Sommerabend durch ihre schönen Straßen zieht, hocken sie oft noch in ihren top-designten Läden, wo sie ohne erkennbare Resultate, aber zu horrendem Pachtzins, irgendwas in ihre *premium notebooks* hacken (→ Notebook überall), immer darauf bedacht, dass die Inszenierung stimmt und die teuren Klamotten, keine Falten kriegen. Die einen machen in *culture and more*, die anderen betreiben ein schickes

»Kultur-Café« oder eine »Erzählakademie«. Gegenüber müht sich im Abendlicht ein Harfenbauer. Entscheidend ist, dass es keinen in existenzielle Nöte treiben würde, bliebe er auf seinen Kreativitätsprodukten sitzen. Gewinnmaximierung ist hier nicht das Ziel der Berufsausübung, sondern der Ausgangspunkt weitgehend ökonomisch funktionsfreier Alltagsbeschäftigung. Man spielt mehr Arbeit, als dass man arbeitet. Das aber muss dann doch unheimlich anstrengend sein. Denn nur hier, in den Stadtvierteln der Neudekadenten, gibt es nicht nur Ideenwerkstätten und Kreativitätsläden, sondern ganz viel für die Seele, nirgendwo ist die Dichte und folglich die Nachfrage an beziehungsweise nach Yoga, traditioneller, chinesischer Medizin, Aikido und Fernostzeugs höher als hier (→ Asiatische Erlösung). Und es ist schon kurios: Diese bis zur Besinnungslosigkeit gepamperten Liberalbürgerlichen, diese durch und durch vom Leben verwöhnte Klientel dick betuchter Luxusproblematiker, hat offenbar die höchste Bedürftigkeit nach körperlicher wie mentaler Erholung. Angesichts von so viel Homöopathie, Feldenkrais und allerlei überflüssiger Medizin fragt man sich, warum es den Leuten so schlecht geht. Die Erklärung: Wenn man alles hat, entsteht offenbar Leere. Praller Reichtum macht motivationslos, stumpf und trübsinnig. Müßiggang ist aller Laster Anfang, sagt schon der Volksmund. Am Anfang steht dann die Lektüre von Hacke und Weiler, am Ende bleiben nur noch Drogen.

Während meines Politikstudiums gerieten wir Studenten einmal mit einem Professor aneinander, der sich angesichts des Krieges in Ex-Jugoslawien zu der Meinung verstieg, »vielleicht müsse über dieses Land einmal ein fürchterlicher Krieg hinwegfegen, um eine Klärung herbeizuführen«. So unhaltbar diese Ansicht in unserem Urteil damals für Ex-Jugoslawien war, so in abgeschwächter Form durchaus diskussionswürdig erscheint sie mir heute für die Behandlung des dargestellten

Problems. Vielleicht brauchen deutsche Orte wie München-Haidhausen, Freiburg-Wiehre, das Frankfurter Westend, Berlin-Charlottenburg oder Hamburg-Pöseldorf wenigstens einmal eine Art sittlicher Reinemache – und wenn nicht gleich eine schwere Krise, so doch wenigstens ein kleineres Erdbeben, das alles wieder passend einsortiert. (→ SUVs – Geländewagen-Wahn)

Nichts schuldig bleiben

Ein deutscher Satz lautet: »Man sollte nie in die Lage geraten, sich einmal bei jemandem bedanken zu müssen!« Der Deutsche liebt ein schuld(en)freies Leben. Wenn ein Deutscher einem anderen Deutschen etwas schenkt, dann freut sich dieser nicht einfach, sondern interpretiert das Geschehen oft genug voller Unbehagen als Vorlage, nach der der andere von heute an etwas bei ihm gut hätte – was ihm aber ganz und gar nicht passt. Deswegen möchten Deutsche möglichst nichts geschenkt bekommen – obwohl sie paradoxerweise die Welt am liebsten umsonst hätten. Es ist durchaus bis zum heutigen Tag Unsitte, vornehmlich im ländlichen Raum, nach Essenseinladungen bei den Gastgebern einen 10- oder 20-Euroschein, je nach errechneter Verzehrgebühr, irgendwo zu deponieren, gerne so, dass der Gastgeber den Schein erst am nächsten Morgen beim Aufräumen entdeckt. Wir wollen eben niemandem zur Last fallen. Und auch nichts schuldig bleiben. Denn nur mit weißer Weste kommen wir in den Himmel. (→ Einladungen zum Abendessen)

Nordsee. Die Meeresfrische.

Für mich beginnt der Samstag eigentlich so richtig erst beim Einkaufen in der Citymeile. Es gibt in der Stadt, in der ich lebe, einen Ort, den ich einen Kraftplatz nennen will – und es gibt ihn übrigens sicher auch in Ihrer Stadt. Bei uns liegt er kurz vor dem großen Marktplatz am Dom in einer einst mittelalterlichen Gasse, von der aber nicht ein altes Haus den letzten Weltkrieg überlebt hat. Dafür gibt es dort heute *Wehmeyer* und *l'tur*, *Pizza Hut* und die Kettenbäckerei. Der Kraftplatz, den ich meine, ist optisch kaum auszumachen. Man muss ihn im wörtlichen Sinn erriechen, um ihn zu erreichen.

Man begebe sich also zunächst in diese Gasse, die ich, um anonym zu bleiben, »stairway to heaven« nennen will, dorthin, wo der Dunst verbrannter Fettsäuren des hiesigen Bratwurst-Glöckle am dichtesten wabert. (Mitte August wird gemeinhin die höchste Aromadichte erreicht.) Hat man den Punkt erreicht, drehe man sich um 180 Grad – und bewege sich nun ganz langsam auf die Fassaden der gegenüberliegenden Geschäfte zu, allerdings ohne dabei den Schnupperkontakt mit dem Bratwurst-Glöckle zu verlieren. Die beiden gegenüberliegenden Geschäfte sind *Nordsee* und direkt daneben die Parfümerie *Douglas*: im optimalen Kraftmoment fusioniert der Brat- und Frittierfettdampf des Bratwurst-Glöckle mit dem Fischbrötchen-Gout, der aus dem Innern von Nordsee hinaus auf die Gasse strömt, und beides mit der ätherischen *Douglas*-Dampfwolke tausender Einzelparfüme, deren Düfte sich zu einem irgendwie alkoholisch aufgeladenen Haarspray-Gesamteindruck vermischen.

Wenn man den idealen Standort raus hat, stelle man sich hin und atme diesen olfaktorischen Dreiklang tief ein. Wer mag, kann »Om« dabei sagen. Und negative Energien abfließen lassen. Und neue tanken. »Die aufregendsten Genüsse sind die, die man noch nicht gekostet hat«, lautet ein altägyptisches Sprichwort.

Das wäre das eine. Das andere: Die Fast-Food-Niederlassung *Nordsee* nimmt in deutschen Städten mangels Alternative die Stelle ein, die anderswo der Fischmarkt in der kommunalen Markthalle innehat, wie es sie überall in Südwesteuropa und im Mittelmeerraum gibt. Lebendige Orte voller Schönheit sind das, wo von windgegerbten Fischern in Wollpullovern von marmornen Verkaufstresen herab Meerwölfe, Barsche, Brassen, Seezungen und anderes Meeresgetier verkauft werden, die sich vor wenigen Minuten noch übermütig im frischen Atlantik getummelt haben. Jetzt liegen sie alle auf Eis und glotzen uns an, ihre prallen Fischleiber lassen uns das Wasser im Mund zusammenlaufen. Und bei uns? Bei uns ist *Nordsee.* Fisch verliebt. Fischstäbchen, Fischbrötchen. Hering, Makrelen und Seelachs. Gerne in Eihülle. Oder Scholle Finkenwerder Art. Eben Adrenalin pur.

Notebook überall

Es ist auch eine deutsche Pest: Sobald es einigermaßen entspannt zugeht und wir ruhiger werden, kommt einer rein, baut seinen Laptop auf und fängt an, was reinzuhämmern. Im ICE ist das fast schon Pflicht, in der U-Bahn, im Biergarten, im Park auf der Wolldecke, an der Bushaltestelle, auf der Berghütte. In der Wartehalle vor dem Abflug, im Wartezimmer beim Arzt. Es gibt keinen Ort ohne. Manche kucken einfach nur fern oder spielen ein Ego-Shooter-Spiel. Oder telefonieren mit Notebook und Headset übers Internet. »Skypen« nennt man das. Die meisten schicken E-Mails vom Notebook aus, wenn sie nicht gleich ihren Blackberry dabei haben. Auch in der Ferne geht es scheinbar nicht mehr ohne. Backpacker in Myanmar wollen Exotik und Fremde erleben, müssen aber alle zwei Stunden an ihre Community die letzten Eckdaten durchtwittern. Also reist man mit Notebook im Rucksack. Auch im Spa-Bereich im Urlaubsort direkt am Pool wird gehackt. Alles schon gesehen. Das Notebook ist nicht praktisch, sondern ein Fluch. Seit der Arbeitsplatz mobil geworden ist, können wir nicht mehr abschalten. Es bräuchte schon jemanden, der uns das Ding wegnimmt, es – wie früher der Hausmeister – wegschließt und zu uns sagt: »Am Ende der Stunde kannst du dir das Spielzeug wieder abholen.« Oder er feuerte es in hohem Bogen ins Schwimmbecken. Dann wäre Ruhe im Karton. Es sei denn, das Ding ist wasserdicht. Dann könnte der Mann unter Wasser weiterarbeiten. Dagegen wäre von sittlicher Seite nichts weiter einzuwenden.

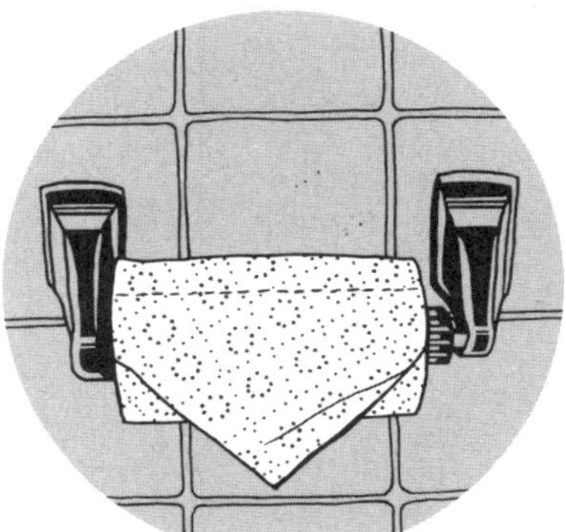

Obst im Hotelzimmer

Wenn man in Deutschland in einem halbwegs ordentlichen Hotel absteigt, wird man schon beim Eintritt ins Zimmer auf eine harte Probe gestellt. Man gewahrt dann sofort, dass der Fernseher läuft, man hört dazu weiche Weisen eines Wellness-Orchesters, und in vergrisselter Schrift grüßt es vom Bildschirm: »Herzlich willkommen in Ihrem Maritimhotel, Herr Hecht!« Wenn man sich beim Abschalten verdrückt, kann es gut sein, dass man auf einem der 14 hoteleigenen Porno-Kanäle landet, Bilder, die man eigentlich jetzt so nicht sehen will. Beim Abschalten nimmt man das intensive Lavendel-Cherry-Raumspray-Aroma wahr, bevor der Blick auf den Obstkorb fällt. Drinnen immer zwei oder drei Gala- oder Gloster-Äpfel (gerne auch mal ein Granny Smith), von denen man genau weiß, dass das Zubeißen einen Eindruck mehligen Entsetzens zur Folge hätte – und man es daher besser sein lässt. Wer dennoch nicht widerstehen kann, weiß seither: Die Konsistenz dieser Äpfel erinnert an jene Flummibälle, die einst mit dem in den Achtzigern populären »Family-Tennis« über uns kamen. Ziemlich sicher spränge der Apfel in vergleichbarer Art von der Zimmerwand zurück, würde man den Versuch machen, mit ihm Squash zu spielen. Man liegt auch ziemlich sicher mit der Vermutung, dass dieses Obstarrangement nicht eigens für einen zusammengestellt wurde. Ziemlich sicher steht es hier schon seit vier oder fünf Tagen, weil es aus denselben Gründen bei diversen Vorschläfern auf ebenso wenig Interesse gestoßen ist und weil der Überzug aus Lavendel-Cherry mittlerweile eine luftdichte Patina geschaffen hat, die diese Früchte praktisch unfaulbar macht. Mit gutem Obst hat man es also nicht so in der deutschen Hotellerie – dafür liegt dann eine *No-Name*-Bitterschokolade auf dem Kopfkissen, die man aber genauso wenig verzehrt, sondern sie meistens irgendwelchen Kindern mitbringt – oder liegen lässt, auf dass sie den Nachfolger im Zimmer erfreue.

Auf jeden Fall wollen deutsche Hoteliers ästhetisch überzeugen: etwa auf dem WC. In deutschen frisch gemachten Hotelzimmer-Toiletten ist das Klopapier am Abriss-Ende immer pfeilartig eingefaltet. (Aus Gründen der Ergonomie?) Die Stöpsel des Waschbeckens oder der Badewanne sind stets eingedrückt. Warum, ist unklar. Wahrscheinlich um zu verhindern, dass wirbellose Tiere herauskrabbeln. Und warum ist der Kronkorken beim Tonicwater in der Minibar eigentlich so oft angerostet? Wahrscheinlich sollen wir uns ein wenig wie zu Hause fühlen. (→ Hotel-Frühstück)

Okäh

Das deutsche Schwätzchen auf der Straße – auch hier zeigt sich schon Unsitte. Früher hat man beim Zuhören ab und zu »Ja« oder »mhm, mhm« oder »Ist mir auch schon passiert« gesagt, wenn uns einer was Neues erzählt hat. Heute sagt man nach jedem Satz »o-käh«. Betont auf der zweiten Silbe, Stimm-Melodie geht nach oben. »Du, gestern ist mir was Blödes passiert.« Der andere: »O-käh«. »Ich gehe die Treppe zur U-Bahn runter ...« – »O-käh« – »... steig ein ...« – »O-käh« – »... steig bei der dritten Station wieder aus ...« – »O-käh« – »... da merk ich, da stimmt was nicht ...« – O-käh« – »fass' in meine Hosentasche ...« – »O-käh« – »... mein Handy war weg!« – »O-käh« – »... ich zurück in die U-Bahn ...« – »O-käh« und so weiter, und so fort. Wenn man es schafft, den anderen durch die Story zu entrüsten, sagt der gerne: »Aber hallo!«, oder auf der zweiten Silbe betont: »Ja, Halló?! Geht's noch?« Merke: Die Sprache ist oft die Spitze des Eisbergs aller Unsitten. Hütet also eure Zungen!

Ökologie – Hauptsache dagegen

Nirgendwo so sehr wie bei der Mülltrennung zeigt sich das deutsche Gemüt derart aus den Fugen. Dem deutschen Überzeugungs-Messie steht der Mülltrennungsfetischist gegenüber, der den Joghurt-Alu-Deckel noch mit der Zahnbürste behandelt, bevor er ihn in den gelben Sack wirft. Aber nur Letzterer wird traditionell als typisch deutsch dargestellt und allgemein belächelt. Doch es ist längst gerade umgekehrt! Die Ordnungserotiker geraten langsam, aber sicher in die Minderheit; Mülltrennung zu verweigern, das ist heute mindestens genauso verbreitet. Wie das? Trotz eines Hangs zur Überregulierung haben Deutsche immer auch eine unausrottbare Disposition zum Protest aus purem Trotz: noch bei der sinnvollsten Regelung, beim besten Gesetz oder Gebot kommt sicher immer einer von uns auf die Idee, erst einmal dagegen zu sein. Ich lass mir doch nicht vorschreiben, wie ich leben will!

An der ökologischen Idee reagiert man sich dabei am liebsten ab. Tatsächlich gibt es inzwischen gerade unter uns Deutschen massenhaft aufgeklärte Menschen mit hohem Selbstbewusstsein und Zutrauen in die eigene Urteilskraft, die meinen, das ökologisch bewusste Leben sei nicht nur überflüssig, sondern dazu noch etwas, was uns moralisch tyrannisiere.

Dabei bräuchte es nicht viel Nachdenkens, um darauf zu kommen, dass die ökologische Bewegung bei allen Auswüchsen (Jutta Ditfurth, Open-Ohr-Festival) im Kern eine überaus verdienstvolle ist, die ganz zu Recht die Mitte unserer Gesellschaft erreicht hat. Bio ist längst bei REWE angekommen – und das ist gut so. Der grünen Idee verdanken wir eine Umkehr aus den Irrungen der Fortschrittsgläubigkeit der Ernährungs- und sonstigen Konsumgüterindustrie. Seit sich dieses Bewusstsein durchsetzt, geht es allmählich wenigstens etwas vernünftiger zu. Seither sind wir kritischer geworden, wenn es um (→) Erdbeeren zu Weihnachten geht, genauso beim Thema Abholzen der Regenwälder. (→ Bio-Produkte aus Übersee)

Absolut nicht gutzuheißen sind daher jene modischen Schriften, die seit über zehn Jahren immer wieder so tun, als sei es eine nahezu übermenschliche Leistung, (→) McDonald's, ALDI und LIDL fernzubleiben oder zwischendurch einmal heimisches Obst zu kaufen. Von ersten Regungen bei Beatrix Novy »Du darfst – aber was?« (1996) über Florian Illies' »Anleitung zum Unschuldigsein« (2001) bis hinein ins zeitgenössische Feuilleton zieht sich bis heute ein immer in dieselbe allseits gefällige Ironie verpacktes anti-ökologisches Bewusstsein, das offenbar auf hohe Resonanz stößt. Es wird dabei so getan, als gebe es nur die eine grüne korrekte Hölle, in der uns Biomoralisten von morgens bis abends terrorisierten. Im Umkehrschluss werden Discounter, Fastfood-Ketten und andere gruselige Stätten zu solchen wahrer Selbstverwirklichung verklärt. Max Goldt schrieb einmal, er hoffe immer noch, dass bald auch die Dusseligsten bei uns begriffen, dass Diabetes mit 30 kein fesches Fernziel sei. Trotzdem wird von vielen Irrgeleiteten das Recht auf ungesund (Juli Zeh, Corpus Delicti) genauso zäh verteidigt wie etwa jenes auf eine unkritische Einstellung gegenüber einer unmoralischen Gesellschaft (Jan Fleischhauer). Hühner in Käfighaltung sind so wenig bedenklich wie Klamotten oder Fußbälle, die von hungrigen indischen Kindern gefertigt wurden. Es gibt Zeitgenossen in diesem Land, die sich in ihrer Freiheit bedroht fühlen, wenn man sie aufruft, Folterstätten zu meiden. (→ Kult)

Aber, Gott sei Dank, unser schlechtes Gewissen ist in solchen Belangen eben nicht auszutricksen. Es regt sich völlig zu Recht, wenn wir den Pfad der Sitte verlassen. Das haben wir den scharfen Augen der Aufklärung zu danken, die eben nicht wegschauen. So wird die Hoffnung genährt, dass nochmals

Segen auch über all jene Gesellen komme, denen es so viel Genugtuung bereitet, gegen den Stachel der sittlichen Vernunft zu löcken. Dieselben, die das ökologisch verantwortungsvolle Leben hassen, machen sich auch ein Vergnügen daraus, sich nicht an Mülltrennungsregeln zu halten. Und es gibt heute immer mehr davon: Mülltrennungsboykotteure. Sie erleben, wie damals in der kindlichen Trotzphase, große Lustgefühle, wenn sie alte Zeitungen in die Restmüll-Tonne hauen statt dorthin, wo das Altpapier hingehört. Seinerseits bezeichnen sie aktive Mülltrenner als kleinkariert, sich selbst dagegen als wahrlich locker. Wenn man sie im Hinterhof unter der Teppichklopfstange zur Rede stellt und auf ihr Tun anspricht, erklären sie einem, dass sie das Mülltrennungssystem bewusst unterlaufen. »Da wird am Ende doch alles zusammengeschüttet«, wissen sie und lächeln über die Idioten, die beim Sahnebecher die Papierhülle entfernen. Mülltrennungsverweigerung entspringt einer Art Schadenfreude, die mangels eines wirklichen Motivs meist ideologisch überhöht wird: am Ende dient sie dem Kampf gegen die Müllmafia und natürlich gegen die ewigen Spießer – aber eigentlich nur dem eigenen Ego.

Was einmal als berechtigte Kritik der *political correctness* begann, ist heute in vielen Bereichen des täglichen Lebens in die Sackgasse geraten. Manche haben nicht kapiert, dass man gut und gerne manch dämlichen politisch-korrekten Begriff kritisieren kann, aber deswegen noch lange nicht den sachlichen Inhalt, den er bezeichnet. Die tatsächlich korrekten Bücher sind daher Tanja Busses »Die Einkaufsrevolution. Konsumenten entdecken ihre Macht« (Blessing), »Saubere Sachen« von Kirsten Brodde (Verlag Ludwig), »Shopping hilft die Welt verbessern« von Fred Grimm (Goldmann) und Klaus Werner und Hans Weiss' Buch »Das neue Schwarzbuch der Markenfirmen« (Ullstein). Illies' »Anleitung zum Unschuldigsein« oder Jan Fleischhauers »Unter Linken. Von einem, der aus Versehen konservativ wurde« kann man dagegen getrost in die Tonne werfen. Aber bitte in diejenige, auf der »Papier und Pappe« steht.

Party-Baldachine

Kein Schrebergarten, wo es nicht stünde. Das deutsche Partyzelt, weiße Kunststoff-Plane auf dem Leichtmetall-Röhrengestell. Das *mobile home* der deutschen Gemütlichkeit. Darunter ist alles möglich, jedes denkbare (→) Event, von hier aus werden am Rande unserer Bundesstraßen in der Hitze des Sommers (→) Erdbeeren verhökert, in ihrem Schutz werden Hochzeitstorten angeschnitten, hier finden Outdoor-Prämierungen des Schützenkönigs bei einsetzendem Nieselregen statt. Wir glauben, unter ihnen Papstmessen gesehen zu haben, Staatsempfänge, Staatsbegräbnisse. Bei manchen steht das Ding dauerhaft neben dem Carport. Als Fahrrad-Port. Oder für das Quad. Wenn in Schrebergarten-Anlagen mehrere nebeneinander stehen und man sie von erhöhter Position in den Blick nimmt, sieht das ein wenig so aus wie die Zeltstadt, die die Türken bei der Belagerung Wiens 1683 vor den Stadtmauern errichtet haben. Hätten die Türken Wien eingenommen, fragen wir uns heute, wenn sie unter solchen praktischen Party-Zelten campiert hätten? Wohl kaum, denn sie sind ein wüster Graus und eine schlimme Sünde. Auch unter Muselmanen, die sie bei uns genauso gerne aufstellen. Wie heißt es im christlichen Gottesdienst? »Herr, ich bin nicht würdig, dass du eingehst unter mein Dach!« Unter so ein Dach gleich zweimal nicht. Aber auch für das Party-Zelt gilt: »Sprich nur ein Wort, und meine Seele wird gesund!« Merke: Der Herr gibt niemanden verloren.

Piercing Huber

Je mehr Tattoo, desto weniger Benimm. Eine gewagte These. Stimmt aber. Beweis: Im Knast gibt's mehr davon als im Pfarrbüro. Natürlich können sich auch konservative Menschen wie Koch oder Pofalla danebenbenehmen ganz ohne. (Obwohl, man weiß es ja nicht sicher. Die Frau des niedersächsischen CDU-Ministerpräsidenten Christian Wulff, Bettina Wulff, trägt jedenfalls laut BUNTE am Oberarm ein »Tribal«, das der Landesvater laut BILD »interessant« findet. Unfassbar. Gar nicht so abwegig also, dass Koch ein flammendes Herz mit flatterndem Spruchband »True Love« zwischen den Schulterblättern trägt, Pofalla vielleicht »The Rising Hope« auf dem Unterarm.) Aber in der Regel darf gelten: Es wird unter Menschen weniger herumgefläzt und Hallodri getrieben, die noch über größere zusammenhängende Areale einer unbearbeiteten Hautoberfläche verfügen. Auch der Körperschmuck, den man Piercing nennt, deutet auf Anpassungsschwierigkeiten bei kulturell eingeübten sozialen Verhaltenstechniken hin, mithin, wenn nicht gleich auf erhöhtes Rabaukentum, so doch auf eine gewisse charakterliche Sprunghaftigkeit. Wohl schon deswegen haben Betreiber von Piercing-Studios keinen besonders langen Atem. Meistens wechseln sich die Pächter alle halbe Jahre mit Versicherungen ab. Im selben Laden an der Hauptstraße war Allianz, jetzt ist »Piercing Huber« (siehe Badesalz) da, zwei Wochen später Geschäftsaufgabe, »Dragon Piercing« übernimmt, das Aus kommt nach vier Monaten, jetzt ist da die HDI-Dependance. Der nächste Piercing-Unternehmer hat sich den Laden aber schon ausspioniert. Wie wäre es denn, wenn »Piercing Huber« nebenher noch in Versicherungen machte? Ab und zu zwischen zwei Intimpiercings eine Hausratversicherung an den Mann bringen? So könnte man Nachfragelücken und andere *time slots* elegant überbrücken, Synergieeffekte schaffen und dazuverdienen. Vor allem für die Zeiten vorsorgen, wenn der Wind wirtschaftlich wieder mal von vorne kommt. Jetzt könnte man mit Prinz Orlofsky sagen: »'S ist halt bei uns so (Un)sitte, chacun à son gout!« Ja, schon, aber oft wissen junge Menschen gar nicht, ob Piercing tatsächlich ihr Geschmack ist. Und kaum, dass sie das 20. Lebensjahr erreicht haben, hängen sie voll davon. 99% geben sie früher oder später zum Altmetall. Und wären im Nachhinein dankbar darüber, wenn sie jemand vor aller Unbill rechtzeitig gewarnt hätte. Diese Aufgabe kann hier gerne übernommen werden. (→ Männer mit Knopf im Ohr)

Piraten-Chic, Flaggen, Totenköpfe

Totenkopf-Look auf Shirts, Shorts, Pyjamas, auf dem Rucksack, auf dem Oberarm, als Schmuck oder auf den Sonnenblenden im Auto – was reagiert der Deutsche damit eigentlich ab? Obrigkeitsgläubigkeit und Untertanengesinnung sind typisch deutsche Begriffe, geschaffen, um eine volkscharakterliche Disposition zum absoluten Gehorsam zu beschreiben, der auch oft dann noch waltet, wenn das schlechte Gewissen deutlich davon abrät. Von Diederich Heßling bis (→) Wolfgang Schäuble lässt sich dieser rote Faden verfolgen.

Kadavergehorsam nennt man die Endstufe, kein Wunder, dass ihn Deutsche auch anderen eintrichtern wollen: ihren Ehepartnern, ihren Kindern, den (→) Schäferhunden. Getreu der Kernthese dieses Werks, nämlich, dass überall dort, wo etwas aus dem Lot ist, auch das Gegengewicht ins Extreme ausschlägt, lässt sich im deutschen Wesen immer zugleich auch ein großer Drang zum Nonkonformismus und Rebellentum diagnostizieren, allerdings mehrheitlich in seiner risikolosen, rein symbolisch-modischen Schrumpfform: so viele Ketzer, Partisanen, Konsumrebellen und Freiheitliche gibt es nirgends auf der Welt. Das erklärt die Volksmeise, bei uns neuerdings alles mit Piratenfahnen zu bestücken. Bei meinem Nachbarn flattert eine aus dem Dachfenster, am Fahrradanhänger für Kinder sieht man sie, und auch Familienväter mit Totenkopf auf der Wollmütze gehen um. Piratenflaggen werden vor allem in ostdeutschen Schrebergärten gehisst, Aufkleber, Sticker, alles gibt es, überall sind Rebellen am Werk, sogar in Sylt im

»Sansibar«, einem selten überflüssigen Neureichen-Fress- und Amüsiertempel, kreuzt man die Piratensäbel. (Nicht zu vergessen: Es gibt bei uns mittlerweile sogar eine Piratenpartei!) Und die Süße hat neuerdings einen Totenkopf an der Gürtelschnalle oder an der Stelle, wo früher über dem Steiß das Heck-Geweih saß. Vielleicht geht es ja auch um etwas ganz anderes als um Mode. Vielleicht leben wir ja in einer sterbenden Kultur. Memento mori.

Politiker-Wortschwall

»Ich denke, wir sind da ganz gut aufgestellt«, sagen mittlerweile nicht etwa Fußballtrainer, sondern Politiker, wenn sie glauben, für ein bestimmtes politisches Fachgebiet den geeigneten Ausputzer gefunden zu haben. Hubertus Heil von der SPD sagt das dreimal in der Minute. Oder Steinmeier – das sind perfekte »Gut-aufgestellt«-Sager. Man sagt nicht mehr, was man angesichts eines politischen Problems zu tun gedenkt, sondern dass man über die geeignete Personalstärke verfügt, es zu lösen. Vom Fußball her wissen wir aber, dass eine gute Aufstellung noch lange nichts darüber aussagt, ob das Spiel auch gewonnen wird. Selten ist die politische Sprache so entleert und verblödet dahergekommen wie heute im Zeitalter der ideologischen Verflachung. Erhard Eppler hat einmal den folgenden Satz erfunden, der aber auch real gut und gerne zweimal täglich den Mündern unserer politischen Mandatsträger entfallen könnte: »Ich gehe davon aus, dass die Entwicklung der Lage die Lösung der Probleme erleichtert, aber auch eine Herausforderung darstellt, denn die unverzichtbare Voraussetzung für die Akzeptanz unserer Politik ist es, dass wir den Bürgern nicht in die Tasche greifen, sondern uns durch gezielte Maßnahmen als Partei des Aufschwungs profilieren.« Dafür müsste es eigentlich zwei Jahre politische Gefangenschaft geben. Und zwar Einzelzelle ohne Bewährung. Aber mit Endreinigung.

Politisches Kabarett

Lustig sein nur so, ist undeutsch. Lustig sein organisiert (Karneval) oder aber mit moralischem Hintersinn, das ist in Ordnung. Politisches Kabarett – ein sehr deutsches Phänomen: Wir haben die humorlosesten Humoristen.

Derblecken nennt man das in Bayern, den Großkopferten die Leviten lesen. Mal richtig den Kopf waschen. Am liebsten am politischen Aschermittwoch mit Bruno Jonas. Also macht man ein Witzchen über die da oben, die vielen Steuern, über Ungerechtigkeit in diesem Land. Dazu brauchen wir Politpastoren wie Volker Pispers. Heillos verschnarchtes Besserwisser-Kabarett. Die meisten Hauptdarsteller sind selber so quietschfidel und lachen zu Not selber so laut, dass sie sich auch ohne Publikum gerecht fühlen können. Wer nichts zu kritisieren hat, weil er sich nicht die Mühe machen will, Wahlprogramme miteinander zu vergleichen, übt sich in der Parodie. Auf Schwundstufe vollends angekommen, die suppenkasperhafte Gebärdenkunst des Mimen Mathias Richling, der immer wirkt, als habe ihm jemand Juckpulver in die Slipeinlage gestreut. Da kann er das Gesicht verziehen, wie er will, es langt halt einfach nicht, nur jemanden nachzumachen: man sollte vorher auch überlegen, wogegen man was hat, und vor allem: warum. Was dabei herauskommt, hatten wir schon einmal. In den Neunzigern. Als alle meinten, Helmut Kohl und Norbert Blüm imitieren zu können, und ständig glaubten, es unaufgefordert tun zu müssen. Das war eine schlimme Zeit. Sie kehre nicht wieder.

Tipp für Richling, Pispers und Kollegen: Fahrt doch mal zu Fortbildungszwecken nach Nordkorea oder nach Russland. Im Staatsfernsehen Kim Il Song oder Putin nachäffen. Gebt doch mal im Stammlokal der rechten Szene in Mügeln/Oschatz ein Gastspiel – das wäre wahrlich politischer Einsatz fürs Gemeinwohl. Tja, da würdet Ihr das Muffensausen kriegen, Ihr Maulaffen.

Powerpointpräsentation (PPP)

Eigentlich eine globale Seuche – und doch sehr deutsch. Tag für Tag, so schätzt ein Autor, der sich damit beschäftigt hat, gehen 30 Millionen Computer-Präsentationen über die Bühne. (Vgl. M. Flocker, »Tod durch PowerPointPräsentation«, Goldmann 2009.) Ich schätze, es sind sogar 32,5 Millionen. Deutsche Spezialität: Wir sind Didaktik-Fetischisten, besonders anfällig, gerade in Fragen der Lehrkunst zu überdrehen. Hauptsache Klarsichtfolien, Flipcharts, Beamer und 43 bunte Eddingstifte im Werkzeugkasten. Der Overhead-Projektor ist out – heute wird per Powerpoint alles an den Mann gebracht: bei Woolworth wird so das perfekte Kundengespräch vorbereitet, die Pfadfinder-Gruppenleiter-Schulung kommt so wenig ohne aus wie die Yoga-Lehrerausbildung, der TÜV schult damit sein Personal, beim Erste-Hilfe-Kurs, in der Fahrschule, im Firmunterricht: alle arbeiten damit. Die Powerpoint-Präsentation ist die Methode, ohne die vor allem zwei urdeutsche Veranstaltungstypen so nicht vorstellbar wären: das Wochenend-Seminar und noch mehr die Tagung. In Räumen oder Sälen, die »Pforzheim« oder »Erfurt« heißen, im Marriott oder Hyatt – oder tatsächlich im Saal »Wilhelmshöhe«, im Grand Hotel Moderne »La Strada« im Industriegebiet Kassel.

Die Masse in Didaktik versucht oft die Dürre des Inhalts zu übertünchen. Der Vorteil: Der PPP-Effekt kaschiert oft, dass man schlecht oder gar nicht vorbereitet ist. Meistens wird nur vorgelesen, was da steht. Aber meistens funktioniert das Ding gar nicht. Macht auch nichts, denn ins Fortbildungsseminar fahren deutsche Arbeitnehmer nicht des Lehrinhalts wegen, sondern um endlich mal wieder aus dem verhassten Betrieb rauszukommen, an der Hotelbar abzustürzen oder, falls das nicht klappt, um den Adult-Video-Channel im Hotelzimmer mal richtig auszuprobieren – und am Ende auch noch Kilometergeld einzustreichen. (→ Obst im Hotel)

Preisaufkleber auf Pumps-Sohlen

Wer nicht glaubt, dass auch die Schuhsohle wichtiger Teil der Fußbekleidung ist, achte einmal darauf, wie beknackt es aussieht, wenn im Grunde attraktive und zum Abendausgang herausgeputzte Frauen an einem Frühsommerabend vor uns in der Fußgängerzone stöckeln, bei jedem Schritt aber den neonorangen Knüller-Preisaufkleber aufblitzen lassen, wie er seit dem Kauf ihrer neuen Pumps vom Mittelteil der Sohle aus beidseitig alle Mitbürger der Stadt fluoreszierend grüßt. Da kommt selbst in *Prada* und mit Handtäschchen keine Eleganz auf, das verrät nicht unbedingt virtuose Könnerschaft in der Eigeninszenierung. Ist aber deutsch. Gegenprobe: Wer sich zur Abendzeit an die *Calle Sierpes* in Sevilla stellt, wird dergleichen nicht beobachten. In Städten wie dieser erfolgt noch schichtenübergreifend eine Schulung des Schuh- und Kleidungsstils, sodass derlei Patzer ausbleiben. Bei uns ist eher Lotterhose. (→ Schuhwerk deutscher Mannsbilder, → Crocs)

Provinz-Rockbands

Provinz-Rockbands heißen in Deutschland »Lancelot«, »Blue Tattoo«, »AC⚡ID« oder »Big Bang. Rock 'n' Soul«, »Eternal Sadness«, »Black Knights« oder »Exxxstasia«. Ihr Markenzeichen ist es, dass die Bandmitglieder auf der Demo-CD stets in alle möglichen Richtungen gucken, aber auf keinen Fall in die Kameralinse. Ob an Betonmauern gelehnt, von Hochhaus-Balkonen herab, wie die »wise guys«, oder vor U-Bahn-Haltestellen, die die Härte des modernen Großstadtlebens anzeigen sollen, ganz egal. Das sieht dann unheimlich gestellt aus, was den angepeilten Effekt erhöhter Coolheit ins Gegenteil verkehrt. Betont wird in solchem Gebaren ganz bewusst nicht das verbindende Wir im Sinne einer Corporate Identity. Hier spielen eben nicht die sieben Schwaben oder die Jakob-Sisters. Das Unterschiedliche, das Individuelle jedes einzelnen Künstlers wird hier selbstbewusst vorgeführt. Von den Vieren oder Fünfen in Lederjacke ist jeder einzelne ein Typ für sich. Wie der Steuermann zum Ruder-Achter gehört zur Provinz-Rockband immer auch einer, der das Licht macht. Das sind Typen, die mit einem Lötkolben umzugehen wissen, sofort spüren, ob Saft auf dem Starkstromkabel ist und im Dunkeln nach vier Halben Bier noch einen Stoßdämpfer am Bandbus auswechseln können. Fast noch ergiebiger als das Konzert ist der Soundcheck zwei Stunden vorher beim Stadtfest. »Eins, eins, eins, Test, Test« sagen sie, und Mike zieht den Regler hoch. »Rocking all over the world.« Auch in Pocking. Und in Kreenheimstetten.

Pseudo-Pilgern auf dem Jakobsweg

Natürlich kann es nichts schaden, wenn mein Bürokollege, der mir gegenüber sitzt und nicht jeden Tag duscht, aber dafür viel zu laut telefoniert, beim Pilgern nach Santiago innere Einkehr betreibt. Wenn er es denn täte! Die Unsitte ist nicht das scheinbar wiederentdeckte Pilgern, sondern sein Missbrauch. Ein Bus voll flegelnder Outdoor-Aktivisten der Generation 65plus, die der Fahrer an der Straßenkreuzung rausschmeißt und die sogleich mit Hightech-Stöcken und Kalebasse bewaffnet laut schnatternd genau 500 Meter weit spazieren gehen, bevor sie hinter der Bergkuppe wieder auf ihren Busfahrer treffen, der in der Zwischenzeit auf einem Tapeziertisch ein kaltes Buffet mit Schnittchen aufgebaut hat – das ist sicher nicht im Sinne des Apostels. Oder Paare, die Hape Kerkeling gelesen haben oder nur billig Urlaub machen wollen. (→) Mountainbike-Schwärme, die im Refugio (so nennt man in Spanien die Übernachtungsstätten für Pilger) einfallen und den wahren Wallfahrern die Betten wegschnappen. Die Kolpinggruppe des katholischen Bildungswerks Fulda, die über Kilometer hinweg ohne Punkt und Komma Vereinsinterna verhandeln, Highlight-

Hopper, die die sehenswürdigen Kathedralen in Kastilien, Asturien und Galizien in weltrekordverdächtigen 72 Stunden schaffen. (→ Bildungsreise per Bus) All das ist neue Sünde, während man versucht, sich von den alten reinzuwaschen. So geht das nicht, Brüder und Schwestern! (Von schwerstem Übel letztlich und deutlich jenseits von Eden: Pilgus. A pilgrim's first Step. Europas erste Fachmesse für Glaubens- und Pilgerreisen vom 23.–26. 4. 2009 in Mainz. Alles Wichtige rund um Glaubensreisen findet sich auf 4000 Quadratmeter Ausstellungsfläche. Herr, vergib ihnen, denn sie wissen nicht, was sie tun!) (→ Impulsgottesdienst, → Event)

Kleines Pilger-ABC: Gepilgert wird grundsätzlich allein, der Jakobsweg ist was für Einzelkämpfer. Alles andere ist Firlefanz, Halbheit, Tand. Gepilgert wird ohne viele Worte. Pilgern ist Stille. Alles andere ist Schwätzchen, Kaffeekränzchen, Ablenkung. (→ Lärm und Geräusch) Und Pilgern ist keine Trendsportart, sondern ein spiritueller Selbstversuch, bei dem man sich in eine existenzielle Ausnahmesituation bringt, sich dem Weg ausliefert – und offen ist für das, was dann passiert. Darin liegt das Geheimnis. Bitte weitersagen!

Q

Qualitätsjournalismus, politischer

Zu beklagen ist nicht die vierte Gewalt in diesem Land, das Kritik bitter nötig hat, sondern die wachsende Gesinnungslosigkeit vor allem besser verdienender Redakteure und Wichtigtuer. Der grassierende Funktionsmissbrauch von Journalisten in einflussreichen Positionen. Wo man früher noch gelegentlich für Humanität und Gerechtigkeit in den Kampf zog, ist heute Kopfgeldjägerei und Kesseltreiben. Politische Journalisten sind heute mehr denn je Vollstrecker – wessen oder wovon, ist ihnen, mit Verlaub, scheißegal. Der Begriff Berufsethos ist für viele heute ein Synonym für Weltfremdheit, über das sie nur verächtlich lächeln. Sie haben anderes im Sinn: sie wollen sich für höhere Aufgaben empfehlen und wissen genau, dass nur prämiert wird, wer jemanden zur Strecke bringt. Das Mittel: Es zählt nicht das sachliche Argument, weshalb das Genre der Erörterung so gut wie ausgestorben ist, sondern Meinung. Am besten die Bestätigung der eigenen. Die alte Unterscheidung zwischen Nachricht und Kommentar, sie gilt für solche Naturen als nur hinderlich, bestenfalls romantisch – wen interessiert das noch? Gefragt ist sprachliche Kreativität in der zynischen Misshandlung unliebsamer Zeitgenossen. Entscheidend ist nicht mehr die Richtung der ausgeteilten Schläge, sondern allein, inwieweit sie ihre Wirkung erzielen. Immer druff.

Solche Gesinnungslosen sind am ehesten mit Hunden vergleichbar (manche hießen sogar so ähnlich: Uwe Vorkötter, Klaus-Peter Hundsnurscher, Frank Bellmann). Ressortleiter oder Chefredakteure halten ihrer *task force* einen Stofffetzen unter die Spürnase, und die Meute hetzt los. Viel internen Applaus und Ehre gibt es, wenn sie besonders effektiv den erledigen, den sie erledigen sollen. Auf wen sie sich stürzen und wen sie in Ruhe lassen, das entscheiden die Herren Journalisten hinter verschlossenen Türen, genauso, wer zum Opfer und wer zum Täter stilisiert wird. Althaus wird auf wundersame Art verschont, Ypsilanti lässt man über die Klinge springen. Je nach Laune der Blattmacher und Einfluss von Politikern. Und dann lässt man die Texte runterhacken: Ypsilanti »schleicht« sich da an die Macht, schrieb der SPIEGEL, als sie sich im demokratisch einwandfreien Prozess zur Ministerpräsidentin wählen lassen wollte, die Hinterhältige. Als die vier durchgeknallten Abweichler absprangen und das SPD-Schiff in Hessen zum Kentern brachten, scheiterte auf einmal Ypsilanti – und zwar »kläglich«. Am Tag der Neuwahlen in Hessen machte die alte schiefmäulige Dame FAZ nochmals richtig Stimmung, damit die Wähler ja auch an der rechten Stelle ihr Kreuzchen machten: »Zur Rache, Schätzchen!« war der fällige Kommentar übertitelt. Das ist deutscher, objektiver Qualitätsjournalismus. Das Vertrackte: die Rechnung scheint aufzugehen. Nicht nur in Hessen. »Noch heute gibt es Menschen, die allen Ernstes glauben, es sei in Hessen um einen Wortbruch gegangen«, kommentierte Peter Unfried von der taz die hessischen Vorgänge im Jahr 2008. Vor allem da, wo er politisch ist, ist gerade der SPIEGEL heute zu einem schönen Haufen verkommen, der den wirklich gepflegten Schweinejournalismus treibt, gepflegter manchmal noch als die Politikabteilung der FAZ. Es wird Zeit, dass der Laden einmal selbst Objekt investigativer Journalisten wird, um ihn wieder dorthin zu führen, von wo er einst aufgebrochen ist. Ist eigentlich Wallraff immer noch aktiv? Der könnte sich doch mal als Praktikant einschmuggeln. (→ SPIEGEL online)

Rasende Raser

Für Ausländer ist eine Fahrt auf einer deutschen Autobahn eine Tortur. Meine Frau gestand mir einmal, wie sie in den Achtzigern während eines betriebswirtschaftlichen Praktikums den Auftrag hatte, einen japanischen Journalisten in einem Firmenwagen von München nach Dingolfing zu chauffieren, weil dieser für einen Artikel in einer Fachzeitschrift das dortige BMW-Werk besichtigen wollte. Sie schätzt, damals mit einer durchschnittlichen Geschwindigkeit von 160 km/h auf der Autobahn unterwegs gewesen zu sein. Der Mann habe sich die ganze Fahrt über völlig verkrampft an Sitz und Türgriff festgehalten, ein Gespräch sei während der einstündigen Fahrt nicht möglich gewesen. Am Ziel angekommen, sei er dem Gefährt sichtlich verstört entstiegen.

Öfter mal kann man in Erfahrung bringen, dass Ausländer, vornehmlich des Ostens, die Geschwindigkeiten, die auf deutschen Autobahnen gang und gäbe sind, zu Hause nur aus Science-Fiction-Serien kennen. Man kann auch nicht nachvollziehen, warum Deutsche so idiotisch an ihrem vermeintlichen Recht auf unbegrenzte Geschwindigkeit festhalten wie etwa die katholische Kirche am Zölibat. Rambo-Rasen sei jedenfalls typisch deutsch, sagen die meisten, die zu uns kommen.

Die Schnellsten unter deutschen Rasern sind unsere Testfahrer – wie weiland Turbo-Rolf. Erinnern Sie sich? Es gibt davon zweierlei. Selbsternannte und solche, die auf öffentlichen Autobahnen im Dienst von Porsche, Mercedes Benz oder BMW einen neuen atomgetriebenen Prototyp bis an die Grenze der Lichtgeschwindigkeit heranführen, um herauszubekommen, ob man sich dabei noch auf der Mittelkonsole ein Spiegelei braten – und gleichzeitig unter der Fußmatte ein Sudoku der Fortgeschrittenen-Kategorie lösen kann. Immer wieder kommen

Testfahrer mit Vorserien-Modellen auf unseren Autobahnen um, zuletzt wurde von einem Fall auf der A5 in der Höhe von Darmstadt berichtet, wo ein Porsche-Testfahrer in den Tod raste. »Er war einer der erfahrensten Testfahrer, die wir haben!«, sagte ein Porsche-Sprecher später. Das berühmteste Opfer unter den Testrasern war übrigens der deutsche Rennfahrer Bernd Rosemeyer. Er starb schon 1938 gar nicht weit von dieser Stelle entfernt, als ein Windstoß von der Seite seinen Wagen bei sage und schreibe 440 Sachen erfasste und bei Langen/Mörfelden von der Bahn drückte. An der Stelle ist heute ein Parkplatz – und man hat dem Mann dort sogar ein Denkmal errichtet!

Nichts deutet auf ein Ende der Plage hin. Immerhin hält man bei uns mittlerweile auch philosophische Vorträge über »Entschleunigung«. »Setz' die Gesundheit nicht aufs Spiel, langsam kommst du auch ans Ziel!«, reimte die Krankenkasse früher. Man kann es auch anders formulieren: Alter Mann ist kein D-Zug. Und nicht nur der. Wie heißt es so schön: Immer langsam mit den jungen Pferden. (→ Dringend Drängeln)

Regenbogenfisch

Wer Kinder hat, kennt den Regenbogenfisch. Das Buch erschien 1992. Bis heute wurden davon weltweit 30 Millionen Exemplare verkauft. Leider. In der Schweiz und bei uns schaffte es das Werk auf Platz 1 der Bestseller-Listen. Auch leider. Wie dieses menschenverachtende Kinderbuch dorthin kam, das ist nicht nur betrüblich, sondern eigentlich ein Fall für das Kinderhilfswerk der Vereinten Nationen (UNICEF). Einem jungen Fisch, dem die Natur von Geburt an schöne, glänzende Schuppen gegeben hat, diesem Exemplar rät ein debiler Oktopus, er solle die Schuppen schleunigst an andere Durchschnittsfische weiter verschenken, die nur normal glitschige Schuppen haben, wolle er jemals Freunde haben und glücklich sein. Subtext: Tilge alles Besondere, Unverwechselbare, Einzigartige deiner Persönlichkeit, und man mag dich auf dieser Welt! Der direkte Aufruf zu Gleichmacherei, Gleichschaltung, zum grauen Totalitarismus. Ausgekocht hat diese poststalinistische Fischsuppe der deutsch-schweizerische Erfolgsautor Marcus Pfister – und unsere Erzieherinnen sind ganz hin und weg. So sehr, dass es kein Kindergartenfest gibt, keine Schulaufführung der Erstklässler, schlicht keinen Anlass in der Aula für Kinder, bei dem der »Regenbogenfisch« von den Kleinen nicht aufgeführt würde. Die ehrbare Lotte Kühn hat in ihrem Lehrer-Hass-Buch bereits den Missstand angeprangert, aber auch nicht verhindern können, dass dieses Buch nirgendwo besser verkauft wird als im deutschen Buchhandel.

Im Land der Bücher gibt es viele andere Kinderbücher, die ähnlich beliebt sind, aber gleichermaßen auf den Index gehören, soll Unheil von unseren Kindern abgewendet werden. »Vom kleinen Maulwurf, der wissen wollte, wer ihm auf den Kopf gemacht hat« von Werner Holzwarth zuallererst. Ähnlich bescheuert »Der kleine Klo-König« von Autorin Sandra Grimm. Muss das sein? Brauchen deutsche Kinder Bücher übers Kaka-Machen? Ist ein Maulwurf witzig, unterhaltsam, erbaulich, dem einer auf den Kopf geschissen hat? Eltern, die das gut finden, tragen sicher (→) Crocs und lieben auch ähnlich depperte Sendungen wie »Bernd, das Brot«. (→ Was Süßes für Kinder)

Rot-Hysterie, gespielte

Fast immer, wenn die Gefühle in Wallung kommen, setzt der Verstand aus. Das ist menschlich. Genauso menschlich ist es, wenn ab und zu auch mal die Politiker durchdrehen und alle Besonnenheit verlieren. Politiker sind schließlich auch nur Menschen. Besonders deutsch und nicht mehr ohne Weiteres nachzuvollziehen ist es allerdings, wenn es dabei um eine soziale Politik geht. Beispielsweise wenn Politiker über die Möglichkeit einer Koalition von SPD und Linkspartei diskutieren. Die Linkspartei mobilisiert noch immer eine Entrüstung unter den Aufrechten dieses Landes wie sonst nur die Erwähnung, man fände Adolf Hitler gut. Politikerinnen kommen aus dem Skiurlaub und müssen sofort das Gewissen bemühen, um den Satan abzuwenden. Andere finden etwas später zur Empörung. Warum eigentlich? Keiner fragt, wie legitim es denn überhaupt sei, so viel Schrecken an dieser Partei festzumachen. Die Linkspartei! Sie wird in der deutschen Öffentlichkeit stillschweigend als Hort des Bösen vorausgesetzt. Keiner hat je gefragt, ob sich diese Partei tatsächlich dafür eigne. Das ist immer so, wenn Emotionen Argumente ersetzen, wenn mit Moral Politik gemacht wird. Links = DDR = SED = Stasi = Folter, Todesschüsse. Also schaltet man lieber das Denken aus und verlässt aufgebracht unter Protest den Plenarsaal. Was man nicht als verfassungs*widrig* bezeichnen darf, nennt man verfassungs*feindlich* und erzielt damit denselben Effekt.

Es ist umso erstaunlicher, dass rechtschaffene deutsche Politiker auch dann noch in moralische Erregung geraten, wenn man nicht mehr ignorieren kann, dass nicht die Linken, sondern strenggläubige Kapitalisten ihr Häuschen verzockt haben. Und nicht nur sie, auch ihre Wähler geraten in die ethische Unterzuckerung: Ja, der Ruf der Sozialisten nach mehr staatlich garantierter Gerechtigkeit stößt im sogenannten »bürgerlichen Lager« selbst in Zeiten auf höchste Entrüstung, in denen nicht etwa die bösen Kommunisten, sondern *Lehman Brothers* den Leuten ans Ersparte gehen. Man muss es sich einmal vorstellen: Selbst in der härtesten Kapitalismuskrise seit dem zweiten Weltkrieg, in der neoliberale Oberhalunken weiterhin dicke Boni einstreichen, gilt nur allzu oft der Sozialist als Personifizierung des Übels. Anderswo geht man mit den Linken entspannter um, auch noch die extreme Linke ist stinknormaler Teil des demokratischen Parteienspektrums. In Frankreich oder Italien etwa. Bei uns wird schon hyperventiliert, wenn linke Parlamentarier Turbokapitalisten völlig zu Recht als Profiteure bezeichnen oder fordern, unsere neoliberalen Finanzeliten einmal zur Verantwortung für den angerichteten Scherbenhaufen zu ziehen.

Es kann noch schlimmer kommen, und es wird dabei bleiben: Bei uns haben Schwerindustrielle, Konzernhaie und Marktradikale mehr Kredit im Volk als eben die Linken. Egal, wie viel Dreck sie am Stecken haben. Der äußere Schein der Autorität ist es, der uns Deutsche elektrisiert. Die deutsche Mutter wünscht sich auch in Tagen der Finanzkrise – oder jetzt erst recht – einen wie Karl Theodor zu Guttenberg zum Schwiegersohn. Da werden deutsche Mutterherzen schwach. »Krupp – eine deutsche Familie« (ZDF) – so wollen wir sein. Unsere volksmentale Charakterschwäche ist es, dass die deutsche Überzeugung fast immer einknickt, wenn sie von der Macht geblendet wird. Da rutscht uns das Herz in die Hosen – und wir glauben am Ende den Schuften, nicht den Gerechten. (→ Gewissensentscheidungen in der Politik)

S

Sauna-Sauerei

Alles, was beim Mount Everest höher als 6000 Meter liegt, nennt man die Todeszone. Im deutschen Wellness-Hotel der Mittelklasse beginnt sie nur allzu oft im Spa-Bereich. Trotzdem sind Deutsche begeisterte Saunagänger. 30 Millionen Saunafreunde zählt der Deutsche Sauna-Bund aus Bielefeld in deutschen Saunen, zehn Millionen davon gehen regelmäßig.

Nicht wie die Finnen aus Gründen der Geselligkeit, sondern vorgeblich wegen der Gesundheit. Nicht wie die Finnen nach Wohlbefinden, sondern nach Sanduhr. Zwölf Minuten Minimum – im Notfall werden Deutsche auch mal bewusstlos vom Bademeister aus der Sauna gezerrt. In Wahrheit aber gehen sie in die Sauna, um mal wieder grob unsittlich zu werden. Jungmänner-Gruppen drängen zur Tür herein, um in der Sauna die letzten erotischen Abenteuer auszutauschen oder gar einzufädeln, grölende Fitness-Trainer krachen sich die Handflächen auf die Schulter, dass es nur so spritzt, aber genauso laut ratschendes Weibervolk tummelt sich hier. Das laute Schwatzen ist wohl die größte Verfehlung, die es hier anzuprangern gilt. (→ Lärm und Geräusch) Gefolgt vom Saunabesuch in Badebekleidung und Badeschlappen. Bei den prüden Amerikanern und Engländern ist es üblich, in Badebekleidung und ohne Handtuch die Sauna zu betreten, bei uns ganz und gar nicht. Dennoch hocken bei uns immer wieder Badegäste in voller Montur auf den Brettern, die eindeutig deutscher oder deutschsprachiger Herkunft sind. Wer sie darauf aufmerksam macht, dass sich das nicht gehöre, wird empört angestarrt, so als werde von ihnen etwas ganz und gar Unanständiges gefordert.

In einem deutschsprachigen Alpenhotel hatte ich unlängst das Vergnügen, die Heißkabine exklusiv mit einem Computerfachmann aus dem Lippischen zu teilen. Er kam im Bademantel in die Zelle, begann sich bereits nach fünf Minuten immer wieder wie ein Truthahn zu schütteln, befreite sich bald grunzend und auf die Brust trommelnd von seinen Schweißperlen, um endlich immer noch im mittlerweile durchtränkten Bademantel – und ohne abzuduschen – den Geronimo ins Schwimmbecken zu machen. Dort kraulte er prustend zwei Bahnen, entstieg dem Becken und feuerte seinen nassen Frotteemantel in einen Wäschekorb. War wahrscheinlich ein Ex-Rettungsschwimmer. Von besonderem Interesse sind auch solche Gäste, die in der Sauna ihre Fußnägel schneiden oder ohne Handtuch Platz nehmen, um nach zehn Minuten einen Schweißsee unter sich gelassen zu haben, der sich um ihre beiden Gesäßhälften gebildet hat und sich schon kurz nach Verlassen der Sauna für immer herzförmig ins Fichtenholz einbrennt.

In der öffentlichen Sauna ist deswegen so viel Unsitte, weil das Saunieren in der Breite der deutschen Gesellschaft noch immer im Stadium der kulturellen Einübung ist. Vor zwanzig Jahren hüpften wir noch ins 22 Grad kalte Wasser des städtischen Hallenbads, das heute Solemar oder Aquadrom heißt, frottierten uns ab und traten den Heimweg an. Sauna – davon hatte man gehört, galt aber als irgendwie frivol. Aber seit überall Wellness ist, wollen auch Ortsunkundige ausprobieren, wie das geht. Das andere: Ausgerechnet inmitten lauter Nackerter und auch noch auf engstem Raum die Contenance zu wahren, ist natürlich eine zivilisatorische Meisterleistung. Und nicht alle sind Virtuosen. Auch wir Deutsche nicht.

Wer wissen will, wie es reibungslos vonstatten geht, kontaktiere den Deutschen Sauna-Bund. Wem aber die Lust auf ein öffentliches Saunabad vergangen ist, der kann jetzt auch auf dem Zimmer bleiben. Etwa im Hotel »Maritim pro Arte« in Berlin. Dort gibt es Spa schon im Hotelzimmer. Was man früher Badezusatz oder Duschgel nannte, heißt jetzt »Indoor-

Spa«. Für einen Aufpreis von 12 Euro pro Fläschchen schüttet man etwas Essenz in die Badewanne und hat umgehend Wellness pur. So einfach kann das Leben sein.

Schäferhund-Liebe

Manche Deutsche pappen die Namen ihrer Kinder (→ Vornamen, neue) ans Heckfenster ihres Touareg oder Grand Cherokee (→ SUVs – Geländewagen-Wahn), bei anderen sieht man an derselben Stelle zwei Schäferhund-Köpfe. Kein Wunder, der Schäferhund ist noch immer der Lieblingshund der Deutschen. Zuletzt wieder ermittelt vom Statistischen Bundesamt. Hundeaufkleber sind eigentlich untrügliche Indikatoren für nahezu irreparable entwicklungspsychologische Deformationszustände des Wageneigentümers, die erkennungsdienstlich gespeichert werden sollten. Da ist auf jeden Fall eine Schraube locker. Wer Rex an der Heckscheibe hat, hat auch noch woanders was hängen. Sicherlich betreibt er dreimal die Woche Wehrsport im Gemeindewald und kann sicher auch ohne Gebrauchsanleitung mit einer *Stihl*-Motorsäge umgehen. Hat aber auf jeden Fall ein Herz für Tiere. Immerhin. (→ LKW-Fahrer-Lebensstil)

Schäuble, Wolfgang – Deutsche Psychogramme III

Versucht man in der Politik eine typisch deutsche Personifikation von Unsitte aufzuspüren, landet man schon nach kurzem Nachdenken unweigerlich bei dem 1942 zur Welt gekommenen Dr. Wolfgang Schäuble. Er ist das Urgesicht des deutschen Politikers. Es soll dabei keine Rolle spielen, dass dieser Mann einst einen Umschlag mit 100 000 DM entgegennahm, ohne sie als Spende zu deklarieren. Das kommt in Berlusconis Italien genauso gut vor wie bei Fürst Sarkozy oder in anderen Vorzeigedemokratien der Welt wie im Sudan oder im Kongo. Typisch deutsch ist vielmehr jene (zur Macht gekommene)

Untertänigkeit, die Schäuble verkörpert wie kein Zweiter dieser Republik – und die er seit frühen Tagen mit tugendhafter Loyalität seinen Ziehvätern gegenüber verwechselt hat, obwohl sie immer nur der blanke Opportunismus war. Anfänglich duckte er sich vor dem Vater, später vor dem RCDS, dann vor dem großen Helmut Kohl und heute? Wahrscheinlich vor dem Vater im Himmel. Sein meisterliches Kielwasser-Fahren – oft vom Trittbrett aus – war und ist stellvertretendes Charakter-Merkmal für die ganze Clique von Claqueuren, die Kohl seinerzeit herangezogen hat. Aber auch generationsübergreifend: das ist die typische Qualität, die als Karrierebeschleuniger Nummer 1 in unserem nationalen politischen Ausleseprozess gelten darf. Der Politikwissenschaftler Bernd Guggenberger hat über Schäuble einmal gesagt, seine politische Vita durchzöge ein auffallendes und immer wiederkehrendes Stilprinzip. Seit er sich politisch engagiert, habe er das rare Talent besessen, nie einer Minderheit angehört zu haben, sich nie gegen den Widerstand einer Mehrheit durchgesetzt haben zu müssen. Dieses Talent hat ihn nach ganz oben gebracht. Eine deutsche Politikerkarriere.

Bis heute ist Schäubles Politikverständnis ein allenfalls protokollarisches geblieben. Ein persönlich gefärbtes Programm, von politischen Grundwerten, Überzeugungen oder gar Visionen durchzogen, wird nicht finden, wer bei ihm danach sucht. Schäuble ist vielmehr ein Verwalter. Er ist der Paradetyp des fleißigen, aber vollkommen uninspirierten »Dienst nach Vorschrift«-Politikers, und die Vorschrift war lange, was Kohl ihm ins Blöckchen diktierte. Selten in der Nachkriegsgeschichte hat die Bundesrepublik einen Politiker hervorgebracht, der derart frei war von einer persönlichen politischen Mission oder irgendeinem inneren Mandat. Er hat sich immer nur als das effektive Instrument eines höheren Willens gesehen. Einem wie ihm, eine Art politischer Hausmeister, blieb nur, für die Aufrechterhaltung von Ordnung zu sorgen. So einer konnte folgerichtig auch nur Innenminister werden – und er wurde es. Wir erinnern uns: der später Kabinettsmitglied der großen Koalition unter Kanzlerin Angela Merkel wurde, war einst der erste (→) Schäferhund des dicken Pfälzers. Anticharismatisch, unoriginell, grau, aber bissig, wenn ihn Kohl hieß anzuschlagen. Dann kollabierte Kohl, mit ihm sein System. Aber erst ganz zum Schluss, erst in dem Moment, in dem Kohl nicht nur die Regierungsmacht verloren hatte, sondern durch die Spendenaffäre auch die innerparteiliche Herrschaft in der Partei – erst jetzt wagten sich die sich ewig Duckenden aus ihren Unterständen, aus denen sie bislang ihre Lemurengesichter gereckt und so lange alles abgenickt hatten, wie es ihnen hilfreich war. Wie in Diktaturen so auch im Unfreiheitssystem Kohl: Die verängstigte Nomenklatura fiel erst in dem Moment, aber dann mit voller Kraft, über den Alleinherrscher her, in dem er wirklich wehrlos am Boden lag und nicht mehr damit zu rechnen war, dass er irgendwie wieder aufsteht. Jetzt fielen sie alle über den Patriarchen her. Selbst die Speichellecker, am Ende selbst der brave Schäuble.Wolfgang Schäuble war der erste Diener Kohls gewesen. Eigentlich hätte er mit ihm untergehen müssen.

»Ich verabscheue Kohl«, sagten damals immer mehr der alten Mitstreiter. Bald auch der zerknirschte Schäuble-Bruder Thomas, der Innenminister in Baden-Württemberg war, damals, als das Zerwürfnis von Kohl und seinem Bruder Wolfgang noch ganz frisch war. Kurz zuvor noch hatten die Schäubles in der ersten Reihe von der »historischen Größe« Kohls getönt. Jetzt verabscheuten sie ihn. Das aber hatte Methode, denn es war Politik ganz nach dem älteren Schäuble: im entscheidenden Moment auf der richtigen Seite. Ohne seinen Bruder wäre Kohl keine sechzehn Jahre lang Bundeskanzler gewesen, empörte sich Thomas Schäuble damals in einem Interview. Weiß man es? Sicher ist nur, ohne Kohl wäre eine Type wie

Wolfgang Schäuble nie Kanzleramtsminister, Innenminister, Fraktionschef und CDU-Chef und wieder Innenminister geworden. Und ohne Erwin Teufel wäre der kleine Bruder Wolfgang Schäubles höchstenfalls Finanzamtschef oder Schultes geworden – irgendwo im Schwarzwald in Gengenbach oder in Hornberg – aber sicher nicht Innenminister eines Bundeslandes. In einer Demokratie hat ein Volk immer die Politiker, die es verdient. Auch in der deutschen.

Schlafzimmer-Welten

Kein Volk gibt so viel für die Einrichtung aus wie wir Deutsche. Da greifen wir tief in die Tasche. Aber richten sich Deutsche auch anders ein als die anderen? Und ob! Trotz globalisierter Stil-Gleichschaltung haben Eigenheiten überlebt. Eckbänke zum Beispiel. Eiche als das Material der Wahl. Gibt es so häufig nur bei uns. Wir lieben Sitzgruppen, »Eckgarnituren« genannt. Orangefarbene Nappaleder-Fankurven mit Coachtisch aus Glas gehen bei Mann-Mobilia weg wie warme Semmeln. Nach Auskunft des Chefredakteurs der führenden deutschen Branchen-Fachzeitschrift *Möbelkultur* wählen wir Deutschen immer noch die härteste Bepolsterung unserer Sessel und Sofas im internationalen Vergleich. In den USA versinkt man bis zu den Ohren in der Lümmelcoach, bei uns mag man's hart. Auch auf den Matratzen. Deutsche sind eben hart im Nehmen und schlafen so hart wie niemand sonst. Klar, gut ist, was hart macht, denn wir glauben fest daran: Hart ist gleich gesund. Aber Hauptsache *ergonomisch* geformt. Das ist bei uns das magische Wort, das die Kaufentscheidung bestimmt. Wasserbetten laufen übrigens überhaupt nicht in deutschen Möbelhäusern. Anders als bei anderen Volksangehörigen regiert hier tatsächlich die German Angst. Den Kauf eines Wasserbettes hierzulande verhindert offenbar die Vorstellung, dass am nächsten Morgen das Schlafzimmer unter Wasser steht, weil das

Ding geplatzt ist und die ganze Brühe im Laminat versickert. Und wir brauchen Abstand im Bett. Schmale Doppelbetten, 1,40–1,60 Meter mit nur einer Matratze, so was verkauft sich bei uns ganz schlecht. Die Franzosen dagegen (→) kuscheln viel häufiger enger zusammen. Wir eher nicht. Ist nicht so unser Ding. Wir fahren dazu lieber ins Wellness-Hotel. Dafür haben wir noch Überbauschränke über dem Ehebett. Schwerpunktmäßig im Ruhrgebiet gibt es die noch. Aber nicht für die Brieftauben, sondern für: ja, genau, für den Stauraum. Stauraum ist eines der deutschesten Worte überhaupt. Wir brauchen dauernd Stauraum. Volk ohne Stauraum. Hammerhart. (→ Eigenheim-Verschandelung)

SCHLECKER

Man hat immer den Eindruck, dass die Frauen, die hier arbeiten, nicht offen über die Folter sprechen können, die man ihnen antut. Deswegen laufen sie schon im Laden mit verpixeltem Gesichtsausdruck rum. Das könnte erklären, warum SCHLECKER-Verkäuferinnen immer so ungesund aussehen. Bei LIDL wurden sie überwacht, ausspioniert, fertiggemacht. Bei SCHLECKER konnte das noch nicht nachgewiesen werden. Aber wie oft schon haben mir ihre flehenden Augen zugerufen: »Hol mich hier raus!« Ich habe diesen stummen Hilfeschrei schon mehrfach vernommen, wenn ich an einem SCHLECKER vorbeigegangen bin und einen Blick durch die blau-weiß zugerammelte Schaufensterscheibe riskiert habe. Kümmert sich *Amnesty International*? Fakt ist, dass SCHLECKER der wohl abgefuckteste Laden ist, den man sich nur vorstellen kann. Eine nicht mehr zu steigernde Ramsch-Ästhetik vergellt einem jede gute Laune und lässt schlimme Rachepläne keimen.

Es gibt jetzt sogar schon Metzgereien in SCHLECKER-Läden. Warum leistet man keinen Widerstand? Wo ist die Handwerkskammer, die Innung, wo ist sie, die alte Zunftherrlichkeit des Fleischerhandwerks? Wo kommt das SCHLECKER-Fleisch eigentlich her? Sicher aus niedersächsischen zertifizierten Tierquälereien. SCHLECKER-TV läuft im Monitor, ganz und gar gruselig. Erinnert an chilenisches Sekten-Fernsehen. Was tut der Verfassungsschutz? Wo ist (→) Schäuble? (→ ALDI, LIDL, Netto, NORMA, PENNY – der Albtraum geht weiter)

Schmaler Talk

»Und?« »Alles klar?« »Und selber?« »Alles, klar.« Es gibt Bruchstücke in der typisch deutschen Konversation, die innerhalb weniger Sekunden tödlich wirken können. Etwa, wenn Sie an einem eisigen Montagmorgen im Februar auf dem Weg zu Ihrem geparkten Auto vom Gemüsehändler mit dem Satz begrüßt werden: »Es ist kalt im Staate Dänemark!« Tja, wie pariert man diese Volte? »Wenn die Sonne weg ist, wird es rasch kühl«, pflegte einst eine Bekannte jedes zweite Mal die Frage zu beantworten, wie es ihr denn ginge. Wenn ich mir ab und zu einen Schokoriegel im Kiosk nebenan kaufe, lächelt mich der Inhaber beim Bezahlen kurz an, deutet auf die Ware und spricht es aus: »Energie!« So isses. (→ Okäh)

Schneeräumpanik

Wenn in Deutschland ein paar Schneeflocken fallen, verliert ein Volk die Nerven. Innerhalb weniger Sekunden strömen zappelige Hausbesitzer ins Freie, schaufeln, schippen und kratzen, was das Zeug hält. Treppen werden mit Anti-Rutschmatten belegt, dann wird ins 3-kg-Chemo-Salz-Eimerchen gegriffen und gestreut, so lange, bis der Asphalt Risse bekommt. Deutsche salzen auch schon, wenn auf dem Bürgersteig noch gar kein Niederschlag zu entdecken ist. Sicher ist sicher. Streckenabschnitte, die nicht gesalzen werden, müssen umgehend ausgeschildert werden: »Dieser Weg wird nicht geräumt und nicht gestreut. Betreten auf eigene Gefahr!« Sicher ist sicher. Wieder drinnen angekommen, überprüft man erst mal das Profil der Filzpantoffeln, um das Rutschrisiko indoor zu minimieren, setzt sich vors Radio und hört den Verkehrsfunk ab, ob es schon irgendwo einen Unfall bei überfrierender Nässe gegeben hat. Sicher ist sicher. (→ Rasende Raser)

Schoko-Hype

Früher gab es Halbbitter oder Vollnuss, heute gibt es »Geheimnisvolles Afrika«. Trauben-Nuss und Nougat von *Ritter Sport* war zwar nicht ganz so fein wie das, was französische Chocolatiers hinkriegen, aber es war habhaft, kräftigend, eine Art wärmendes Hemd. Man musste sich da nicht verstecken. Deutschland hatte einmal, wenn man so will, eine eigene bodenständige Schokoladen-Sprache. Heute gibt es die Tafel »Pecanüsse in Mascarpone-Creme mit einem Hauch von Meersalz« oder »Hot Grenadine. Edelbitter Granatapfel und Chili«. Was ist geschehen? Die Schokolade wird mit dreihundertfünfzigjähriger Verspätung von deutschen Feinschmeckern entdeckt – und zwei Minuten später von der Wellness-Industrie.

Unlängst haben selbst die Spa-Abteilungen unserer Kurorte umgeschaltet: Statt wie einst Lehmkur in Bad Sobernheim gibt's jetzt Schokomassagen im Intercontinental Berchtesgaden. Dort, wo früher einmal Hermann Göring (→ Jagd auf grüner Heid' trara) residierte, werden heute gestresste Managerinnen mit Schokolade eingerieben. Schoko-Packung. »Peeling mit dunklem Crue de Cacao und weißen Schokoflakes« gibt es da im Angebot. Ist der Körper vollgeschmiert, spricht man vom »body-coat«. »Body coat aus heißer Schokoladensauce mit zerlassener Kakaobutter, frischer Sahne und warmem Olivenöl.« (→ Eingelegte Oliven). Oder wahlweise auch: »Ganzkörpermassage mit anregendem »intrigue«-Schokoladen- und Orangenöl ... Buchen Sie direkt im THE MOUNTAIN SPA.«

Der Schoko-Hype ist jetzt schon in den Niederungen angekommen. Im besser sortierten Supermarkt. Die Ginkgo-Chili-Mischung liegt da genauso aus, wie anderer Schokoschabernack. Statt heißer Schokolade gibt es mittlerweile sogar schon Schoko-Tee. Die deutsche Wellness ist die zeitgemäße Vorstellung irdischer Erlösung. Kein Wunder, dass die ganze Chose über kurz oder lang mit der Kinderidee vom Schlaraffenland fusioniert. Deswegen gibt es den Schoko-Guss im Spa-Bereich. Nicht etwa, weil das gesund wäre. Übrigens, ob mit oder ohne Schokolade: Ich habe gelesen, in einem österreichischen Wellness-Hotel soll ein Do-it-yourself-Peeling angeboten werden. Nach dem Duschen soll sich der Gast selber die Haut abrubbeln. Kosten 35 Euro. Felix Austria. (→ Kuscheln in Verwöhn-Paketen)

Schon die alten Römer

Die finnische Sauna in den feuchten Kellerräumen der Pension Edelweiß hat statt 95 maximal 47,5 Grad Celsius, müsste dringend saniert werden und misst maximal drei Quadratmeter. Statt der üblichen Relax-Klänge von der CD hört man irgendwo einen undichten Wasserhahn tropfen. Aber eines läst man sich nicht nehmen: »Schon die Römer liebten das Dampfbad, seine exzellente Wirkung auf Körper und Geist«, steht im Hausprospekt. »Entspannen Sie sich in einer Welt voll Atmosphäre und Sensibilität.« Das lassen wir uns nicht zweimal sagen. Wenn bei uns irgendwas angepriesen wird, dann denken die PR-Nüsse der städtischen *tourist information* oder die Redaktionstanten der Wohlfühlbeilage der *Süddeutschen Zeitung*, es verkaufe sich besser, wenn man den Leuten mit den Römern kommt. »Schon seit der Antike kultiviert der Mensch das Bad in heißen Quellen«, schreiben sie dann. Da werden wir euphorisch. Ach Gott, die alten Römer. »Schon die alten Römer liebten einen guten Tropfen Rotwein«, weiß das Restaurant im Hotel Ratswaage in Magdeburg. Und Journalist Klaus Podak sekundiert: »Freundschaft wärmt wie die Sonne – das wussten schon die alten Römer.« Die alten Römer. Was wussten eigentlich schon die alten Schweden? Und was die Römer noch nicht?

Schuhwerk deutscher Mannsbilder

Man hört immer, wir deutschen Männer wären so schlecht gekleidet. C&A halt. Das alte Lied. Auch bei festlichen Anlässen oder offiziell im Business. Bei der Deutschen Bank, der Allianz oder im öffentlichen Dienst. Dabei stimmt das gar nicht. Wer genauer hinsieht, erkennt zwei Zonen und ein Prinzip: Vom Scheitel bis zum Knöchel ist beim deutschen Mann in Ausgehuniform meistens alles halbwegs im grünen Bereich (Ausnahme: die Jacketts von Reinhold Beckmann). Die Anzüge, Hemden und Krawatten, die wir tragen, sind nicht Weltklasse, aber en gros in Ordnung. Gruselig wird es erst weiter unten. Bei den Schuhen und Socken. Da, wo ihre Träger denken: Da guckt ja keiner hin! Weit gefehlt: formlose Billigtreter, schwarze brotartige Vollgummireifen, wurstartige Geschwüre aus Kunstleder mit durchgehender Kunststoffsohle. Gerne von *Gallus*, *Rieker*, *Deichmann* oder eben von *Quick Schuh*, die haben die wahren Preiskracher. Das trägt der deutsche Bankkaufmann, davor scheuen auch unsere Makler auf dem Börsenparkett nicht zurück. Man meint: Hauptsache schwarz. Irrtum! Schuhe sind die Visitenkarte des guten Geschmacks, quasi sein Fundament. Vollends bedenklich wird es, wenn wir uns beim Montagmorgen-Meeting in Hufeisenform gegenübersitzen und erkennen müssen, dass der Abteilungsleiter lindgrüne Socken mit eingewebtem Spongebob-Motiv trägt. Das kommt dann doch heftig auf nüchternen Magen. Dieselben Herren, die es nicht so mit den Schuhen haben, patzen oft auch beim Thema Gürtel. Indem sie keinen anziehen. Ein Mannsbild ohne Gürtel um die Hose sieht aus wie eine offene Schultüte. Ein gut gekleideter Menschenleib in Hosen braucht auf halber Strecke eine Grenzmarkierung, einen Akzent, einen Übergang: eben einen Gürtel. Schaut nach Amerika: kein ordentlicher Ami, der seine *Levi's* nicht mit einem breiten Ledergürtel trüge. Wir sehen das nicht so eng. Alte Bequem-Bolzen, die wir sind. (→ Crocs)

Und noch was, deutsche Geschlechtsgenossen, müsst ihr Euch hier von mir anhören: Was ist der Unterschied zwischen Männern und Kindern? Richtig, Männer wachsen nicht mehr. Das Problem – bei Kindern sagt man: »Ach, die Socken sind eigentlich hinüber, durchgewetzt, aber die kann der Bub noch bis in den Frühling tragen, dann sind sie ihm sowieso zu klein!« Bei Männern geht das nicht. Weshalb Männer gelegentlich durchgewetzte Socken ab dem Moment tragen, an dem sie ausgewachsen sind – bis zum Tag, an dem sie wie alte Schlangenhaut seitlich von den Knöcheln abfallen. Es gibt aber auch Gleiches zwischen deutschen Männern und Kindern. Bei beiden sind es oft Frauen, die ihnen abends die Kleider für den nächsten Tag zusammenstellen – und sie feinsäuberlich auf den Stuhl unten am Fußende des Bettes legen. Problematisch wird es für manche, wenn die sorgende Bezugsperson krankheits- oder abwesenheitshalber ausfällt. Dann kann es gerade beim deutschen Mann sein, dass er flattrig wird und in letzter Verzweiflung im Altkleidersack wühlt – oder sich gleich diesen selbst überzieht. (→ Preisaufkleber auf Pumps-Sohlen)

Segway

Bislang die letzte Erfindung, um gelangweilten Marktradikalen das Wochenende im Golfhotel in den Alpen zu versüßen. (→ Golfen) Man stellt sich auf eine Art zweirädrige Sackkarre mit Batterieantrieb und eumelt los. Durchs Gelände, über Stock und Stein. Fast 40 Kilometer mit einer einzigen Akkuladung. Nicht der Schlaf der Vernunft gebiert Ungeheuer, wie Goya in einem seiner berühmten Capriccios meinte, sondern die absolute Langeweile unter Menschen, denen es zu gut geht. (→ Neue deutsche Dekadenz) Ich frage mich, was wohl ein verängstigtes Alpen-Murmeltier denkt, wenn es vor seinem Bau auf 1500 Meter Höhe über dem Meeresspiegel in die Abendsonne blinzelt und plötzlich einen Segway-Fahrer samt fahrbarem Untersatz über seinen Hausfelsen holpern sieht. Geht das in das Murmeltierhirn hinein – oder übersteigt es, was ich stark vermute, alles, auch für Murmeltiere Vorstellbare? Was aber treibt Menschen tatsächlich auf ein solches Gerät? Vermutlich jene unerträgliche Leichtigkeit des Seins, die sich aber schon beim nächsten Schlagloch unverhofft und stockvoll in eine schwere Depression verwandeln kann. (→ Minigolf)

Sent statt Cent

Mit der Einführung des Euro für die D-Mark in Deutschland 2001 wurde auch festgelegt, dass die Währung fürs Kleingeld Cent statt Pfennig heißen soll. Auszusprechen »Zent«. Die meisten Deutschen sagen mittlerweile aber »Sent« statt »Zent«. Wahrscheinlich weil das internationaler klingt. Sicherlich sagen wir bald auch noch 100 Sentimeter und einen Sentner Kartoffeln, weil uns alles andere provinziell-peinlich ist. Aber hier bleibt man inkonsequent. Noch.

Sexy

In Deutschland ist neuerdings alles, was toll ist, sexy. Es gibt sexy Aktienfonds. Selbst noch in der Finanzkrise. Oder es ist gleich supersexy. Zum Beispiel ein Käsebrot. Supersexy Käsebrot heißt ein sozialkritischer Song von Helge Schneider. Schreckschraube Heidi Klum findet alles, was ihr gefällt, umgehend sexy. Berlin sei »arm, aber sexy«, sagte einst der regierende Bürgermeister Wowereit über seine Stadt. Der Ex-Manager von Hertha BSC Berlin, Dieter Hoeneß, findet seinen Verein sexy, jedenfalls behauptete er noch im späten Winter des Jahres 2009, sein Club sei auf einem guten Weg dorthin. In der *Welt online* war damals ein Interview zu studieren: »Ist Hertha sexy?« Hoeneß: »Noch nicht, aber bald. Hertha hat gute Voraussetzungen.« Die wären? Holz vor der Hütten? (Gibt es eigentlich jemanden, der Dieter Hoeneß sexy findet? Wahrscheinlich seine Frau.) Oder meinte der Mann am Ende gar nicht seinen Club, sondern unsere ehemalige Justizministerin? Was ist eigentlich ganz und gar un-sexy deutsch? Menschen mit waldbeer-dunkelroter Einzelsträhne im blondierten Pony, die LIDL-Tüten und Schuhe mit einriemigem Klettverschluss tragen und dabei leise »He's simply the best« vor sich hin summen. Es lässt sich aber sicher jemand finden, der auch das sexy findet.

Ski-Gaudi

Wenn man in Deutschland oder in Österreich Wintersport betreiben will, fährt man in die Skigebiete der Alpen. Empfangen wird man am Auslaufhang schon um 9 Uhr von der plärrenden Supergaudi-CD, die einer der hier beschäftigten professionellen Radaubrüder gleich heute Morgen eingelegt hat. Wer glaubt, er entkommt dem Gedudel, irrt: bei jeder neuen Liftanlage, die einen weiter fort vom Tal nach oben zieht, wird neu beschallt. Die schneebedeckten Berge liegen arglos da, der Himmel ist stahlblau, Raubvögel kreisen majestätisch, aber das Massiv widerhallt am Ende doch eher von der Endlos-Stampfmusik als vom Schrei des Adlers – dass es eine böse Pein ist. Zwischen den einzelnen Hits gibt es Anheizer-Sprüche. Während man beim Anstehen am Lift Schnee-Kristallformationen im Gegenlicht studiert, krakeelt die Stimme vom Band: »Zur

Mitte, zur Titte, zum Sack!« Deutsche goutieren das, öffnen den Flachmann im Griff ihrer Skistöcke und stärken sich.

Abends dann geht's in den Stadl. Dort trifft man auf eine Sorte Schneemensch, die es im Flachland nicht gibt: den weißen Alpin-Rapper, fastfoodfett, dunkelbraun im Sonnenstudio durchgegart, mit Sonnenbrille, das Haar weizenblond gefärbt, erinnernd an geschmolzene Butter wie bei Ex-Fußballspieler Effenberg, ausgesägte Kurzhaar-Bärte (→ Bartwesen, organisiertes), ebenfalls eingegilbt, auf dem Kopf ein gehäkeltes Käppi, das an einen Topflappen gemahnt, gerne in arztweißer Kleidung. Diesen Typ gibt's nur in den Berglandschaften der deutschsprachigen Erdoberfläche. Er ist kein seltenes Tier, kein verkappter Al Kaida-Sympathisant, sondern eine deutschsprachige Lifestyle-Karikatur. Vorzugsweise im Stadl findet man ihn, nicht im richtigen Stall, nein, sondern in jenen urig-poppig aufgemachten Läden, in denen eine fast krebserregende Symbiose aus alpenländischem Folklorismus und Techno-Pop dafür sorgt, dass sich Menschen wochenends mal wieder so richtig danebenbenehmen können. Solche Läden heißen dann Mega-Stadl oder Tiroler Disco-Stadl. Im Allgäu auch mal gerne: Kässtadl. Einfache Variante: Bierstadl. Alle zusammen die jugendliche Vorstufe zum Musikantenstadl. »Auf geht's zur Hüttengaudi von McDonald's!« hört und sieht man in der Werbung. Und wir Deutsche gehen hin. In Scharen. »Was ist der Taifun an Schrecken gegen den Menschen, wenn er seinen Spaß will?«, schrieb Bert Brecht in Kurt Weills Oper Mahagonny. (→ Halli Galli)

Spannende G'schicht'n

Wohl weil hier so viel Langeweile herrscht, wird in diesem Land bereits ein klein wenig mehr als gar nichts »spannend« genannt. Obwohl es das nicht sein kann. Deutsche Kinder wissen noch, was spannend ist, Wickie, die drei Fragezeichen oder wie Pippi Langstrumpf ihren Vater aus der Gefangenschaft der Piraten befreit. Im Erwachsenenalter scheinen viele vergessen zu haben, was spannend ist. Und bezeichnen später auf einmal Dinge als spannend, die es gar nicht sind. Otto Hintzes Verfassungslehre etwa. Sonst hauptsächlich Kunst. Vor allem auf Kultursendern kann man Fremd- und Selbstinszenierer hören, die immer, wenn sie nicht mehr weiterwissen, vor sich hin brabbeln, die Thesen von Niklas Luhmann seien unheimlich spannend oder ein Film von Alexander Kluge. Leute sagen das, obwohl sie eigentlich wissen müssten, dass »Die Hard« oder »Die Hard II« mit Bruce Willis spannend ist, aber sicher nicht Alexander Kluge. Wenn sie aber Kluge spannend finden, dann wird dem Normalsterblichen, der Kluge nicht spannend, sondern maximal anstrengend, wenn nicht vollends unverständlich findet, klar, dass der Spannendfinder offenbar Zugang zu Welten hat, die ihm verborgen sind. Ich sehe was, was du nicht siehst. Gerne sagt man auch, irgendein Künstler »mache« spannende Geschichten. Anselm Kiefer etwa. Aus Gips oder Beton oder Blech. Die wirklichen Könner sagen aber »spannende G'schicht'n«. Macht eigentlich Schweinsteiger spannende G'schicht'n mit dem Ball – oder wird er dann ausgewechselt? (→ Architekten-Gewäsch, → Cineasten-Geplapper)

SPIEGEL online

Der SPIEGEL, einst Musterbeispiel des kritischen Journalismus, heute heruntergekommen auf unterstes Niveau, heute so etwas wie die BILD-Zeitung für Leute mit Abi. Früher Enthüllung, Wahrheit, Aufklärung, heute Dschungelcamp, Bohlen, Klum bei SPIEGEL online, Mätzchen, Albernheiten und immer süffige Überschriften. Schmuddelsex und Blödelei, auch das treibt man längst. Früher war der SPIEGEL eine zuverlässige sittliche Macht, die wichtige Gesellschaftskritik betrieb, ein Gegengewicht zur Restauration der 50er und 60er Jahre im

Deutschland von Adenauer und Ehrhardt, Strauß und Kohl. Heute bevölkern Karrieristen statt Journalisten die Redaktion, wobei zu beobachten ist, dass SPIEGEL online noch beißwütigere Wiederholungstäter beschäftigt als das Mutterblatt, wie etwa die Autoren Christian Teevs oder Claus Christian Malzahn, der noch einen zulegt, wenn es um einen reißerischen Grundton geht. Der eigentliche spiritus rector von SPIEGEL online ist aber der Altvordere Matthias Matussek, und zwar als »Matussek online«, erst recht, seit er den Comedian in sich entdeckt hat. Ist der nach seinen Choleriker-Attacken jetzt eigentlich im Maßregelvollzug? Oder welcher Art ist jenes Beschäftigungsprogramm, mit dem ihn die SPIEGEL-Oberen ruhigstellen wollen? Guckt eigentlich jemand die Amateur-Videos an, die Matussek tagsüber reinstellt? Warum brauchen wir Redakteure, die vor der Kamera offenkundig nur üben? Cui bono? (→ Qualitätsjournalismus, politischer)

Suhrkamp wissenschaft

Das Ende meines geisteswissenschaftlichen Studiums war vor allem das Ende der Pein, in den dunkelblauen Suhrkamp-Taschenbüchern blättern zu müssen, die Titel trugen wie »Dissoziale Kognition und intermediäre Zelebration. Abhandlungen zu einer Rekonstruktion des Deutens«. Manche dieser Bücher waren Pflichtlektüre im soziologischen oder politikwissenschaftlichen Hauptseminar. (Ein paar meiner Ex-Kommilitonen haben zwischenzeitlich sogar selber welche geschrieben!) Und immer kamen neue auf den Markt, lagen bald in der Universitätsbuchhandlung und machten mir erneut Angst. Warum kommen deutsche Geisteswissenschaften so verlabert daher? Warum geht es nicht essayistischer, lockerer, mit Esprit, wie uns das die Engländer und Franzosen vormachen? Geht es am Ende um Verschleierung? Um eine Geheimsprache? Ganz genau. Man ist einst angetreten, Animismus und Mystik die Weltdeutung zu entreißen und erfindet einen neuen Popanz: das frei schwebende Theorie-Gasgemisch über 867 Seiten mit 632 Fußnoten. Wer so schreibt, ab in den Karzer. Oder zum Praktikum in die Stadtteilzeitung. (→ Lokaljournalismus, → Bücherregal-Bestückung)

SUVs – Geländewagen-Wahn

Monstertrucks mit Ballonreifen auf RTL 2, daran mussten wir uns gewöhnen. Aber warum in der Bad Homburger Innenstadt? Seit dem Jahr 2000 hat sich in Deutschland die Zahl der neu zugelassenen SUVs fast verfünffacht – ein Ende der Seuche ist nicht in Sicht. SUVs – das ist keine Bezeichnung für anonyme Alkoholiker, wie eine charmante Mitarbeiterin des statistischen Bundesamts in Wiesbaden tippte, nein, die Abkürzung steht für »Sport Utility Vehicle«, auf Deutsch: Sportnutzfahrzeug oder Geländewagen. SUVs wiegen bis zu 2,5 Tonnen und verbrauchen jede Menge Sprit, ihre Botschaft: »Weg da, oder ich mach dich platt!«

Die Seuche kommt einmal mehr aus den USA. In Westeuropa weisen die dicken Dinger seit 2001 ein kontinuierliches Wachstum auf – und haben innerhalb der letzten sieben Jahre ihren Anteil am gesamten Automarkt verdoppelt. Aber nirgendwo werden mehr davon gekauft als bei uns. Sie heißen schlicht X5 (BMW), »Cayenne«, »Tiguan« oder »Touareg«. Denkbar wäre auch VW »Leguan« oder »Viagra«. (Was wohl ein echter Tuareg denkt, wenn er mit seinem Kamel auf einen Bollerwagen stößt, der Touareg heißt?) Der Boom ist umso erstaunlicher, als die Zeichen der Zeit – Ökologie, Finanzkrise, Verkehrsaufkommen – doch eher auf Abrüstung deuten sollten: aber nein, man mag es muskulös im »Premium Segment«. Aufgepumpt, aufgeblasen, aufgequollen. Weight-Watchers-Weiber am Steuer, aber Dickfisch-Alarm im Kiez. Kraftmeiernder Auftritt, Autos wie ukrainische Gewichtheber: irgendwie gedopt. Eine Pressemitteilung von VW gibt dem recht: »Das Fahrzeug soll auffallen und den gesellschaftlichen Status repräsentieren«, steht da ohne Umschweife.

Wer kauft sich einen solchen mobilen Schwellkörper? Kleine Männer wie Herbert Burda? Frauen wie Maria-Elisabeth Schaeffler? Tatjana Gsell? Die Kunden, so erfährt man von den Autoherstellern, sind hauptsächlich mittleren Alters, überwiegend männlich und verfügen über eine relativ hohe Kaufkraft. Sie tragen gerne Sonnenbrillen, ihre Gattinnen sehen aus wie Sarah Connor oder Uschi Glas, tragen Pelzbesatz an der Kapuze und eine Diddl-Maus am Schlüsselanhänger. SUV-Paare sagen »Schatz« zueinander und wählen sicher nicht die Linkspartei. Lifestylig empfänden die Halter ihr Fahrzeug, hört man. Es gibt auch viele Paare unter den Käufern, erfährt man bei den Ford-Werken (Ford Kuga). Solche, die noch keine Kinder haben – sogenannte *empty nesters*, wie es im Werbe-Fuzzi-Jargon heißt – und solche mit. Letztere entscheiden sich offenbar gerade wegen der erhöhten Sicherheit ihrer Kinder für einen SUV. Der SUV ist sozusagen ein Ganzkörper-Schutzhelm. Für alle. Für die Wagenführer der »Kompaktklasse«, für sie, für ihn, aber eben auch für die Kids, für Laurin und Cecily. Ihre Mutti braucht jetzt inmitten des Höllenverkehrs in unseren Großstädten keine Angst mehr zu haben, dass was passiert. Denn sie hat ja jetzt von der erhöhten Sitzposition aus einen viel besseren Überblick. Aber leider nicht mehr darüber, was in unmittelbarer Fahrzeugnähe auf Kniehöhe geschieht: keine Seltenheit, wenn überrollte Promenadenmischungen fünfzig Meter im Radkasten mitlaufen, bevor der Wagenführer bemerkt, dass da was nicht stimmt. Personenkontakt wird kaum mehr bemerkt – das ist so, wie wenn ein Raubvogel ins Treibwerk eines Airbus gerät. Da ruckelt's nicht mal groß.

Mit Geländefähigkeit hat der Kauf eines SUV nichts zu tun. Kaum einer nutzt diese Fahrzeuge tatsächlich im Gelände, man sieht sie eher in München-Lehel, Düsseldorf-Oberkassel oder Meerbusch. Es geht auch nicht um Geländetauglichkeit, sondern darum, anderen Verkehrsteilnehmern Angst einzujagen. Am besten mit schwarz abgedunkelten Scheiben. Gerne nachgeholfen mit der Lichthupe auf der Überholspur. Man weiß genau, dass man im Crashtest gewinnen würde. Weshalb man bei Höchstgeschwindigkeit ruhig mal so dicht auffährt, dass der Vordermann den eigenen Mundgeruch durch die Heckscheibe riechen kann. SUV-Fahrer haben nur mit einem zu kämpfen: Todsicher hält keiner an, wenn sie mal mit einem Platten auf dem Standstreifen stehen. Aber eigentlich macht ihnen auch das nichts aus. Denn schon vor der Panne konnte sie keiner leiden. SUV-Fahrer sind so beliebt wie unbeaufsichtigte Gepäckstücke auf dem Frankfurter Hauptbahnhof.

Ihre Wagen rollen durch eine Gesellschaft, auf deren Straßen ein rauer Wind weht. Die Gangart ist härter geworden. Der schwarze Geländewagen ist Symbol einer Gesellschaft im Zustand der Entsolidarisierung. Plumpe, eindimensionale Prestigeabbildung spricht immer für die These einer verschärften Erfolgsgesellschaft. Es scheint aber ein Ende in Sicht zu sein. Im Tierreich ist Überdimensionierung von Lebensformen oft die letzte Degenerationsstufe vor dem Aussterben. Das war schon bei den Dinosauriern so. Dieses darwinistische Entwicklungsprinzip könnte sich dieser Tage im deutschen Straßenverkehr wiederholen. Das lässt hoffen. (→ Golfen)

SWR 3 – Radio Gaga

SWR 3 ist mit täglich bis zu 3,4 Millionen Hörern der meistgehörte Radiosender in Deutschland, vermeldeten die SWR-Nachrichten unlängst stolz. Nicht gemeldet wurde, dass SWR 3 zugleich aber auch der blödeste Sender in Deutschland ist. Für SWR 3 qualifiziert sich ein journalistisches Thema nicht, weil es wichtig oder interessant ist, sondern weil oder wenn es geil oder voll geil ist. Megageil, oder besser noch sau- oder endgeil. Am saugeilsten sind (→) Events, die voll krass abgehen. Oder Mega-Events die total saugeil sind.

Um den SWR-3-Komplex zu begreifen, muss man sich eines klarmachen: Ideologisch wird das gesamte Programm von frühmorgens bis in die späte Nacht von der hysterischen Angst regiert, ja nicht irgendwie provinziell zu sein. SWR 3 ist wie Günther Oettinger in Jeanshemd und Joggingschuhen (→ Converse All Stars): Das Schlimmste wäre, uncool rüberzukommen, und doch geht die Strategie nicht auf. Da aber das Sendegebiet nicht gerade strotzt vor megacoolen Locations, prügelt man etwa im SWR-3-Veranstaltungskalender noch dem letzten Landjugend-Eierlauf das Prädikat saugeil ein und macht auch noch die Fahrradversteigerung der Stadtverwaltung zum Mega-Event. Falls keiner merken sollte, dass man selbst megageil ist, spielt man alle zehn Minuten einen Jingle ein, in dem Hörer aus dem ganzen Sendegebiet ins Mikro schreien müssen: »Hi, ich bin Maike aus Sindelfingen, und ich find' SWR 3 echt suuuuper-geil.« Dass dem armen Kind dabei eine entsicherte Walter P99 an die Schläfe gehalten wird, erfährt man freilich nicht. Das ist der Vorteil am Hörfunk. Das Tolle an SWR 3 ist, dass man sich hier selber enorm toll findet. Es gibt keinen Sender, der so viel Eigenwerbung betreibt – pausenlos. Man traut sich scheinbar selbst nicht recht über den Weg, deswegen rattert man es alle paar Minuten runter: Man hat den »besten Musikmix«, den »besten Wetterservice für SWR 3-Land« ist das »Radio Nr. 1«. (Es gibt auch einen Mix aus Sonne und Wolken sowie allerlei Wettermixe im Programm. Wahrscheinlich auch einen Moderatoren-Mix und einen Comedy-Mix.)

Bei SWR 3 sind sie so dauerangeschickert und fix, dass ständig irgendwas »los geht«. Und los geht's mit den Staumeldungen, los geht's auch gleich mit der Hörerumfrage, und dann geht's los mit dem besten Musikmix aller Zeiten. Es gibt kein

Morgenradio und keine Nachrichten, sondern morning shows, news shows, Sonntags-Shows. Die Moderatoren reden so wie Küchenraspel-Verkäufer mit umgehängtem Mikro vor dem *Woolworth* – oder Karussellbetreiber. »Zehntausend Tonnen Stahl, extra für Sie aufgebaut! Hui-ju-juiiiiiii! Jetzt geht's in die Turborunde – und dann wollen wir mal sehen, was es heute Mittag zu Tisch gab.«

Das wirklich Schmerzhafte an SWR 3 ist aber die Comedy-Abteilung. Immer bevor die auf Sendung geht, wird zur Sicherheit der Jingle abgespielt: »SWR 3 Comedy – die beste Comedy on air!« Dann spult das Moderatorenteam Michael Wirbitzky und Sascha Zeus ab, was sie für heute Lustiges ausgeheckt haben. Dieses Duo verströmt vor allem eins: dass sie sich selber komisch, besser: »sau-komisch« (SWR-3-Jargon) finden. Sie finden das offenbar deswegen, weil ihnen noch nie einer das Gegenteil erklärt hat. So ist das oft im Leben. Wer nie gestoppt wird, fühlt sich in der vermuteten eigenen Unübertrefflichkeit bald vollends bestätigt. (Siehe Matthias Rust über Moskau, Florian Illies bei der ZEIT oder Martin Walser in der deutschen Literatur.) Die Zeit gibt einem doch recht, oder? Nun schon weit über zehn Jahre hat keiner Wirbitzky und Zeus das Mikro abgedreht, also muss es doch witzig sein, was sie von sich geben. Alles spricht dafür – und so glauben sie selber dran. Und gehen *on air* – jeden Tag. Man sollte dann aufhören, wenn es am schönsten ist, lautet eine Volksweisheit. Was aber, wenn es noch nie am schönsten war? Dann muss man halt weitermachen, immer weiter.

T

Tagesschau

Guten Abend, meine Damen und Herren! Abends um acht tritt die Tagesschau an, uns auf ihrem leuchtenden Altar, der wie ein überdimensionaler Uterus aussieht, die komplexe Welt zu erklären – und stiftet mal wieder noch mehr Verwirrung. Das Desinformationsmedium Nr. 1 im Ersten. Handwerklich bestürzend schlecht gemachte Filme, die Bild-Text-Schere scheint das gängige Stilmittel zu sein. Reporter mit offensichtlichem Harndrang in der Stimme, viel Profilneurose und schlechtem Deutsch, aber in Krawatte und mit guten Kontakten. Trotzdem alles in Königsblau und mit Anfangshymne. Man opfert einer Form den Inhalt – und mehr noch: Die Welt in der Tagesschau wird fortwährend verbogen und verhackstückt, damit sie nur grob ins Schema passt. Das kann auf Dauer nur funktionieren, weil die Tagesschau in uns nicht etwa Informationshunger, sondern eher religiös-rituelle Bedürfnisse befriedigt. *Was* vermeldet wird, ist weitgehend schnuppe. Wichtig ist allenfalls der immernervöse Sound höchster Bedeutsamkeit des Vermeldeten, aber genauso das leichte Lächeln des Moderators am Ende der Sendung, das wieder Entwarnung gibt. Was für ein Sendevorteil in Zeiten harter Quoten!

Tofu und Feta, Tefa und Fotu

Wenn Ronald Pofalla nicht Politiker, sondern ein Nahrungsmittel geworden wäre, dann sicher ein Tofu-Bratling. »Gebackener Feta mit Preiselbeeren, 6,80 Euro«, las ich neulich auf dem Schild an der Studentenkneipe. Bis heute ist mir nicht klar, warum man Feta als Nahrungsmittel verkauft und nicht als Material, aus dem man Matratzen herstellt. »Gebackener Naturkautschuk mit Preiselbeeren 6,80 Euro«. Wie kann das jemand bestellen? Mir völlig rätselhaft. Wahrscheinlich schmeckt das nur mit (→) Knobi-Dip – oder in hellgrünen (→) Crocs. Gleichermaßen bedenklich: die deutsche Tofu-Begeisterung. Am schlimmsten ist Tofu geräuchert – oder Kombinationen wie Mandel-Sesam-Tofu. Oder als Tofu-Bratfilet, egal, ob japanisch, mit Bärlauch oder Pizza-Pizza. Was ein Graus.

Togo-Service

Kennen Sie das, wenn man übers Wochenende ausgebüchst war, am Sonntagabend in die kalte Wohnung zurückkehrt, und nichts ist im Kühlschrank außer einem angeschimmelten Hartkäse? Was tun? Pizza aus dem Gefrierfach? So was habe ich nicht. Oder eine vom *take away* gegenüber? In dieser Verfassung pilgerte ich einst durch die abendliche Großstadt, bis ich einen interessanten Laden entdeckte, geführt von einem Gastronom, der von Wiener Schnitzel über Tandoori Chicken, Lahmacum Pizza und Couscous, Pizza Quatro und Salzburger Nockerl so ziemlich alles im Programm hatte, was man sich vorstellen kann. Draußen prangte noch ein selbstgefertigtes Schild »Togo Service«. Ja, was gleich, auch noch togolesische Spezialitäten hatte der Mann im Papiermützchen auf der Speisekarte, dessen Geschäftspartner augenscheinlich zentralafrikanische Wurzeln hatte! Herz, was willst du mehr – ein Schlaraffenland. Ich sprach ihn auf die beeindruckende Angebotspalette an. Doch das kurze Gespräch muss ihn so sehr abgelenkt haben, dass im Backofen hinter ihm eine 5er-Batterie Pizzen anbrannte und den Raum binnen weniger Sekunden in einen schwarzen Nebel hüllte. Der Mann riss Ofentür und Fenster auf, feuerte mit einem Voodoo-Fluch die Pizzen in einen Mülleimer und begann umgehend, in den heißen Ofen *Biff*-Chlorreiniger zu sprühen, der sofort zischend verdampfte, ohne eine reinigende Wirkung erzielen zu können. Plötzlich roch es wie früher im Hallenbad meiner Heimatstadt. Ich wollte ursprünglich eine Pizza Margherita. Aber die wollte ich dann doch nicht mehr, als ich sah, wie der Mann das rohe, belegte Teigstück in den *Biff*-Ofen feuerte und ihn wieder verschloss. Der Mann war sehr erregt. Ich entschloss mich, auf eine Notlüge zurückzugreifen, und kündigte ihm an, ich würde in zehn Minuten wiederkommen, ich hätte in der Gegend noch etwas zu tun und würde kurz eine Runde drehen. Ich kam nie wieder.

Später erfuhr ich übrigens, dass Togo-Service natürlich bedeutete, dass man da etwas mit auf den Fußweg nehmen kann. Vorzugsweise, was alle tun: Kaffee im Pappbecher. Seither achtete ich auf den Togo-Komplex. Und jeden Morgen sehe ich sie bis heute. Im Halbdunkel der Morgendämmerung mit Togo-Kaffee. »Kaffee to go!« Hunderte Menschen, Schüler, Angestellte begegnen mir täglich mit Kaffeebecher auf dem Weg. Gerne von *Yorma's*. Warum stehen sie nicht zwei Minuten früher auf und trinken in aller Ruhe ihre Tasse am Kaffeetisch? Lieber einen Togo-Kaffee? Warum tun diese Menschen das? Boonekamp oder Kümmerling *to go* beim Kiosk gegenüber – gibt es schon länger, aber Jägerschnitzel *to go*, Apfelstrudel *to go* – alles schon gesehen. Wie wäre es mit Tafelspitz *to go* oder geselchtem Lüngerl *to go*?

Too-Muchness und Trittsicherheit

Wenn Deutsche wandern gehen, dann mit 18 Kilogramm Marschgepäck. Auch die Art erinnert an den preußischen Drill: Schweizermesser (18 Funktionen), Feldstecher, GPS, Trekking-Stöcke, sechs gekochte Eier, Proviant für eine Nordpolexpedition. Getreu dem Satz, den sie während ihrer Wanderung alle halbe Stunde mal vor sich hin flüstern: »Es gibt kein schlechtes Wetter, sondern nur schlechte Kleidung«, wird Kleidung für wirklich alle Fälle mitgeführt, vorabendlich imprägniert versteht sich – für den großen Monsun genauso wie für einen Tsunami am Titisee oder plötzlich einsetzende

Dürreperioden in der Lüneburger Heide. Dazu die wichtigen Reisedokumente. Personalausweis, Blutgruppenzugehörigkeit, Organspenderpass, Krankenkassen-Card, ADAC-Schutzbrief, Reiserücktrittsversicherung, Auslandskrankenschein. Topografische Karten, Freizeitkarten, Wanderkarten. Zur Sicherheit geht man in der Gruppe, immer mit dabei Zeug- und Wegewart. Man geht auf gut markierten, gut befestigten Wegen. Wegen der Trittsicherheit. Treffpunkt Samstagmorgen am Hauptbahnhof. Zählappell wie in der Sportstunde, zwei und zwei, ab zum Interregio. Das Sammelticket ist vom Kassenwart Tage vorher schon vorbestellt worden, damit auch alle in den Genuss des günstigsten Spar-Tarifs kommen. Man hat den Eindruck: Die deutsche Freude, etwas zu organisieren, ist oft größer, als es dann tatsächlich auszuführen vulgo krachen zu lassen.

»It's great, but it's too much!«, sagte mir mal ein Amerikaner, als wir über die Problematik deutscher Organisation in Bereichen diskutierten, die besser von ihr verschont bleiben sollten. Er verwies auf das Werk des US-Autors Bob Larson »Getting along with the Germans« von 1983. Deutsche Gründlichkeit wird dort als »Too-Muchness« bewertet, »Nimiety« nannte der englische Dichter Samuel Taylor Coleridge das Phänomen. Das Wort kommt aus dem Lateinischen. Nimis bedeutet: Zu viel (… des Guten). Am glücklichsten sind Deutsche übrigens, wenn während ihrer Exkursion tatsächlich eine der besagten meteorologischen Katastrophenfälle eintritt. Dann endlich lohnt sich mal die gründliche Vorsorge. Vorsicht ist eben doch besser als Nachsicht.

Tschüssi

Auf der Post, beim telefonischen Energieberatungscenter, im Kosmetik-Studio: »Tschüssi!« Wenn Tschüssi kommt, wird mir immer ein bisschen schlecht. Nicht weil man daran erkennt, dass die Arbeitskraft ostdeutschen (→) Migrationshintergrund hat, sondern weil »Tschüssi« einen immer irgendwie auf dem falschen Fuß erwischt. Da ist so was Albernes, Grenzbescheuertes, etwas leicht süßlich Ekeliges drin, etwas unpassend Privates, Erpresserisches: man wird genötigt, den Gruß in derselben Art und Melodie zu erwidern; tut man es nicht, kommt selbst das herzlichste »Auf Wiedersehen!« garstig rüber. Aber nein, Tschüssi auf Tschüssi zu erwidern, das schaffe ich einfach nicht. Tut mir leid. (→ Knobi)

U

Unsitten in Buchform abarbeiten

... ist die einzige Unsitte, die der Sitte wegen begangen wird. Es gibt kein vergleichbares Unternehmen im europäischen Ausland. Nur ein Deutscher kann auf die Idee kommen, Unsitten nicht nur anzuprangern, sondern sie zu erfassen, zu sammeln und schließlich lexikalisch aufzulisten – um mit höchstmoralischem Impetus, auch wenn der ironisch verbrämt wird, für eine den Deutschen günstigere Zukunft zu beten. Es gibt keine »mauvaises habitudes« oder »mauvaises mœurs françaises«, keine »English bad habits«, auch keine italienischen oder spanischen Äquivalente. Einzig in Italien gibt es einen Journalisten und Autoren namens Beppe Severgnini, der in seinen Kolumnen »L'uomo del sabato« und »Italians« im *Corriere della Sera* Woche für Woche typisch italienische Sonderbarkeiten niederschreibt, die den hier abgehandelten Unsitten schon sehr nahe kommen. (Nachzulesen unter *www.corriere.it/solferino/severgnini.*) Einen solidarischen Gruß im Kampf gegen die Unsitten über die Alpen! Fratelli d'Italia, l'Italia s'è desta!

V

Verbraucherschutz

Nirgendwo gibt es davon so viele wie bei uns: Verbraucherschutz-Organisationen. Ehrenamtlich, als e.V., quasi öffentlich-rechtlich. Mit gutem Grund. Es gibt viele Argumente, warum Verbraucher hierzulande vor Ausbeutern aller Art zu schützen sind. Bei allem berechtigten Engagement gegen die Schweinekonzerne geht allerdings eine Frage regelmäßig unter: Wer schützt eigentlich die Welt vor deutschen Verbrauchern?

Wir lamentieren gerne darüber, dass es keinen Tante-Emma-Laden um die Ecke mehr gibt, vergessen dabei aber zuzugeben, dass wir auch dann noch lieber zu (→) SCHLECKER gingen, wenn es noch hundert Tante-Emma-Läden gäbe! Wir labern vom ökologischen Niedergang der Welt, greifen aber auf dem Wochenmarkt reflexartig zu, wenn es die Flug-Ananas für 1,99 Euro gibt. Tja, deutscher Konsument, dir ist nicht zu helfen. Beim Einkaufen, da kennen wir nichts. Der deutsche Verbraucher ist ein erheblicher Unhold. Wie der Borkenkäfer im Wald verursacht er durch sein Auftreten Schäden epidemischen Ausmaßes. Er kauft Klamotten, an denen das Blut bengalischer Kinder klebt, und rechtfertigt auch das: »Wir können uns nichts anderes leisten!«, sagen deutsche Mütter aufgebracht, die bei KiK (»Der Textil-Diskont«) einkaufen – und wissen, dass sie lügen. »Sollen unsere Kinder etwa nackt rumlaufen!« Eine Kinder-Jeans für 5,99, Freizeithosen sogar für 2,99 bei LIDL, na und? Es sind nicht nur die bösen Multis, die an der Ausbeutung der Welt schuld sind, nein, es sind die Verbraucher ganz genauso. Indem gerade der geizgeile deutsche Banause hemmungslos zu (→) ALDI, LIDL, Netto, NORMA, PENNY und KiK trabt, nur noch bereit ist, Dumpingpreise zu bezahlen, ist er ganz klar nicht nur Opfer, sondern auch Täter in einem sich selbst unablässig verstärkenden Unheilsystem.

Sicher, es sind die Discounter – von denen es bei uns mehr gibt als im restlichen Europa, die die Spielregeln diktieren. Sie setzen die Hersteller unter enormen Druck. Sie sichern zwar die Existenz ihrer Lieferanten, indem sie garantieren, deren gesamte Erträge abzunehmen. Sie sorgen sozusagen für eine gesicherte Grundauslastung der Produktionsmittel. Dafür bezahlen sie aber weniger, als der Erzeuger erhalten würde, würde er seine Waren selbst vermarkten. Am Ende produzieren viele Erzeuger nur noch für die Discounter, überleben nur noch, wenn sie auf Masse setzen. Sonst geht die Rechnung nicht auf. Den Discountern wächst in diesen Abhängigkeitsverhältnissen eine riesige Nachfragemacht zu, die so weit geht, dass sie zuletzt die Preise diktieren können. Das können sie aber nur, weil am anderen Ende der deutsche Verbraucher prima leben und sparen will. Es sind somit wir alle, die für das Winzersterben in Venetien oder für das Ende der Heringsfischer in der Ostsee die Schuld tragen. »König Kunde ruiniert sein Land«, heißt ein schönes Buch von Bernhard Pötter. Tja, so ist das eben. In keinem Land Europas wird pro Haushalt so wenig für gutes Essen ausgegeben wie bei uns. Und das soll gefälligst auch so bleiben.

Vermögensberaubung durch Vermögensberatung

Jetzt in der Finanzkrise, gibt es einen guten Grund, warum wir die Straßenseite wechseln sollten, wenn wir in der Fußgängerzone unserem Bankberater begegnen. Denn in 99% der Fälle hat sich dieser Berufsstand grob unsittlich verhalten. Wir tun gut daran, seinen Gruß nicht zu erwidern und ihn sozialer Ächtung preiszugeben, obwohl die Damen und Herren jetzt auf einmal unheimlich nett zu uns sind. Da kann der Krawattenknoten noch so ausgepolstert sein. Die gleichen Gestalten, die uns noch im Beratungskränzchen die *Lehman Brothers*-Zertifikate angedreht haben, die von der konservativen Anlage gesäuselt haben, die perfekt ins defensiv ausgerichtete Risikoprofil passe, benehmen sich jetzt so, als hätten sie mit all dem Schlamassel nichts zu tun. (→ Kommunizieren und Positionieren)

Kleine Kinder vergraben manchmal beim Versteckenspielen den Kopf im Kissen, schließen die Augen, halten ganz still und meinen dann, man würde sie nicht sehen. So ähnlich verhalten sich Banker in diesen Zeiten. Die dicke Provision hat man gerne eingesackt, aber für moralische Verfehlungen einzustehen, wenn man alte Mütterchen um ihren wohlverdienten Lebensabend gebracht hat, da wird ganze Verdrängungsarbeit geleistet. Ab auf den Jakobsweg – und zwar barfuß. (→ Pseudo-Pilgern auf dem Jakobsweg)

Vornamen, neue

Immer wilder dreht sich das Vornamenskarussell in Deutschland. Immer verwegener, hektischer und schüttelfrostartiger rotiert die deutsche Namensmühle und schleudert heraus, was uns benommen macht. Kinder heißen längst wie IKEA-Regale oder Mustertapeten: Niels, Kimmo und Fynn – neulich auf einem SUV-Heckfenster (→ SUVs – Geländewagen-Wahn) gesehen und mit meinem Foto im Mobiltelefon erkennungsdienstlich festgehalten. Zuvor schon in der Zeitung stieß ich auf die Vermeldung der Geburt von »Kajsa-Lone«. Über Kajsa-Lone freut sich das Elternpaar plus Brüderchen »Lasse-Bo«. Dann eines Samstagmorgens lese ich »Mare«, auch hier freuen sich die Geschwister über die Geburt mit, und zwar Bjarne und Thore. Fehlen nur noch Faxe, Snorre und Wickie. Oder letztens: »Jetzt sind wir komplett: Lewin Adam«. Orientierungslosigkeit ist der Preis der Entfesselung des Selbst. Kann aber von C.G. Jung so letztlich nicht gewollt gewesen sein, als er dazu aufrief. Oder war es Alexis de Tocqueville? Oder Blacky Fuchsberger? Ist ja auch egal. Jedenfalls wird mal wieder vieles aus den USA irgendwie nachgeahmt, wo ja bekanntlich alles geht. Dort sind die Sicherungen vollends durchgeschmort: Schauspielerin Gwyneth Paltrow nannte ihre Tochter tatsächlich »Apple«. Birne ist noch nicht unterwegs. Aber es geht zu wie Kraut und Rüben. Der englische Fußballer David Beckham hat übrigens einen Sohn, der »Cruz« heißt. Cruz Beckham. Es ist ein Kreuz. Seine Brüder heißen »Romeo« und »Brooklyn«. Das können wir auch, sagten sich deutsche Selbstdarsteller. Die deutsche Antwort ist allen Ernstes »Don Hugo« – so muss das Kind von Ex-Schwimmerin Franziska von Almsick heißen, das arme. Mittlerweile ist Avantgarde schon wieder out, es geht wieder zu wie im Biedermeier. »Charlotte« mögen die Deutschen – und »Justus«. Justus ist zum Kevin der bürgerlichen Mitte avanciert.

Aber, deutsche Eltern, wartet nur! Der Tag ist nicht fern, an dem sich eure Kinder für die Schmach rächen werden, die nur eurer unbeherrschten Eitelkeit entströmt. Den zuständigen Vätern seien nur die Worte Dimitrij Fjodorowitsch Karamasows in Erinnerung gerufen, als er vor dem Untersuchungsrichter Neljudow von einem tiefen Ungerechtigkeitsgefühl erfüllt ausrief: »Ihr Väter, erbittert eure Kinder nicht!« Oft aber sind auch die Mütter an der Namensgebung maßgeblich beteiligt. Das sollte fairerweise dazugesagt werden.

W

Waldsterben, staatlich organisiertes

Der deutsche Wald ist urdeutsche Materie, sozusagen die Brustbehaarung Germaniens. Das hat schon Tacitus schwer beeindruckt. »Der deutsche Wald«. Welche Energie! »Der deutsche Wald« – der Titel für einen Bestseller. Das ist Lebensgrundlage, Lebenselixier, Lebenskraft. Und unser ureigener mystischer Ort. Märchenwald, Zauberwald. Und doch wird er zerhackt, gefällt, gerodet, planiert, zerstört. Nicht etwa durch die Klimakatastrophe und Baumsterben, sondern durch planungstollwütige Bürokraten in den Ministerien und Regierungspräsidien der Länder. »Erst wenn der letzte Baum gerodet ist, werdet ihr merken, dass man Geld nicht essen kann!«, lautet folgerichtig der Satz eines bekannten Häuptlings der Schwarzwald-Indianer.

In Baden-Württemberg gibt es besonders viel deutsche Gründlichkeit. Am gründlichsten sind auch hier die Beamten. Eine der letzten Gründlichkeiten, die dem letzten Wildwuchs hierzulande den Garaus macht, heißt »Flurneuordnungsverfahren«, welches seit Kurzem dem Wald sehr zusetzt. Man hat bei diesem Kahlschlagprogramm versucht, leidige Reminiszenzen an das Wort »Flurbereinigung« zu vermeiden – und hat sie genau dadurch zuverlässig geweckt. Mit Recht. Land- und Forstwirte erhalten für Wegebau im Wald (und auch zu ihren Höfen) einen staatlichen Zuschuss von 85%, dazu zahlen die Gemeinden noch Beiträge, sodass der Ausbau von Wanderwegen zu sattelzugtauglichen Langholz-Landebahnen fast geschenkt ist. Man verbreitert also überall noch die lauschigsten Waldwege, damit die Harvester überall hinkommen und kostensparend Holz ernten können, ohne dass der Forstwirt oder Waldarbeiter auch nur einmal wenden muss.

Das neue deutsche Walderlebnis sieht dann so aus: An einem

herrlichen Samstagmorgen bricht man um 6.30 Uhr auf. Man hört die Morgenvögel singen, es riecht lieblich nach frischem Heu. Von Windeck hinauf zum Windeckkopf und weiter. Aber statt romantischer Wanderwege Jumbojet-breite Schneisen überall im Wald. Man hat, typisch deutsch, nicht daran gedacht, dass sich das gleiche Gesetz, die gleiche Verordnung, in einem 08/15-Landstrich nicht ganz so verheerend auswirkt wie in den letzten schönen Landschaftsregionen dieses Landes – im Hochschwarzwald etwa. Ein Plan eben für tausend Anwendungen. Davon träumen Bürokraten und Projektemacher seit dem Erwachen des Vernunftzeitalters, und so verfährt man immer noch. Vom »schonenden Tourismus«, auf den man ja, wenn man den vielen Schildern und Hinweistafeln glauben darf, überall, auch im Schwarzwald, so stolz ist, zeugt dieses Vorgehen nicht gerade. Kann es auch nicht, denn die Beamten, die für Tourismus zuständig sind, sitzen ja in einem ganz anderen Ministerium.

Aber selbst bei den abgebrühtesten bürokratischen Gewalttätern regt sich hin und wieder das Gewissen. Selbst sie leisten ab und an wie aus tiefer innerer Buße Wiedergutmachung für den Kahlschlag. Im Waldachtal, ebenfalls im Schwarzwald gelegen, haben sie unlängst einen *WellnessWald* realisiert, der als »Seelenpark« zum »Entspannen und Meditieren« einladen soll. Hindurch führen zwölf »Gesundheitswege«, und es gibt ein »Gesundheitstal«. Mittendrin gibt es den »Platz des Mitgefühls«, den »Platz der Leichtigkeit«, den »Platz der Ermutigung« und den »Platz des Schutzes«. Und immer wieder »Fühlsäulen«, die man mit den Händen abtasten kann. Den »Platz der geistigen Umnachtung« findet man dagegen (noch) nicht. Er befindet sich im Rathaus oder vor den zuständigen Ministerien der Landeshauptstädte. »Für den Start würden wir Ihnen empfehlen, sich einem der ausgebildeten *WellnessWald*-Berater anzuschließen, der Sie mit allen Möglichkeiten vertraut macht –

und, in etwa drei Schnupper-Stunden, auch mit einigen Übungen, so zum Beispiel mit Atemtechnik, sanfter Fitnett, Gehmeditation.« Was bitte ist sanfte Fitnett? Vielleicht bräuchten überlenkte Staatsbeamte davon ein Viertelpfund. Wenigstens ab und an mal.

Walser, Martin – Deutsche Psychogramme IV

Martin Walser ist einer, in dem sich deutsche Unsitte in der Kategorie »Gegenwartsliteratur« idealtypisch personifiziert. Ein besonders schlimmer Finger. Der deutsche Pseudo-Schriftsteller in Person. Die Melange aus Selbstüberschätzung, Ignoranz und Größenwahn in geistigen Dingen bei maximaler Mittelmäßigkeit trägt nur der deutsche Schriftsteller und unter seinesgleichen M. Walser vor sich her. Walsers Erkennungsmerkmal: ein holziges, fast bretterhaftes Deutsch, das sich absichtsvoll kryptisch gibt, um die Leere im Inhalt zuverlässig zu verbarrikadieren. Mit dieser grobfaserigen Sprache versucht der Mann seit über fünfzig Jahren das Einzige zu beschreiben, was ihn interessiert: sich selbst. Obwohl diesem geistigen Nichtsnutz ohnegleichen das Schicksal allzu unverschämt glücklich gesonnen ist, so sehr, dass er seine miserablen Bücher nicht nur optimal verhökert, sondern auch noch für das schwächste einen lobhudelnden FAZ-Rezensenten findet, kommt in ihm dennoch regelmäßig die Verbitterung des ewigen Zweiten, Dritten oder Vorletzten hoch. Denn Walser fühlt sich nicht ansatzweise korrekt gewürdigt.

Wenn es noch eines Beweises für seinen handfesten Größenwahn bedurft hätte, dann lieferte er diesen in seinem letzten Werk »Ein liebender Mann ...«. Dieses Buch wurde nur aus einem einzigen Grund geschrieben: Wenn in all den Jahren seines Schaffens schon keiner auf die – für Walser selbst freilich unmittelbar naheliegende – Idee kam, ihn selbst mit dem Gottvater der deutschen Literatur schlechthin, nämlich mit keinem

Geringeren als Johann Wolfgang Goethe zu vergleichen, ja was? Ja, dann macht er das halt selber!

Über ein halbes Jahrhundert schon schreibt er Buch um Buch, hat sogar den Schlapphut zum Markenzeichen erhoben, aber es hat nichts geholfen. Keiner hat je den ersehnten Vergleich gezogen. Wer aber meint, das nun würde Walser nicht tun, kennt den Mann schlecht. Auch die Reife von über achtzig Lebensjahren bewahrte ihn nicht davor, sich auch für diesen Vergleich selbst zu empfehlen.

Ansonsten fällt der Mann dadurch auf, dass er zur Profilneurose Tabus wie andere Leute Nüsse knackt. Auch noch das sinnvollste. Hart erkämpfte Errungenschaften wie das Tabu des Antisemitismus – vor Walser ist nichts sicher. Der Skandalverliebte bläst alles auf, wenn er nur wittert, dass man damit irgendwie auffallen kann. Und lässt sich dafür auch noch als Querdenker feiern. Hauptsache, er bleibt im Gespräch. Seine berüchtigte Bubis-Rede von 1998 hätte ihm damals eigentlich ein saftiges Bußgeld oder wahlweise Sozialarbeit im Grünflächenamt eintragen müssen, stattdessen wurde er von den Wirrköpfen des deutschen Feuilletons als wahrhaft kritischer Geist gefeiert. 2007 legte das Magazin Cicero eine Liste der 500 wichtigsten deutschsprachigen Intellektuellen vor. Ergebnis: Walser belegte Rang zwei, direkt hinter Benedikt XVI. (→ Fanta) Na, bitte.

Tatsächlich ist er ein selten angepasster Schwadroneur. Immer auf Du und Du mit den Herrschenden, einst mit Ex-Ministerpräsident Erwin Teufel oder vorzugsweise auch mit Peter Voss, dem Ex-Südwestrundfunk-Intendanten und bekennenden CDU-Mitglied, bei dessen Abschieds-TV-Auftritt zur Abwechslung mal Walser den Interviewer machte. Voss ließ sich später das gesamte Gala-Diner auf der Bühler Höhe vom SWR bezahlen, was ihm eine Strafanzeige eintrug. Wofür Walser sicher kein Verständnis hatte, denn beim Geld hat er ganz eigene Vorstellungen. Schmiergelder hält er für legitim, Steuerhinterziehung für nachvollziehbar. Im Sommer 2008 erboste ihn anlässlich des Falls Zumwinkel die deutsche Sitte, Steuerhinterziehung zu verurteilen. Beim Thema Korruption meinte er, es sei »deutsch, deutsch bis ins Mark«, dass Manager hierzulande an den Pranger gestellt würden, während in Frankreich kein Hahn danach krähen würde, ob Unternehmen bestechen würden. Vom Experten sei ihm gesagt: deutsch ist es vielmehr, die letzte Kröte unter höchstem Aufwand dem Fiskus vorzuenthalten, durch Trick 17 und den dreibändigen Ratgeber »So sparen Sie Steuern!« im Regal. Sei's drum. Mit Sicherheit ging es Walser gar nicht um das Geld anderer, sondern vielmehr darum, sich einmal wieder mit einer besonders absurden Position medienwirksam Gehör zu verschaffen. Das können aber auch andere. Es gibt viele Walser-Artige, Walser-Ähnliche in der Republik der Dichter und Denker. Stöbert man nach prominenten unter ihnen, stößt man immer auch auf den Journalisten Joachim Kaiser. Ebenfalls grob narzisstisch veranlagt, lässt dieser sich auf dem Klappentext seiner unlängst erschienenen Memoiren mit dem Titel »Der letzte Mohikaner« doch tatsächlich als »der letzte Universalgelehrte« vermarkten. Ohne rot zu werden. Der Witz hätte auch von Walser sein können.

Was Süßes für Kinder

Als ahnungsloser Jungstudent schlenderte ich einmal Anfang der Achtzigerjahre bei meinem ersten Besuch in Frankfurt am Main mit dem *Falk*-Plan unterm Arm durch die Innenstadt, mir anzuschauen, was die Heimatstadt des großen Goethe so zu bieten hat. Mein selbst zusammengestellter Stadtrundgang führte mich auch durch die Taunusanlage, von der ich bis dahin noch nie etwas gehört hatte. Ohne dass ich michs versah, war ich plötzlich umringt von Drogendealern, die mich hohlwangig anblickten und mir kleine Plastiktütchen mit Rauschgift zum Verkauf entgegenreckten. Die verzerrten, ausgemergelten Gesichter machten mir große Angst, und ich trat die Flucht nach vorne an – atmete erst wieder durch, als ich die nächste belebte Straße erreichte.

So ähnlich ist es heute, wenn man mit seinen Kindern in die Stadt geht. Man schafft es nicht, drum herum zu kommen: Einkaufen, Bank, Post, Apotheke, ja selbst beim Kinderarzt, überall stehen sie schon mit einem bunten Päckchen und winken damit. »Mag der junge Mann vielleicht ein paar Gummibärchen?«, fragen sie dann. Jetzt wird's äußerst verlogen. Als Vater lasse ich es zu, ringe mir ein Lächeln ab und sage dann »danke!« oder fordere obendrein meinen Sohn auf, »danke!« zu sagen, wenn er dies nicht schon längst selber getan hat. Das Ganze, obwohl eigentlich, wenn überhaupt, der Geschäftsmann oder der Kinderarzt »danke!« zu mir sagen müsste, da seine Bärchentüte natürlich nichts anderes ist als eine Art Schmiergeld, die ganze Inszenierung eine Art Bestechungsversuch, der zu erhöhter Kunden- bzw. Patiententreue führen soll. Am Ende bedanke ich mich für etwas, was ich gar nicht haben will. Die Verkehrung des Gratifikationsverhältnisses – das nennt man Ausbeutung von Anstand.

Ich habe mir schon überlegt, ob ich meinem Sohn ein bedrucktes Sweatshirt anziehen soll: »Nein, ich mag keine Gummibärchen!« Aber erstens wäre das gelogen. Und zweitens sind humorvoll gehaltene Bekenntnis-T-Shirts schon die nächste deutsche Unsitte. Also lass ich's bleiben und laviere mich und die Meinen nach bestem Wissen und Gewissen durch den Parcours des Lebens. Und ist er noch so eng gesteckt.

WC-Terror

In der frauenheilkundlichen Onkologie-Station eines hier nicht näher bezeichneten Universitätsklinikums hing über Jahre auf dem Patienten-WC der Chemo-Ambulanz ein Hinweisschild über der WC-Schüssel mit folgendem Aufdruck: »Nach dem Besuch dieser Örtlichkeit kann auch die (und jetzt groß gedruckt und mit Anführungszeichen versehen) ›Toilettenbürste‹ verwendet werden. Der nächste Benutzer ist dankbar dafür!!!« Ich habe dieses Schild irgendwann in einem Akt der Verzweiflung aus der Klarsichthülle entnommen, aus dem Gebäude geschmuggelt und vor dem Eingangsbereich rituell vernichtet. Nirgendwo auf der Welt gibt es diese Art der Schilder, die über einen unschuldigen Menschen, der mal muss, sofort und ohne Umschweife den Verdacht verhängen, er sei ein potenzielles Dreckschwein. Selbst vom Krebs geplagte Menschen verschont man davon nicht. Was für ein hartes Land! In einer Pension in Schleswig-Holstein entdeckte ich einmal folgenden Wilhelm-Busch-Text auf dem Klo: »Wenn Du sitzt am stillen Örtchen, schließe bitte gut das Pförtchen. Andere sollen nicht erleiden, was sich bei Dir lässt nicht vermeiden!« Drunter in aggressiv-kursiver Druckbuchstabenschrift: »Bitte reinigen Sie das WC gründlich von Ihrer ›Hinterlassenschaft‹!!!« (→ Hasserfüllte Hausordnungen in Klarsichtfolien)

Weihnachtsartikel im Spätsommer

Früher gab es Weihnachtssüßigkeiten erst im Advent und Ostereier nach Aschermittwoch. Da waren wir noch halbwegs im Rhythmus. Es ist aber schon länger her, dass wir aus dem Takt geraten sind. Jetzt fliegen wir im Winter in die Tropen und im Sommer zum Indoor-Skifahren in den Alpincenter Bottrop oder die Skihalle Neuss. Kaum sind die Sommerferien vorbei, liegen Zimtsterne bei (→) SCHLECKER, gibt es Weihnachtsmandeln und Schoko-Nikoläuse im Sortiment bei REWE.

Kaum ist der Weihnachtsabend abgeklungen, kullern Ostereier und hüpfen Schoko-Hasen durch die Regale bei Edeka. Wir können es halt nicht erwarten – und sind unserer Zeit immer voraus. Tipp zur Gesundung: Leben im Hier und Jetzt! (→ Was Süßes für Kinder, → Weihnachtsmarkt, → Hussel – fiese Confiserie)

Weihnachtsmarkt

Lust auf ein Tässchen (→) Glühwein? Serviert von einer männlichen Kraft in schwarzem Nappa-Leder und Bankräuber-Wollmützchen – oder vollends von einem designierten Kofferbomber im Gastro-Praktikum mit »Pit Bull«-Schriftzug auf dem Kapuzenpulli? Na, dann nichts wie auf den Weihnachtsmarkt, rot-weißes Bömmelkäppchen auf und schunkeln zu Jingle Bells, das über den Bahnhofsvorplatz plärrt.

Am schönsten sind deutsche Weihnachtsmärkte am Samstag vor dem Bundesligaspiel, wenn gewaltbereite Fans in Kutte Advent feiern – und sich aufs Hass-Spiel einpegeln. »Alle soll'n es wissen. Ihr seid so beschissen. Wir werd'n deutscher Meister, und ihr doch nur Zweiter…« oder »Oh rot-weiß-rot, wir saufen bis zum Tod, wir holen den U-U-Uefa-Cup und wir werden deutscher Meister.« (→ Fan-Unwesen) Fresse voll zu Kling Glöckchen klingelingeling. Weihnachten als Mutprobe – einfach mal was anderes. Vor allem, weil es nichts gibt, was es nicht gibt: einen Schießstand wie auf dem Rummel, daneben baumelt die Gyros-Großpfanne für den großen Hunger über dem Feuer, Stände, die Unterwäsche oder Silikon-Backformen anbieten, Plüschtiere oder einfach nur einen griffigen Döner. 100 Gramm gebrannte Mandeln für 3,50 Euro – wahrscheinlich für einen schlechten Zweck. Das Syndrom »Weihnachtsmarkt« gehört zu den Unsitten, die entstehen, wenn sich der Kommerz ungebremst eines Brauchs bemächtigt und ihn vollends vergewaltigt. Gibt es auch zu Fastnacht, Halloween oder zu Ostern. Haltet die Kinder fern! (→ Halli Galli)

Weizenbier schlecht einschenken

Verursacht durch den Facharbeitermangel in der Gastronomie beziehungsweise den Einsatz von immer mehr ungelernten Kräften, vorzugsweise aus dem Osten Europas oder gar Asiens, ist in deutschen Schankbetrieben immer häufiger zu beobachten, dass das korrekte Einschenken eines Weizen- oder Weißbieres immer öfter nicht mehr ordnungsgemäß vonstattengeht. Oft sieht man genauso überforderte wie schlecht gelaunte Schankaushilfen – auch oder sogar in Münchens Traditionsbiergärten (der Keimzelle deutscher Bierkultur!) – vier, fünf Gläser parallel abfüllen – und die überschäumenden Gläser dann solange zusammenschütten, bis wenigstens eines davon genügend schaumlose Flüssigkeit beinhaltet, auf dass es serviert werden kann. Am haltlosesten ist gar solches Servicepersonal, das mit einem weißen Plastikspachtel den überquellenden Schaum mal hier, mal dort abstreicht, um so schneller ein servierfertiges Bier hervorzubringen. Solcherlei am Zapfhahn ungeübtes Personal müsste umgehend ausgemustert und in die Spültruppe versetzt werden.

Mein Tipp: Ich schau schon gar nicht mehr hin, wenn eingeschenkt wird. Wenn aber einer das fertige Getränk vor einen hinstellt, und der Saft läuft am Glas runter, sodass man nassklebrige Hände kriegen würde, fasste man das Glas an, spätestens dann reicht es. Dann sollte man laut aufschreien.

Ist Ihnen schon einmal aufgefallen, dass man ausgerechnet in der Biermetropole München nirgendwo ein korrekt eingeschenktes Bier bekommt? Egal, ob bei einer Maß oder einer Halben – immer wird beschissen. Meine Erklärung: Dieses durch und durch unsittliche Verhalten konnte sich so verbreiten, weil man jahrelange Erfahrung mit dem Umstand gesammelt hat, dass die Leute sich das gefallen lassen, ohne sich entschlossen zur Wehr zu setzen. (→ SWR 3 Radio Gaga) Ist ja vielleicht auch besser so. Probieren Sie es doch einmal aus, und protestieren Sie im Biergarten bei so einem Schank-Sepp an der Zapfanlage (… der heute eher Goran oder Vitali heißt), wenn das Glas schlecht eingefüllt ist. Viel Erfolg! Ziehen Sie sich vorher warm an und achten Sie darauf, dass die Fluchtwege für den Rückzug nicht zugeparkt sind, während Sie Ihren Protest äußern. (→ Einheitsbräu nach Reinheitsgebot)

Wetten, dass …?

Wetten, dass in *Wetten, dass …?* jeder auch nur halbwegs prominente Gast, egal ob bei Gottschalk auf dem Sofa oder als Musiker auf der Bühne, sich die Bohne eben für *Wetten, dass …?* interessiert? Keiner, der in dieser angeblich letzten großen deutschen Familiensendung auftritt, interessiert sich auch nur einen feuchten Pups für den ganzen Wettzirkus, zu dem Gottschalk den Dompteur macht. Gelangweilte Hollywood-Stars reiten ihren Auftritt angeödet auf der linken Arschbacke ab, oder verschwinden nach der Hälfte der Sendung mit einem »I love you all« im Backstage-Bereich. Verzweifelte C-Promis, wie der mittlerweile im Stadium der Bemitleidenswertigkeit angelangte Ex-Tennisspieler Becker, sind die Letzten, die das Rampenlicht hier noch genießen. Vielleicht noch Helmut Markwort oder Claudia Roth von den Grünen, die hier die Chance wittert, ihre neuen Strähnchen vorzuzeigen. Sonst kommt man hierher vor allem, um abzukassieren oder die neue CD anzuschieben. Ist ja auch klar. Wer erträgt schon ohne satte Gegenleistung über zwei Stunden hinweg den immerlustigen, immerlockeren, immerlauten großen Mann in dem immer um Originalität bemühten Outfit, in den immer schrillen *Western*

Boots, der auf so eine kaum erträgliche Art von sich selbst überzeugt ist?

Wetter – Klimakatastrophe

Deutsche reden ständig übers Wetter. Und klagen dauernd übers Wetter. Sauwetter, Schmuddelwetter. Kaum ist es eine Woche etwas kälter, kommt die nächste Eiszeit – zumindest in TV-Dokumentationen oder im *Stern*. Dann ist wieder Klimawandel, Klimakatastrophe, Endzeit. Und wenn es mal minus 14 Grad kalt ist, gibt es einen »Brennpunkt« in der ARD. Die Russen drehen uns den Gashahn zu, der Brennstoff geht aus: Horrorszenarien, wir erfrieren. Deutschland versinkt im Schneechaos, melden dann panisch Radiosender. Deutsche tätigen Hamsterkäufe, bunkern Dosenravioli und Erbswurst-Suppenwürfel und verschanzen sich, bis es Entwarnung gibt. Oder eben Hitzewelle: da machen wir uns ums Trinkwasser Sorgen, um die Gesundheit, um die Kinder: »Ausreichend Flüssigkeit zu sich nehmen!«, rät Gesundheitsexperte Dr. Gerhardt im ZDF. Im Schatten bleiben, sich ja nicht überanstrengen! Dann füllen Bilder mit dürren Ackerböden das Abendprogramm, Deutschland verwandelt sich zur Sahelzone, die Toten werden gezählt. (→ Schneeräumpanik)

Wikipedia – sich selber reinschreiben

Das Internet hat nicht nur den Zugang zum Wissen dieser Welt demokratisiert, sondern auch den zur Bühne der Selbstdarstellung. Wer will, kann seine Homepage reinstellen. Wer aber meint, dies sei vielleicht gar zu eitel – oder zu teuer –, der verfasst über sich selbst einen Artikel und stellt ihn als Wikipedia-Eintrag ins Internet. Damit man nicht nachprüfen kann, dass man selbst der Autor der Eigenlob-Hudeleien war, setzt man sich an den PC des Sohns oder der Tochter, wenn der oder die gerade in der Schule ist. Und schon wird der Eindruck erweckt, man sei so berühmt, dass irgendwelche Fans einen in die Enzyklopädie aufgenommen hätten. Solche Ehrenkäsigkeit scheint Deutsche mehr zu drücken als andere. Wir haben's irgendwie auch nötiger. Am Ende ist der deutsche Ehrenkäs nur Ausdruck von innerer Not. Das Internet wird zum Trostspender des gekränkten Egos, ohne dass man mit dem eigenen Aufmerksamkeitsdefizit andere behelligen müsste. Das Internet als Psychotherapiezentrum – so gesehen eine tolle Sache. (→ Notebook überall)

Wochenendplanung

Deutsche planen gerne, wenn sie nicht gerade anderweitig verplant sind. Vor allem am Wochenende. Deutsche werden pampig, wenn man nicht sechs Wochen vorher Bescheid gibt, ob man am Sonntagnachmittag zu Kaffee und Zwetschgenkuchen vorbeikommt. »Ja, was jetzt? Mal hin, mal her, ich muss mal so langsam planen können!«, sagen sie dann und machen Druck. Oder wollen zwei Wochen vorher festlegen, wenn man mal wieder einen trinken geht. »Der Dienstagabend in zwei Wochen wäre bei mir noch frei!«, sagen sie nach kurzem Blick in den Organizer ihres Palmtops. Ansonsten ist der Terminkalender voll. Pech gehabt. Da bleibt nur noch, sich zu entziehen – und nach Plan B zu verfahren. Hoch das Hemd, Wochenend!

Wordic Nalking

Als ich vor Jahren eines schönen Wintertags den ersten Walker meines Lebens erblickte, dachte ich: Ach je, da sind wieder einem die Langlaufski gestohlen worden. Wahrscheinlich während der Einkehr im Vesperstüble! Nordic Walker, das waren für mich anfangs Menschen, die aussahen, als hätten sie etwas verloren und seien nun auf dem Weg, Hilfe zu holen. So ähnlich, wie wenn einem der Sprit ausgeht und man mit dem Benzinkanister in der Hand zur nächsten Tankstelle trottet. Später erst erkannte ich, dass absichtsvoll an zwei Stöcken gegangen wurde. Wie das? Wohl, weil einst der gute, alte deutsche Sonntagnachmittags-Spaziergang die noch letzte Bastion im lifestylefreien Gelände der Erlebnisgesellschaft war, eine letzte kontemplative Veranstaltung der bürgerlichen Gesellschaft sozusagen, die bis dato bei uns a) kulturtechnisch als Gemeinschaftsritual noch weitgehend funktioniert hatte und auch schichtenübergreifend ausgeführt wurde, und b) gleichzeitig aber noch von dem ganzen Outdoor-Goretex-Vibran-Trekking-Schmu verschont war, genau deswegen eignete sich genau der gute, alte deutsche Sonntagnachmittags-Spaziergang am Ende als psychologische Riesenbrache zur umgehenden kommerziellen Vereinnahmung durch findige Trendsetter. Und so kam es dann. Was wird vom Trend bald noch entdeckt? Der Mittagsschlaf? Auf dem Hochleistungs-Microfaser-Kopfkissen als Afternoon-Snoring? Klappstuhl-Sitting auf der Terrasse? Mittlerweile sieht man im deutschen Freizeitgelände auch viele, die statt der Stöcke in beiden Händen ein Gewicht an einer Schlaufe tragen. Man nennt diese Mini-Hanteln XCO-Trainer. Beide werden beim Armschwung in der Hand geführt, damit ein »reaktiver Impact« entstünde, steht in einem Magazin. Der »Impact« wiederum stärke Arm-, Schulter- und Rückenmuskulatur. Hardliner tragen bereits ein XCO-Nackengewicht wie eine Kuhglocke um den Hals und Bleigürtel, wenn nicht gleich Sportschuhe mit Sohlen aus Gusseisen. Es gibt übrigens längst schon mehr als nur Nordic Walking. Nämlich Nordic Jumping, Nordic Skating oder gar Nordic Dogging. Das ist, wenn Fiffi mitkommt. Dazu Interval Walking, Hill Walking, Power Walking oder Zen Walking. Hilft gegen Verkalking.

Noch was: Im Harz wird seit geraumer Zeit tatsächlich diskutiert, ob man hier Deutschlands ersten Nacktwanderweg installieren solle. Bald schon könnten da die ersten loswalken. Pudelnackert – aber sicher mit Stöcken oder Gewichten. (Nacktrodeln gibt es dort übrigens schon. Wie letztes Jahr in Braunlage bei null Grad Celsius vor 12 000 Zuschauern. Die spinnen, die Harzer.)

Wortwitz zu Werbezwecken auf LKW-Ladeflächen

Kornpetenz pur. Eine Firma, die mit Mais handelt, hat das ausgebrütet. Als ich den Schriftzug auf einem LKW auf der A8 in der Höhe Geislingen/Steige sah, verursachte ich fast einen Auffahrunfall. Beinahe drei Punkte in Flensburg kostete mich unlängst die Lektüre von »Bettenhaus Griesinger – federführend in Mainz«. Aua. Das junge dynamische »Tüfa Team« aus Wiesbaden erledigt für Sie die AU- oder die TÜV-Hauptuntersuchung, der unvergessliche Slogan auf der Autotür: »Wir kleben Ihnen eine!« Kürzlich eierte ein 7,5-Tonner vor mir her. Nicht Kleenex, sondern »Clean X, Leverkusen« stand auf der hochgeklappten Ladebordwand. Drunter: »Innovative Mietwischsysteme für Ihre professionelle Objektreinigung«. Was ist ein »Mietwischsystem«? Ich versuchte es herauszubekommen, indem ich den Blinker setzte und beim Überholen noch ein wenig auf der Überholspur blieb, um die Seitenwand besser studieren zu können: »Clean X, Leverkusen – das Mietwischsystem – Transparenz für Ihre Objekte« stand da nochmals und dann ganz überraschend schräg drüber in kursiver Schrift: »Die Zukunft hat begonnen!« Aber hallo. Welche Objekte waren gemeint? Objekte, die mittels eines zu mietenden Wischsystems mehr Transparenz erhalten? Wohin geht die Reise? Ein bisschen undurchsichtig die Sache mit der Transparenz. »Pfiffner. Precise solutions« steht neulich neben mir an der Ampel. Welches Problem wird hier in offenkundig präziser Art und Weise gelöst? Nicht ganz einfach. Saubere Scheidung– ohne dreckige Wäsche? Ich grübelte. Psychotherapeuten haben doch keinen Firmenwagen. Aber was dann? Man denkt an Kanalrohre, Abflussverstopfungen. Oder Gebäudereinigung? Auf jeden Fall wird da nicht gepfuscht, sonst würde nicht mit dem englischen Wort für »präzise« hantiert. Der Mann am Steuer des Pfiffner-Autos machte jedenfalls einen seriösen Eindruck. (→ Immobilienmakler-Lügen) Und das ist ja schon mal was.

XYZ

Y – im deutschen Namen

Eine der unappetitlicheren Erscheinungen im deutschen Regionalfernsehen heißt Hans Vogt und moderiert Alte-Oma-Shows im Dritten. Der Mann nennt sich aber Hansy Vogt. (Hans-Hubert Vogts nannte sich schließlich auch Berti – interessanterweise aber eben nicht Berty.) Das angehängte y soll den Namen anglo-amerikanisch schmissiger machen, drückt aber dadurch erst aus, dass der Träger eher aus Randlagen des coolen Lebens kommt und die bittere Grunderfahrung seiner ungünstigen Startbedingungen ins Leben durch das y wettmachen will. So gesehen gehört Hansy Vogt mit Andy Borg zusammen so wie mit Ex-Fußballer Andy Möller, die man beide »Ändy« ausspricht, sowie mit Mandy Wötzel und Peggy Büchse. Schön, dass es noch allerhand Cindys und Sandys gibt, die sich von Boris Becker heiraten lassen wollen oder wollten. Und alle kucken Tommy Gottschalk (→ Wetten, dass …?) und wähl(t)en Änschi Merkel. Merke: Voll daneben ist auch daneben.

Zitronat und Orangeat

Das passiert einem nur in deutschen Breiten: ein herzhafter adventlicher Biss in einen Dresdner Butterstollen. Schmeckt gar nicht so übel, das Ding. Doch dann: Aaaah! Der zweite Backenzahn hinten links stößt auf einen Mini-Quader Orangeat. Sofort Aromaalarm in der Mundhöhle, ausspucken hilft nicht, der Schrecken ist in Sekundenschnelle so verbreitet, wie wenn man auf eine bittere Mandel beißt. Da zeigt sich wieder, dass es nicht recht aufgeht, nur in Chemie vorn zu sein. Man sollte auch was vom feinen Geschmack verstehen. Zumal im Advent. (→ Weihnachtsartikel im Spätsommer, → Weihnachtsmarkt, → Hussel – fiese Confiserie)

Zuprosten und Anstoßen (und die Szene mit dem Fotoapparat festhalten)

Deutsche prosten sich dauernd zu. Hardliner bestehen dabei sogar auf den direkten Blickkontakt. Man nickt sich zu und versichert sich, dass der andere auch zurückgeprostet hat. Man schaut dabei aber eher streng drein. »Zum Wohl!« »Prost, Prösterchen, Prostata!« Hahaha. Profi-Zuproster sind Carmen Nebel oder Giovanni di Lorenzo. Sich zugeprostet wird in Deutschland von Lokalpolitikern, nachdem sie zu viert mit großen Büroscheren ein rotes Band zur Eröffnung der neuen Südumgehung durchgeschnitten haben. Auch beim Familienfest: Meistens muss das Ritual wiederholt werden, damit Tante Hilde auch alles mit ihrer Kamera im Bild festhalten kann. Ansonsten sind absolute Zuprost-Zonen Moderationsstrecken im Volkstumsfernsehen, wenn Moderatorin Sonja Schrecklein mit einem Volkstumskünstler zusammen einen Beitrag über die diesjährige Weinlese ankündigt und originellerweise zuvor noch darauf besteht: »Da wollen wir jetzt erst mal drauf anstoßen!« Keine Widerrede. Regieanweisung: Kamera fährt auf die Gläser zu, Durchblende, Musik hochziehen.

Anstoßen ist die deutsche Steigerung des Zuprostens. Erst wenn Gläser klingen, geht den Deutschen einer ab. Erste Anstoßzone ist das Büro, Tatort Sekretariat. Täglich ab 15 Uhr gibt es dort sicher was zu feiern, und wenn es nur die deutsche (→) Gebäckmischung ist, die einer spendiert hat. Gerne und ausgiebig klingen die Gläser auf Werbeprospekten: für Wellness-Produkte, Mehr-Sterne-Hotels und Thermalbäder. Bei Letzteren scheint die Marketing-Challenge erst optimal gelöst zu sein, wenn zwei Halbnackerte mit Frottee-Turban im Thalasso-Bereich der Spa-Therme sich den Champagner hinhalten und sich dabei schelmisch zulächeln. (→ Kuscheln in Verwöhnpaketen) Oder man stößt mit dem Mineralwasser des Kurorts an. Zuprosten und Anstoßen sieht man aber auch schon im Gebrauchtwagen-Center, beim Möbelkauf oder im Bekleidungsparadies *Vögele*. Wir haben halt immer was zu feiern. »Prost, ihr Säcke!« »Prost, du Sack!« (→ Halli Galli)

Dank

Dank zuallererst an meine Frau und Muse Gabriele Rother (†) für ihren immer wachsamen Blick, ihr scharfes Urteilsvermögen und für den liebenden Zuspruch, den braucht, wer sich an ein so kniffeliges Thema wie »Deutsche Unsitten« heranwagt. Danke an alle meine Scouts und Agenten, die erneut im ganzen Land ihre Fühler ausgestreckt haben – und mir wieder alles unverzüglich gemeldet haben, wenn auch nur ein Anfangstatverdacht auf das Vorliegen einer Unsitte bestand. Genannt sei Robert Schreml für seine vielen scharfen Beobachtungen vor allem den deutschen Osten und die Musik betreffend sowie für die erste Durchsicht dieser Zeilen. Danke auch den ungezählten Lesern des ersten Bandes, die mir weitere Unsitten auf dem Postweg zugesandt haben.

Dank auch an Sie, liebe Leser, die Sie mit dem Kauf dieses Buches einen wesentlichen Beitrag zur Versittlichung unserer von Globalisierung und Ganoventum arg gebeutelten Zeit geleistet haben.

Nachwort

Kurz nach der Fertigstellung dieses eher unwichtigen Buches ist meine Frau Gabriele Rother gestorben. Ihr habe ich unendlich viel zu verdanken. In jeder Hinsicht.

Durch ihre langjährige Erkrankung habe ich deutsche Unsitten ganz anderer Art erleben müssen, die ich wohl sonst nie kennengelernt hätte. Wenn in unserem deutschsprachigen Kulturraum jemand schwer erkrankt ist oder gar verstirbt, entspinnt sich heutzutage nur allzu häufig folgender Dialog: »Na, wie geht's Dir?« »Nicht gut.« »Warum?« »Meine Frau ist schwerkrank.« oder »Meine Frau ist gestorben.« Antwort: »Scheiße.« Ich habe in der letzten Zeit wohl zwanzig, dreißig mal erleben müssen, wie mir aus Mündern mündiger Mitmenschen das Wort »Scheiße« entgegenkam, wenn ich ihre Nachfrage wahrheitsgetreu beantwortet habe.

Die richtige Antwort würde lauten »Das tut mir Leid«. Aber viele Zeitgenossen ziehen »Scheiße« vor. Als wenn der Tod, als wenn lang vor seiner Zeit sterben zu müssen, »Scheiße« wäre. Wenn ein Mensch den Schrecken eines zu frühen oder qualvollen Todes erleben muss, dann ist das »schlimm« oder »schrecklich«. »Scheiße« ist es aber sicher nicht. »Scheiße« ist etwas anderes. Was genau, darüber mag ich nicht weiter nachdenken.

Register

Martin Hecht

Deutsche Unsitten

Mit Illustrationen von Diana Lukas-Nülle. 304 Seiten. Piper Taschenbuch

161 deutsche Unsitten auf einen Streich: von ADAC und Achselbehaarung über Eigenheim mit Carport bis zusammen essen, aber getrennt bezahlen. Martin Hecht stellt ein geistreiches Panoptikum der skurrilen Verhaltensweisen, moralischen Verfehlungen und ästhetischen Nachlässigkeiten zusammen, für die wir Deutsche nicht nur berühmt, sondern auch berüchtigt sind.

»Martin Hecht spießt jene Eigenschaften auf, über die auch viele Landsleute die Nase rümpfen. Wer war nicht schon in ähnlichen Situationen peinlich berührt und hat sich fremdgeschämt?«
Hamburger Abendblatt

05/2404/01/L

Leo Hickman

Fast nackt

Mein abenteuerlicher Versuch, ethisch korrekt zu leben. Aus dem Englischen von Theda Krohm-Linke. 320 Seiten. Piper Taschenbuch

Fair-Trade-Apfel aus Übersee oder heimischer Bioapfel? Was halten auswaschbare Windeln aus? Ein Jahr lang hat der Londoner Journalist Leo Hickman versucht, ohne schlechtes Gewissen zu leben: gesunde Ernährung, schonender Umgang mit natürlichen Ressourcen und der Versuch, bestimmten Großkonzernen seine Kaufkraft zu entziehen. Mit viel Witz berichtet er davon, wie er und seine Familie sich erfolgreich umgestellt – und damit ihr Leben von Grund auf umgekrempelt haben.

»Der ziemlich britische Versuch, mit Humor und gesundem Menschenverstand abstrakte Prinzipien auf die Probe zu stellen.«
Frankfurter Allgemeine Sonntagszeitung

05/2374/01/R

Helge Timmerberg

Timmerbergs Reise-ABC

Cartoons von Peter Puck.
128 Seiten. Piper Taschenbuch

Wie hoch ist das Risiko, von einer herunterfallenden Kokosnuß erschlagen zu werden? Was tut man, wenn man beim romantischen Strandrendezvous von einem Hunderudel überfallen wird? Und warum sollte man den nächsten Flieger nach Hause nehmen, wenn man im Ausland Zahnschmerzen bekommt? Weltenbummler Helge Timmerberg verrät seine besten Tips und Tricks von A wie Anfängerfehler bis Z wie Zahnarzt. Sein Buch darf in keiner Reisetasche fehlen, denn mancher Rat wird sicher gebraucht in der schönen, gefährlichen Fremde …

»Ein neues Kultbuch. Jeder, der eine Reise plant, sollte es vorsichtshalber lesen.«
Bunte

05/1891/02/L

Dietmar Bittrich

Dann fahr doch gleich nach Hause!

Wie man auf Reisen glücklich wird.
160 Seiten. Piper Taschenbuch

Ein wunderbares Trostbuch für Urlauber über die schrecklichen Erlebnisse, die jede Reise unwillkürlich mit sich bringt: besetzte Liegen am Pool, lärmende Hotelnachbarn sowie Mitreisende, die mit ihrer Drängelei die Seilbahn ins Schwanken bringen. Dietmar Bittrich kennt sie alle, die kleinen und großen Tücken des Reisealltags – von ungenießbaren Landesspezialitäten bis zu den Warteschlangen vor Sehenswürdigkeiten, die man zu Hause garantiert links liegen lassen würde.

»Lustig im Stil, aber gnadenlos in der Sache, hält Bittrich dem Reisenden einen Spiegel vors Gesicht. Am Ende ist man erschöpft vor Lachen, entsetzt über sich selbst und mit dem Autor einer Meinung: Für achtzig Prozent aller Reisenden ist die Rückkehr das glücklichste Erlebnis des Urlaubs.«
Welt am Sonntag

05/1892/02/R

Hannes Stein

Endlich Nichtdenker!

Handbuch für den überforderten Intellektuellen. Mit praktischen Übungen. 208 Seiten. Piper Taschenbuch

Sie lieben das Denken und haben ein Faible für Witz, Ironie und Widerspruch? Sie Ärmster! Denn langjährige Untersuchungen haben bestätigt, was leidgeprüfte Intellektuelle schon immer geahnt haben: Regelmäßiges Denken zerstört Karrierechancen, macht grenzenlos einsam und führt zu Langeweile. Wie Sie jedem gedankenschweren Ballast für immer entsagen und mit leerem Schädel und vollem Herzen auf die Sonnenseite des Lebens gelangen, zeigt Hannes Stein in seinem Handbuch für den überforderten Intellektuellen. Denn wer hätte das gedacht: Auch Nichtdenken will gelernt sein!

»Allen überforderten Grüblern sei dieses Buch ans Herz gelegt.«

Deutschlandradio

05/2145/02/L

Rainer Moritz

Die Überlebensbibliothek

Bücher für alle Lebenslagen. 320 Seiten. Piper Taschenbuch

Wer das Leben bestehen und das Glück spüren will, braucht Bücher. In seiner Überlebensbibliothek schreibt Rainer Moritz über Romane, die die Macht haben, uns und unser Leben zu verändern. Sie begleiten uns in allen möglichen Lebenslagen und ersetzen den besten Freund – oder den Therapeuten. Mit Julien Greens »Adrienne Mesurat« warnt Moritz vor den Schrecken des Familienlebens und rät mit Philip Roths »Sabbaths Theater« zu Sex im Alter, während er Heimwehgeschädigten Maria Beigs »Rabenkrächzen« ans Herz legt. Wer beabsichtigt, mit seiner Mutter zusammenzuleben, lese Jelineks »Klavierspielerin«, wer lebenslängliches Liebesglück nicht für Kitsch hält, »Saturday« von McEwan. Und wer nicht die Zeit hat für alle dicken Bücher aller Autoren, nehme eben: »Die Überlebensbibliothek«.

05/2146/02/R